珠穆朗瑪國家公園
Mt.Qomolangma National Park

逐梦群山

秦勇 著

東方出版社

图书在版编目（CIP）数据

逐梦群山 / 秦勇 著 . — 北京：东方出版社，2021.10
ISBN 978-7-5207-2202-5

Ⅰ. ①逐…　Ⅱ. ①秦…　Ⅲ. ①散文集 – 中国 – 当代　Ⅳ. ① I267

中国版本图书馆 CIP 数据核字（2021）第 092271 号

逐梦群山
（ZHUMENG QUNSHAN）

作　　者：秦　勇
出版统筹：吴玉萍
责任编辑：杨袁媛
责任审校：曾庆全　金学勇
书籍设计：李双珏
内文排版：刘太刚
出　　版：东方出版社
发　　行：人民东方出版传媒有限公司
地　　址：北京市西城区北三环中路 6 号
邮　　编：100120
印　　刷：北京印刷集团有限责任公司印刷一厂
版　　次：2021 年 7 月第 1 版
印　　次：2021 年 9 月第 2 次印刷
开　　本：880 毫米 ×1230 毫米　1/32
印　　张：11.75
字　　数：254 千字
书　　号：ISBN 978-7-5207-2202-5
定　　价：69.00 元
发行电话：（010）85924663　85924644　85924641

目　录

引言

寻找失落的精神家园

我不能就这样消耗生命。

每天吃完牛奶面包煎蛋早餐，开着车到高大的办公楼，然后坐电梯上五楼，再进入公司高管标配的办公室，坐在办公桌前镇定一下思绪开始工作。改革开放三十年了，无论生活、出行还是办公条件都发生了难以想象的变化。放在崭新发亮的深红色办公桌左上角的杯子里，烧开的纯净水袅袅地冒着热气，待批阅的公文厚厚一叠；右上角的会议通知书会时不时冷不丁瞅我一眼，对面茶几上摆放的《参考消息》《新华月报》则沉默以对，来汇报工作的下属们敲门推门、进进出出。我忙碌着，但心却越发不能平静：如果生命就这样消耗下去那还叫生命吗？也许就是因为这种奢侈和重复的繁忙，愈发感到沉重的奢侈与繁忙，让我感受到城市的苍白与无味、人与人之间的嫌隙还有人与城市水泥丛林之间不可避免的摩擦。渐渐地，仿佛身体内疯长出了一些干枯的野草，日复一日地填满日子和我身体的每一点空隙，偶尔还会觉得身体从内到外地开始长出了毛刺！我感到了一种身心的疲惫与躁动。

躁动的心让我离开黑皮椅子站立了起来，急切地去喝了一口白开水。放下杯子，我踱过办公室里明亮宽敞的空间，来到了大玻璃窗前。那玻璃窗面朝北京的西面，我的视线越过无数道横亘高楼，树梢新绿枝摇叶晃的绿化带，再越过无数幢高低不一、姿态各异的楼宇街区，穿越北京内城直抵城外的西部群山。西山层峦叠翠、直插入湛蓝的天空。天空之下墨绿色的树冠摇晃不止，看似山上的亭台楼阁醉酒当歌。我打了一个寒战，山里的野风仿佛吹向我，让我渐醒。拒绝平庸，我不能把豪华的办公室当作天堂，不能把渐已习惯的朝九晚五当作正常，不能把看似有条不紊还颇有成就感的日子当作蜜糖品尝。

“人间正道是沧桑”，一道道西山山脉绵延起伏，如同正弦波的曲线，才是迷雾之后的人生实像。从狩猎钻木，到刀耕火种，再到择良木而栖、依山傍水而居，由于对物质的不断获取，对外部世界的不断追求，人类才走出山林，聚集于平原。但从走出山林那一刻开始，人类的精神、物质需求从来就没有真正地离开过大山与森林。我把目光从城市上空收回，在我的心底响起了一个越来越强烈的声音，一个从崇山峻岭里穿越到天际又回响耳旁的声音：去登山，用脚步去拣拾、开拓创新的新动能，去寻找在冗余生活中失落的精神家园！

北京三皇山

——人生如爬山，盛世登高知危渊

三皇山，位于北京房山的十渡景区边缘，也被誉为“三皇圣地”，是华夏祖先伏羲（天皇）、神农（地皇）、轩辕（人皇）圣地。实际位于河北涞水县东北与北京交界处。早上六点钟起床后，为表示对三皇的敬重，我以虔诚的心态走到地铁站，再换公交车，几次换乘，下车时我看了一下时间，嗯，整整颠簸了三个多小时。最后是坐 917 路市郊公交车，经过 57 个站点才到达出发地一渡站，而等着我的将是七个小时的徒步攀登。

独自一人出行的我，下车后穿过公路来到对面，环顾四周想找到同行者，哪怕一个也行。但是没有，除了几位蹲在地上卖山货的农民外没有一个徒步者。我只好找准方位，穿过村庄来到了三皇山的山脚下。山脚下的我，面对几条上山的小路不禁踌躇。该走哪一条路才能到达今天的第一站——三皇庙？要知道，失之毫厘，谬之千里。我克制住内心的恐慌，先跑到路旁的一座小山包上，找到一棵大树让自己方便一下，然后站在树下吃着随身携带的路餐、喝着瓶装白水，仔细地观察着下面的那几条路。就在我心里拿定主意之际，山包下的土路上却传来了嘈杂的人声，我赶忙跑下山包，那是一支也将徒步三皇山的队伍！我喜出望外，赶忙跑过去加入了有举旗向导的队伍之中。队伍有二十来人，他们欢声笑语，说到这个春末的旅程非常兴奋，看见周边的翠绿和野花也情绪高涨，不时地停留拍照。

山路逐渐地陡了起来，队员也开始拉开了距离，我和几个姑娘小伙走在队伍的前面。队伍逐渐拉成了线形，仔细一看，我们基本上是沿着一条河谷往山上走。那河谷里多处干涸，极少的河段有水，足下的路一看就是由前人走出来的山路，只有零星的几段是由人工沿山崖开凿出来的石板路。好在坡度不算大，我们干脆时不时就走到没有水的河谷中间，踏着河石往上，有时攀爬，有时踩石上跃，有时躬身穿石，有时侧身过崖，在这片多由流水冲刷出来的地貌上往前行走。正觉汗流浃背、口干舌燥，三皇庙居然到了！

三皇庙不算大，是一座修筑于山腰凹崖里的砖石小庙，里面供奉着我们的始祖——三皇。凹崖幽深，一种崇敬之情不觉油然而生，我们的文明，正是由蕴含着我们理想与信念的神仙皇帝，以及自身的艰苦奋斗带来的。我们开始为大地的五谷丰登祈祷，也为自己祈祷。在那庙宇旁边一汪不大的山泉流淌着，也发出潺潺的祝福声。出得庙宇，基本上都是平坦的山路，土层深厚，走起来比较舒服。到达山顶，却是一片宽阔的山石草地。平坦的山石之间，蓝天白云之下，野花招摇，绿草丛生；四周山势雄伟，群山连绵，风景难得地美。“歇会儿！”随着领队一声呼喊，大家马上席地而坐，就地吃喝起来。

这是一支以青年男女为主的登山队伍，旗帜上写着“北京徒步”四个大字，队伍里以公司职员为多。吃罢自带的路餐，领队就招呼大家来照合影，于是大家戴好登山帽，杵着登山杖，就地摆好姿势，嘴里叫着“开心——”。乍一看，身上没一件专业登山装备的我格外显眼。此外，这个队伍里的恋人好似特别多，四五对恋人勾肩搭背十分甜蜜，还有一对恋人在人们意想不到之时，风一般脱下了身上的彩色冲锋衣冲锋裤，换上了事先准备好的洁白婚纱和笔挺的西装，在镜头前摆起了姿势，婚纱舞动、大秀恩爱。同去的同事起哄：“扯证没有啊？”“扯啦！”“真的假的呀？”“你可以怀疑我的智商，但不能怀疑我的人品！”快乐的叫喊声把山顶草坪上的气氛推向高潮。天高地阔、风轻云淡，好久不登山的我，一种久违的新鲜、兴奋与荣耀的感觉涌上心头。趁着兴致，我和一路上相伴而行的两位律师同伴也拍起合照来。

大家又开始了前行，前行的路不再平坦，我们基本上都是沿着山脊与山腰横穿。山石嶙峋、犹如向上生长的狼牙，碎石遍地又滑又硬，时有时无的路上升下降，陡直起伏。我穿着一双老旧的旅游鞋，行走在尖锐崎岖、白森森的石灰岩之上，只觉得双脚步步生疼，鞋也绷得好似就要裂开一般。领队说，这是一段人迹罕至，几乎只有羊才能爬行的羊道。悬崖峭壁、没有多少可以手扣脚蹬的地方，看起来都有些眩目，好似一不小心就会掉下跌落。但四下张望，却无其他办法，也只有手脚并用地攀爬，才能翻过山顶。翻过了山顶，又走了好久，感觉似在下坡，石头路上也可见到零星的红土了，忽然，山腰上的两三个羊圈出现在眼前。这些山羊几乎通体纯白，坡上坡下时隐时现，四处觅食，还在岩石上左蹦右跳。突然出现的生灵，看得我们这些徒步者们眼眶发热，不由停下脚步与它们拍起照来。它们一点也不怕人，站在人们前后左右的岩石上自由自在，还昂着头咩咩啼叫。

我仍然和几位小伙伴走在队伍的最前面。我们好似开始真正下降了，领队说这儿叫“金子坨”，是一座不算太高的山峰。路途中，好些上升与下降的路段都集中在这个地方，几乎都是岩石路，且正处在风口处。大风四起，植被稀疏，头皮被太阳晒得发烫发麻，四肢与风较劲，加之忽上忽下的石子路与大石窝路，下脚处有时脚掌只能斜插，很容易滑倒或崴脚。一会儿，山路又回到河谷，我们又开始在一条不知名的峡谷里穿行，既有平坦松软的土路，也有灰白色的碎石路，有时松散的土路近乎垂直，不时还听到有人摔倒，也许就是这样的徒步才有吸引力。一位来过这里三次的驴友说前面就该到新村了，果然，没走多久就到了。一到新村，我们这支徒步约十八千米的队伍，再路过万景仙沟景区，就直达十渡景区，然后，坐上来时的大巴车回京了。如我所愿，这一天新交的领队朋友和伙伴们邀我蹭他们回城的车。回途的车上，余兴未尽的大伙儿却不觉疲惫，还唱起歌讲起笑话来。我也加入他们的行列，背诵了一段一位当红电影导演写的户外广告词：“去他的早高峰，去他的压力山大，去他的CEOCFOCOO，去他的红眼白眼势利眼，去他的内环有房有车，去他的毛血旺不放辣，去他的油价上调单双号限行PM2.5，去他的神马坑爹浮云失眠牙痛不给力K线底线事业线羡慕嫉妒恨应酬逢场作戏……人生还有另一种可能！去发现，去释放，去收获，去野！”大家儿竟然齐声叫好。

两个多小时后我就回到了家里。刚到家，就接到外公的电话，或许是妻子艺泓已告诉他我去登山了。电话里的他，不断地叮咛我要注意安全，言辞有些唠叨，但却掩饰不住言语之间的自豪与骄傲。本来嘛，外公是我登山的领路人。我的家乡在成都盆地的新都县，一马平川的黑土地，但外公却一有空就带我去盆地周边。那时快 60 岁的他，穿着那双只有在登山时才穿的帆布胶鞋，骑着他那辆破旧的飞鸽牌二八自行车，前面车筐里装着水壶和馒头，后面载着他得意的外孙，飞一般地奔向盆地周边暗红色的山峰，什么木兰山，龙虎山，龙泉山地带我爬了一个遍，边爬山还边告诉我“人生如爬山，越到高处越明白自己”“乱世登高临天下，盛世登高知危渊”等哲理。就是因为登山，外公成为我小时候最崇拜的男人。外公是 1909 年生人，现在已经 99 岁了。那天，鲐背之年的外公在电话里劝诫、鼓励的话如同是在挠痒痒，越挠越痒，恨不能不久后就能再去登高望远。

想不到的是，下一次户外登山却是在这一年的冬季了。就在我上班的第一天，我们公司——“彩棱影视”制作公司老板温泽胜就找到我，让我马上交接工作，然后借调北京奥运会，参加奥运会的宣传工作。

北京西山·京西古道

——用生命拥抱自然

2008 年的北京街头，到处彩旗招展，绿草如茵，鲜花遍地，到处都能看到蓝色或者绿色的奥运会设施和装饰。人们嘴里谈的，手里拿的东西也多与奥运有关。那是一个奥运会之年，那是一个盛世中华之年，全世界都在看着中国，中国也盼望把经过改革开放三十年的崭新面貌在全世界面前精彩亮相。我要被借调去的是第一视讯集团，该集团是奥运会北京国际新闻中心（BIMC）唯一的新媒体合作伙伴，它位于中关村第三极大楼的第十九层，各区域之间，全都用透明的、或者不透明的玻璃隔开。而它的奥运工作场地在三环路安华桥南边的 BIMC 内，与鸟巢、水立方等奥运场馆，还有故宫、天安门、地坛等都在北京市的中轴线上，距奥运主会场鸟巢仅两千米。公司的王董事长和张总经理与我一见面，就在一间四五十人的大办公室给我指定了一个工位，让我先熟悉情况，“进入状态”。在大办公室里，年轻的同事们也不断给我这位出来混迟了的“老大哥”提供情况，一位叫李莎旻子的姑娘还把一个拳头大小的仙人掌盆栽放在了我的桌子上。

熟悉情况，对我考验观察的状态没过太久就中止了。那天是 2008 年 5 月 12 日，下午两点半左右，我正和同事们聊着奥运会的事项，脚下的地板却开始了震动。我抬头一看，灯和桌子都在晃动，地震了？经历过1976年四川松潘，平武地震的我一下反应过来。确实地震了！而且不是别的地方，正是我的家乡四川地震了。第二天早上一上班，在公司十九楼中心地带的圆形会议室，第一视讯集团任命我为集团地震报道总指挥，马上搬到总指挥办公室办公。我颇有临危受命的感觉，立即拿出报道方案，配合公司两位老总组织宣传报道组。

国难当头谁也不愿落后，大家争先恐后地报名。当天，三个工作组就奔赴四川，而且很快就到了震中，如映秀中学、北川等等。鼓足了劲的小伙伴们很能干，很快，他们就通过电脑网络，通过ftp方式传回了报道。在公司总部，我也组织力量24小时值班，随时和前方的他们联系，即时在网上上传报道。几天以后，我们的外拍组人员轮流奔赴地震前方，我们在后方也及时组织编辑上传网络，影响越来越大。

为了形成更大的影响，组织协调能力超强的王董出面了，他与北京的其他知名网站协商，一起联网报道，网站首页通栏的标题叫“爱心牵盼，联动世界”，这是在策划会上我灵机一动起的。这个标题，这个黑白的页面，北京的很多网站一直使用，直到那年地震报道的任务结束。

连续一个多月的地震报道结束了，第一视讯集团地震期间的报道取得全面成功，得到了上级主管部门、北京市网管办的嘉奖。王董在嘉奖会上对我说：“公司不会忘记你所做的贡献，我们不会忘记你的。”张总则宣布了更重要更紧迫的决定：“任命秦了男先生为集团代理总编辑，同时担任第29届北京奥运会第一视讯集团现场总指挥。”

任命的第二天，王董和张总就到香港总公司开述职会议去了。不知什么原因，他们竟没有告知其他公司高管和我，所有人都看着刚刚受命的我。所有人都来问我如何做公司在 BIMC 里的展位。我同样茫然，但没有慌张。“居处恭，执事敬，与人忠，虽之夷狄，不可弃也。”我认定，必须担起这副担子，必须按期让公司的展位在媒体林立的现场里立起来。

我组织相关负责人统一思路，统筹设计，集体决策。由于工期太紧，设计与施工严重滞后，两相脱节，最主要的是与两位老总联系不上，设计方案、经费花销等方面都不知道能否得到认可，给完成任务带来似乎是不可能克服的困难。我想办法稳定团队的信心，让所有人员 24 小时加班，必要时也亲自来到现场督促鼓劲，星期六星期天也不例外。终于，第一视讯集团的展位按照 BIMC 场地的统一要求准时完成了布置任务。而且还锦上添花，我请海南的好朋友帮忙联系到了一家海南的红木公司，紧急空运来了四五十件稀有的红木——海南黄花梨的家具和摆件，摆放在公司的接待处、机房和演播室里。这些家具件件古朴典雅，让公司的展位在整个 BIMC 中独放异彩。两位老总从香港开会回来了，到现场看了后按捺不住地喜悦，直接夸我“精明干练”。

举世瞩目的第 29 届奥运会在北京开幕了。8 月 8 日那天一早，我带领着我年轻的团队，早早地来到 BIMC，汇入了一万多非注册记者的洪流之中。所谓非注册记者，就是有记者资格，但没有注册资格去比赛现场采访的记者。公司开放式的展位人来人往，仅非洲记者代表团就反复来参观了四五次；而最大的活动是，公司在那一天搞了一个网络直播，从下午 3 点到半夜 12 点连续直播。

对于这次直播活动，公司起先是颇为踌躇的，在公司的高管会议上张总、王董斟酌再三就是下不了决心。高管们也分为两派，主要问题是那一天大家都守在电视机旁，还有人看网络直播吗？那一天北京到处都有交通管制，怎么能拍摄传输？奥运场馆直播是国家电视台的版权，我们怎么能用他们的画面甚至片段？没有奥运开幕式的画面，这个节目又有谁爱看？我力排众议，这是一次机会，一次出其不意的机会，一次极有可能成功的机会！张总、王董被说服了，全权委托我执行。张总谆谆叮嘱："就用你的电视经验来创造网络奇迹吧！"

我们事先做好了预案，成立了四个工作组。那天早上，我让四个组开始分别行动，第一组由组长李莎旻子带领，在 BIMC 内采访从各国来的非注册记者，即时报道这些记者的关注点和奥运开幕式的进程和动向。李莎旻子头脑灵活，她还在 BIMC 楼上的一个房间里悄悄地开了一个窗口，把镜头直接对准奥运主会场拍摄。第二组在樊硕的带领下，去北京市区和近郊四处活动。那天全北京城交通管制，但我的吩咐是，遇到交通管制就停下来，能走到哪里算哪里，绕行再继续走，沿途采访北京的市民对奥运开幕的感受。我对樊硕等人说，交通管制和拐弯也是新闻点。第三组是汪勇、管雨桐等人负责，他们按事先做好的文案到医院产房或者大饭店活动，去做喜事专题，就做在那天生孩子、结婚的人家，还有那天生日的人对奥运会开幕的感受的小专题节目；第四组我亲自带领，留守公司总部。我直接依靠杨祥雨和王皓月两位助手，指挥调动各组。我多数时间都站在总部的机房里，与机房的负责人卓越随时商量，相机调配力量，及时指挥。主持人乔倩也坚守岗位，保持临战的机敏状态，根据需要及时出图像、录串词。我运筹组织，当各组上传的视频和音频与开幕式同步编辑后，我们立即编辑发布，让网民们即时点击。

下午3点，我们第一视讯网站开始了奥运会开幕式的上传播出，时间一分一秒地向前走着，点击率逐渐升高，聚集的人气越来越多。终于，晚上8点8分到了，我们在公司总部演播室按照事先的方案及时切换，一会儿是现场开幕式的瞬时片断，一会儿是北京街头，一会是市民家庭，一会儿是BIMC内忙碌的各国记者，一会儿是新郎新娘和产房内新生儿父母的笑脸，一会儿是编导和记者的主观感受。解说词流畅热烈，画面快捷及时，随时切换，随时调整，随时琢磨着网民的心理走向。

王董张总都来了，点击率逐渐向上冲了，不断冲高，直线上升，达到了一个又一个前所未有的新高。现场的所有人都兴高采烈，我更是头脑高度运转，手脚机智灵活，两位助手也是反应敏捷、配合默契，坚决执行我的每一个指令，画面让停就停，让上就上；音乐也必须及时配合。我们一直直播着——或者叫假直播，不断组接三个外拍组的镜头，吸引越来越多的网民观看，直到那天晚上12点才结束。那天，我们的点击率是平时的三百多倍，我们把不可能变成了可能。

2008年北京奥运会、残奥会结束了，我获得了北京奥组委、北京市网宣办、北京市政府新闻办奥运报道先进个人等四五项嘉奖，不断去人民大会堂等地上台领奖，还和一些同行，如秀色数码公司的宗总成了朋友。离开第一视讯集团之时，王董、张总又一次郑重地对我说起了那句话："公司不会忘记你所做的贡献，我们不会忘记你的。"接近年底，我回到自己的彩棱影视制作公司。忙得密不透风的日子终于暂时告一段落，我必须清空满满的忙碌与成就感，必须玩一次登山，奔向山林找回自己。

我和艺泓去了一家户外用品连锁店，买了一件防水、防风、透气的橘红色冲锋衣，那颜色非常显眼，户外爱好者称之为“救援色”。还买了一双褐色、鞋头微翘的高帮登山鞋，我一看就喜欢，称它为“坦克”，它除了有对脚踝关节良好的保护性能外，还具有良好的减震、防风、防水、透气性和抓地性。我们还买了两个登山包，一般情况下，登山者都会配有两个登山包：一个日用小包，装一天来回所需要的登山用品；一个是大容量背包，可以装下野外过夜的装备。登山包必须有内架、臀带或者衬垫设计，好的登山包应该具有良好的贴身性，重心能集中在臀部。那两个登山包除了具有轻便和防水性能等外，样子也超级可爱还似模样狡黠，35 升的紫色包我叫它“紫狐狸”，60 升的红色包就是“红狐狸”了。“红狐狸”在短途户外用不上，但艺泓却对我说：“你以后总会爬大山的。”看着这些“战利品”，我满心欢喜，从此开始，我要正规地玩登山了。

自觉开始正规玩登山的我，冬天里选的目的地是京郊的浅山、北京不少徒步者喜爱的“京西古道”。

京西古道是起自唐宋、盛于明清，在北京西部门头沟山区留下的古代通道，大致可分为商用道、军用道、香道等。沿途古迹众多，如关帝庙、三义庙、各种碑字刻石、关城、碉楼，更有曾囚禁过宋徽、钦二宗的大寨，诗人马致远故居等。在众多古道之中，如今保存得最为完整的当属商道，商道中最为完整、最为险峻的是王平古道。我就选择走王平古道了。

王平古道主要分布在层峦叠嶂的九龙山上，沿蜿蜒曲折的永定河而行。一大早，我穿戴着崭新的橘红色冲锋衣和高帮登山鞋等装备，独自一人坐地铁一号线到了苹果园站，再乘公交929路车到了王平村口。那公交车上，尽管人山人海拥挤不堪，但看装束、听说话就知道是徒步者居多。

下车后，我随众人过了一个桥，开始沿河道而行。正值冬季，那河里干枯，河底除了零星的冰面以外泥石俱显，延伸到远处。走了一段以后，我随一支队伍往左拐进入山中，那队伍里有三男五女，其中一位穿黄色冲锋衣的男士好像以前走过这条线路，也很有登山经验，不时给我和他的同伴指指点点，还特别强调团队精神："重要的事情说三遍：出来户外就要有团队精神，团队精神，团队精神。"我紧紧地跟着他们这个团队，生怕自己掉队而迷路。不一会儿，路上的人就多了起来，大家都在往高处爬行，好在山坡不陡，还不算费力，许多人还边走边说话，从他们的言谈中，我知道他们的"资历"比我深厚。话语之间，我知道了登山杖、速干裤的作用。我暗自笑起了自己是一只混入其中的菜鸟。渐渐地，山坡开始陡了，说话的人也少了，我也逐渐热了起来，开始出汗，脸也热了，还开始气喘吁吁。

冬天的山上树叶稀少，但更见山势蜿蜒如龙腾一般，河道上冰面也多了起来，渐渐地从零星到连成了一小片，河道似乎也开阔了一些。我还是随着众人在河道与山坡之间穿行，大约走了半小时，就听前面人声嘈杂，热闹了起来。我急步向前，眼前的景象竟让我目瞪口呆。那是我的川西家乡绝没有的景况，一面巨大的冰瀑如明晃晃的镜子垂直而下，遮住了整个山体，山上还有两个山洞黑乎乎地在冰瀑上面十分抢眼。冰面之下，一个几十平方米的水潭也被冻得明晃晃的，想来夏天一定是碧波荡漾。想起来了，资料上说这条线路上有一个景点叫作冰瀑，一定就是这里了！顾不得坡陡路曲，我挤过人群，爬到洞口就开始拍照。洞口的冰凌晶莹剔透，如玉一般，灼热的手掌一按上去，凉丝丝的，舒服异常。

尽兴之后，我们又爬上了小山坡。我随着多数人往冰瀑左边的山上走，上山的路却又分左右两道，左边的人多，右面的人少，最上面好像还有人放下绳索供下面的人攀附。我来到右边山脚，开始了攀登。开始还好说，山体裂开形成的小径两边，还有凹凸的石块可供手抓脚蹬，一会儿之后，那山道两旁竟全是光滑的岩石，手无石可抓，脚无石可蹬，悬挂在光秃岩石上的身体无法附着，我努力稳定自己。但是，我的四肢还没有完全找到着力点，就听我前面穿着蓝衣服的女人在焦急地低声喊："我能抓哪里啊！"她前面的男人不知道嘀咕什么，反正那女人的声音越来越急促，充满了紧张、害怕，甚至带了哭腔："等等，我不行了，我要掉下去了。"她前面那黄衣男人嘴里还在嘀咕，却没有停一下来等等他的这位同伴；这女人的声音已经充满了惊惶。我见状，赶忙退后一步，怕那女人掉下来砸着我。哪知我刚退后一步，那蓝衣女人高声尖叫了起来："大哥你别退，帮帮我，我要掉下来了！"我犹豫了起来，我不能往下退了，后面的人也叫了起来，对着那女人叫喊。女人惊恐万分，手足乱摆乱动，身体也在前后乱摇，随时都有掉下来的可能。刚才前面队伍放下的绳子早已无影无踪。正在我犹豫之间，蓝衣女人前面的男人却顺利地上了山顶，片刻之后，还双手叉着腰站在上面的大石头上高声叫喊：“后面那位男同志，你救救我们的那位女同志啊！”那女人也不住地叫我“大哥”“大哥”，声音里充满了哀求。我不再犹豫，挺身向前，边观察着上面的岩石，边对那女人喝道：“你别急，一切听我的！你现在双脚是有地方踩的，尽量踩稳了，你的左手可以抓住上面那个凸起的树根，把身体先稳定下来！”我的口气出奇地镇定，那女人渐渐地松弛了下来，也逐渐把身体稳定了，问我：“然后呢？”我见她稳定了下来，自己也向上攀登一步，举起我的左手掌，身体则死死地顶在光滑的岩壁上固定自己，对那女人说道：“好！现在，我的手掌就是你左脚的支撑点，你的左脚移过来踩着它往上走。”那女人急忙移过脚来踩着我的手掌往上攀，我用力顶住，双手交替，如此反复多次，她上去了，我也上去了。上去之后我没仔细瞧那位蓝衣女人，却看到了那个先上去的男人，我怒气直往上蹿，直指着那个男人痛斥：“你是不是男人？连你的同伴都不回头救一下，只会吆喝！”骂完之后才发现，那正是先前同行的“重要事情说三遍”的穿黄色冲锋衣男士。

回头一看，那条路的中间偏上的一小段确实光秃秃的，没有岩石或者树枝的支撑点，难怪刚才最上面的队伍要带登山绳，想来那是一位有经验的领队或者来过多次的人。我正准备离开，后面的一位穿绿色衣服的女孩子也叫了起来，她后面几个人此起彼伏的建议已经让她烦躁不安，脸上汗水直流，身体不停地晃动，她大声地叫着我：“大哥，你来帮帮我！”我只好再下去几步，让她紧拽住我伸过去的脚，一步一步爬上了山顶。山顶之上，那位蓝衣女子还在紧紧地搂着一棵树，一动也不动地喘气，浑身止不住地颤抖。

我继续向前，前面的路比较好走，一小段攀爬之后就到了花沟地段。花沟里冰面平整、晶莹剔透，顺着沟势宛转曲折，沟旁泛黄的芦苇和丛生的野草在冰面雪地上显得格外劲健。一阵阵的微风顺沟荡漾，吹在我脸上别样地舒服。我回望群山，群山已被太阳镀上了阳光，岂止群山，我足下的冰面、四周的山石树木还有我自己也沐浴在金色之中，顿时，一首《七绝》伴着豪气直冲头顶：

鲜衣怒马踏巴山，
遥想功名蜀水前。
几回醉卧玉兔冷，
一朝傲立白驹暖。

下一站的黄土台村到了。说是村子，却早已荒无人烟，只留下青砖黑瓦，残垣断壁，破败不堪，交错的沟壑里堆满枯草和积雪，已不知是什么时候留下来的了。但村子的规模还在，院落犹存，村头上的大树依然栖鸦招凤。我就在那棵大树旁歇了下来，坐在一堆破砖上，从还闪着崭新光泽的“紫狐狸”里拿出食物，吃起了路餐。正吃之间，后面的人陆续上来，刚才在山腰上被吓着的那两位蓝衣女士和绿衣女孩也来了，她们俩看见了我，笑盈盈地赶了过来，连声说着感谢，还仔细地端详起我来：“戴眼镜的书生？”“脸上还有酒窝，长得斯文，胆子可不小！”远远地，那位黄衣男士露着酸酸的表情。蓝衣女子自我介绍姓江，想要和我一起拍照，我笑笑同意了。哪知这两位女生“得寸进尺”，站在那里研究起来当时是我的哪只手哪只脚救了她们。

我是不记得，她们还真研究了出来，她们让我坐在一块石头上，一人把手放在我的左手背上，一人把手放在我的左脚背上分别拍了一张照片。拍照的片刻，我有些自豪，也开始了琢磨，在那段光溜溜的岩石山道上，我又是怎么爬上来的？也许是足上那双崭新的“坦克”起了作用？我无解。

太阳斜照，离开那棵村头的大树我们往前走得一路轻松，掠风坡村、过黄岗村，很快就到了峰口庵。峰口庵一带是此行的最重要之处，脚下的那条“京西古道”青石路上蹄窝点点，窝印清晰，竟深陷于岩石之中，有的足有半尺之深，日积月累竟然光滑如镜。传说中，早前这一带以石煤为生，又盛产琉璃，先人们用骆驼和骡马等畜力川流不息运输煤炭、石材和琉璃，直达内蒙古与山西，驼马浩荡，千磨万击，竟磨砺出青石大道上遍布的蹄窝，似鬼斧神工、叹为观止，成为一道独特的沧桑风景。古道上的牛角岭关城，就是当时王平口与捕衙南乡的分水岭，被称为西出京西古道的第一隘口。我登上了关城，站在破败的关城之上久久未动，远处的山峰起伏、积雪连绵、逶迤不绝。这世界是那么大！我不只看到了连绵的山峰，呼吸到了新鲜的空气，看到了大自然中的冰雪、芦苇、山林和古道，更重要的是，我对大山和森林有了更深更新鲜的感觉，这种感觉让我兴奋、激动、甚至陶醉。就在这陶醉之中，远处的云海飘动过来并在阳光的照射下金波翻滚。传说中，山的一生十万年，睡个觉就是两千年，翻个身是八百年，而人生只不过百年，想到此，心里刚还有的那种小陶醉倏然而逝。我情不自禁面对群山尊崇膜拜，我已经幸运地过上了所谓白领生活，我已经拥有能够感受到的精彩与成就感，但如果止于此，我的幸福就只能如暴发户一般肤浅，然“天将降大任于是人也，必先苦其心智，劳其筋骨，饿其体肤，空乏其身”。我莫若用生命去拥抱精彩的世界，去挑战平庸麻木的生活；用脚去经历大自然的磨砺与洗涤，去感受探索人生的真谛，寻找自己渺小但又真实存在于世的感觉。人生如斯，也不算白活。

太阳西下，牛角岭关城之下，就是一条进北京城的大道。仔细观察，进城的大道是一条用青石板铺成的大道，开始宽约两丈，阶梯形向下延伸，每一阶梯足有五十厘米宽，以后逐渐收缩变窄，变得曲折起来；进入十八盘以后，道路就更为曲折，蜿蜒延伸。西风猎猎，大树掩映，枝影摇曳，水流鸦飞，缕缕阳光透过藤叶枝杈直射点点蹄窝，不由让人血气翻涌。原来，就是生活在这里的先贤马致远先生写出了那首“枯藤老树昏鸦。小桥流水人家。古道西风瘦马。夕阳西下，断肠人在天涯”的千古绝句。

犹有古贤陪伴，我脚下的“坦克”在石头路上敲击出清晰的节奏，声若“真美”“真美”！我思如泉涌。不走出自己的小世界怎么能知道外面的大世界，只有尽可能地了解这个世界，才有可能形成正确认识这个世界的方法，才有可能避免“坐井观天”。我兴奋莫名，沿途看到了冰雪、阳光、山峰，我走过了险要地段还救助了两位被惊吓的女生，我一天之内徒步穿越了23千米的山区。我，重新认识自己，由徒步攀登产生的兴奋催醒了我身体内的酣睡，在貌似儒雅的身体之侧竟可以有坚韧与强悍的存在？这是一种自我认识的变化，一种触及体肤与心灵、从内到外的变化。

一种由外到内的变化也在外公体内滋生。“外公住院了。”父亲通过电话告诉我。

父亲是我小时候第二个崇拜的男人。他比外公小18岁，与外公平凡的人生相比，他算得上身经百战、荣耀在身。2005年，他刚获得由国家主席签发，中共中央、国务院、中央军委颁发的“纪念中国人民抗日战争胜利60周年”纪念章。父亲出身贫苦农家，和他的兄弟们靠打工为生。他至今还记得他的一个兄弟因为饿，在地里刨了富人家的一颗红薯，就被人活活打死的事。那时，贫困的国家还处于外敌侵犯的危难之时，老家山西陵川的百姓在日本鬼子的欺凌下不但生活十分艰难，就连生命都无法保障。他记得他一个堂叔全家就是被日本人的毒气弹熏死在窑洞里的。十七岁那年的某一天，他正在帮人收庄稼，忽然来了一支队伍，那是八路军，他们一起干活的人就都参军了。打完了日本鬼子打国民党军队，1949年隶属18兵团60军的他们，随贺龙元帅的“一野”大军出秦岭，南下到了四川解放了成都，迎来了新中国的成立。从此以后，记不得生日的他就把国庆那天当作了自己的生日。刚刚过完第一个生日，他又到了朝鲜，爬冰卧雪，与拥有充足飞机大炮的美国人交起手来。他们胜利了，中国人民志愿军把美国人和韩国军队打回了三八线。有人说，战争打的是经济，那场战争中国人花费了62亿人民币，而美国却打掉了3410亿美元（《新华文摘》2017年第19期）；父亲他们那一辈军人更相信，战争打的是勇气。凯旋之后，他环视四周，和他一起参军的19个乡亲，活着的就剩下他一个了。父亲说是共产党让穷人翻了身，而他给我和弟妹讲得最多的是新中国成立后从抗美援朝开始的中印、中苏、中越几次自卫反击战：“这几次战争让全世界知道中国人民站起来了！”说这话时他目光炯炯，语气铿锵。国家没有忘记他们这些老兵，在他 78 岁之时还授予他纪念章。在我的眼里，父亲就是“一往无前”的象征。

母亲的耳朵不太好，给我打电话的事一般就由父亲代劳。我不知道这是父母亲第几次告诉我外公住院了。作为百岁老人的外公这一年时常住进医院，他本人早已看淡生死。住进新公寓楼房的他，抚摸着崭新的落地窗帘，看着在他眼睛里模糊的电视节目，笑说他遇到了一个盛世好时光，全家能四世同堂，当地政府还送了他百岁生日蛋糕。对于他的后事，家里也有所准备，但要让我这个他一手带大的外孙相信他真的衰老——前不久还感叹他能活到现在，看到奥运盛会“万国国旗在家门口飘扬”的外公真的将要去向另一个世界，确实太难了。我心急如焚，赶忙请在家乡工作的好同学好哥们儿仁健和光凯帮忙，他们已经和外公的主治大夫万医生混熟了，经常与万大夫讨论病情，还隔三岔五地去医院的住院部看望外公。

外公是四川本地人，家离重庆很近，小时候读过私塾，年轻时到大重庆做过几年生意，性情温厚明礼，知道学习的重要性，解放前度日艰难的他硬是让他的几个儿女也多少上了点学。还记得他给我讲过八国联军占领北京，把西太后和光绪帝吓得逃出京城；日本人轰炸过重庆，五年的无差别轰炸让上万人死在防空洞里，仅 1939 年 5 月的那一次轰炸就让市中心近 4000 人丧生；美国兵在山城大街上喝醉飙车，吓得警察靠边满街人乱跑。还记得他曾经带我去河边钓鱼，去田埂上割兔草，去山上登高，去县城里的茶铺喝茶，他干起活来精力充沛，爬起山来身手敏捷，聊起天来神采飞扬。还记得他曾经教给我他喜欢的地理知识：四川北部的秦岭大巴山，西部的山是横断山，世界最高的山叫喜马拉雅山，喜马拉雅山往西还有一座冈仁波齐神山；外国的山也很多，北美的落基山，欧洲的阿尔卑斯山和高加索山，非洲的乞力马扎罗山等……说到乞力马扎罗山他有些激动，说那是一座雪山，那座山下大象成群，动物迁徙非常壮观，语调里充满向往。而在他的口中最神秘的就是四川以东，贵州、云南、广西等南方省份多见的喀斯特地貌了，他说那些黑色的怪石头本身就是石林，石林上面还长满了绿色的森林，绿色的森林里什么动物植物都有！大学毕业后，我拍摄的第一个森林就是喀斯特森林，带着外公的身影，我满腔热情，全力以赴，为了一个镜头不顾生死。

喀斯特地貌，即碳酸盐类岩石（主要是石灰石）被水溶蚀后形成的地貌，在我国有十分之一的国土属于石漠或半石漠化的喀斯特地貌。一般山势陡峭嶙峋，山石坚硬，土层瘠薄，生态系统一旦破坏难以恢复，如大理、桂林石林就是被毁坏后难以恢复。

荔波喀斯特森林位于贵州省荔波县，集中在茂兰森林保护区，是“中国南方喀斯特”的杰出代表。“千岩竞秀，万壑争流，草木葱笼其上，若云兴霞蔚。”荔波喀斯特山体黑中泛白，植被覆盖茂盛，动物种类丰富，地下溶洞广泛，保存完好的生态系统让它具有绝佳的风景。所谓绝佳的风景在这里就主要指它的“立体”，一切风光要素都是立体的。高大的中亚热带乔木之下是灌木，灌木之下是草本，草本之下有蘑菇和苔藓，山体下的溶洞内阴暗的环境里还生长有蕨类、天南星科植物等；而且从上到下藤葛垂悬、形状万千、色彩各异；山上是郁郁葱葱的树林，树林之下是千奇百怪的石林，石林之下是溶洞里长相不同的石芽与石笋，让很多裸露的喀斯特景区相形见绌；从山巅之上幽蓝静卧的大小湖泊，到山林之间咆哮的瀑布，山脚下吟唱的溪流，山体下喀斯特溶洞内曲折婉鸣的暗河，相互勾连、动静呼应，形成巧妙而庞大的水系，让整个森林生动起来……在这里，森林、蘑菇、动物、水体、鱼类、山势、溶洞、少数民族风情等因素互为一体、精妙结合，让那时还年轻的我们一进山就陶醉，陶醉得一个月不归，住木楼、唱山歌，饮泉水，漫山遍野地拍摄采访，为了拍摄一个镜头不顾一切。

那是我们在山里拍摄的第六天。早晨，当天际的曙光刚刚洒向山脚，我们摄制组四位成员——编导、摄影、照明、摄影助理，就和佩枪的向导、身为森林警察的小邓等三人一起到了一座山的山脚，进入了一处无路可走、野兽绝迹的喀斯特绝壁地区。这座山被无数的沟壑分割成一道道绝壁，纵横交错的绝壁梯次向上、彼此分离，使每一堵绝壁都成为一座“孤岛”。每座“孤岛”之间宽十多米，布满了被雨水溶蚀得刀丛一般的石芽、石笋；高一两米到十多米绝壁表面的岩石也被溶蚀成一把把尖刀，有的似匕首，更多的挺着长长的“刀锋”，等待着要来攀登它的人们。

山顶是茂兰喀斯特区域的最高处，要爬过这些沟壑绝壁才能到达山顶，俯视全景。我们全身伏在笔直的绝壁上爬行，眼睛紧张地寻找着每一条可以利用的石缝，每一根可以拉拽的藤葛树枝和每一块凸起的石头，艰难地向上爬行。回头一看，自己好似悬在空中，而下面的沟底布满石芽、石笋，一旦掉下去后果不堪设想，更可怕的是喀斯特岩石之间普遍不相联结，绝壁之上，我们手攀脚蹬的岩石常常突然滚落下来，好不容易抓住的藤蔓也不知道干枯了多久，常常会突然断裂。不时听见有人踩空、摔倒，每个人的手上都布满被荆棘刺破的伤口，每个人脸上都汗水、泥土一片模糊，但是每个人都在四肢并用，一步一挪地向上爬行。所有人心里都明白，稍一失手意味着什么！

一道绝壁攀上去了，但是上了绝壁又是另一番险境，刀丛般的石芽、石沟让人站立不稳，脚往往只能踩在一把“刀”上，或者一个仅容得下脚尖的石窝里，甚至一柄竖立的石芽上，爬上去的人会在一两米宽的悬崖上摇摇晃晃。下行时有凭借物更好，如藤蔓树枝，没有就只好硬往下一级一级地跳，为了保护摄影器材，几乎每个人都摔得鼻青脸肿，伤口渗着血，摄影师的右脚拇指的指甲就是这样被砸掉的。

从来没有过的险境！这在平时我们是难以想象的，但是那天我们却在反复地上下爬行，攀登着一道又一道绝壁。不知有多少次感到再也爬不动了，不知有多少次感到四肢再也不听使唤了，但是，我们四位年轻的电影人谁也没有说出“不行”。在嶙峋的绝壁之上爬行，大家几乎都只闻其声，难见其影，但我们在森林里相互呼唤着彼此的名字，相互鼓励，相互引导着前进的方向，创造着攀登的条件。向导小邓等给大家加油的声音也不时响起。小邓他们三个都是少数民族。这儿的村民百分之八十都是水族或者瑶族，他们不但是我们的向导，还要负责我们的安全，大山里面随时都会面临不测，他们的“五四”手枪里都压满实弹。除了每天和我们一起跋涉之外，他们还要负责联系当地的山寨寨主（村长）和村民，安排我们晚上的住宿和白天的食物。由于人烟稀少，我们一天往往只能吃两顿饭，所有人都身体严重透支，全凭着青春的热血支撑。

坚硬的石壁上几乎无土，我们的每一次的摔倒或撞击都是“硬着陆”，没有人不受伤，没有人不留血痕。也不知过了多少小时，我们终于登上了山顶，在这时我们才感到干渴难忍，眼冒金星，肌肉不停地痉挛，但我们还是站立起来了，在山顶上架起了摄影机。镜头前阳光普照，云海泛着金光，连绵起伏的喀斯特森林在雾气中时隐时现，蔚为壮观。灵动的心语告诉我，登山是一种多么美好的事情，只要敢于攀登，就会收获美景！

上山难，下山更难，疲惫到极点的人下山更是难乎其难。下行的绝壁上步步惊心，几乎每个人都遇到险状，有石头垮塌身体下坠的，有掉下去后被藤葛树枝挡住的，有走在独木桥上那独木突然从中断裂的，好在有惊无险，所有人都走过来了。身经百战的小邓他们不断鼓励道：“晚上喝土酒，吃野薄荷火锅！”终于挨到了山脚，但摄制组每个人的脚步都已是踉踉跄跄，身上早已无汗可流，就是口里喘息的热气也是那么可怜，而这一切就是为了给观众奉献一个镜头——荔波喀斯特森林全景。

做电影需要全身心的付出。

20 世纪 80 年代末 90 年代初，我投入科教与纪录电影的拍摄，每一部片子都用胶片纪录得专注走心，获得了国家电影的最高奖项“华表奖”等荣誉；90 年代中期改制进入电视台，拍摄制作的电视片同样获得许多国家荣誉。那是一个市场经济的繁衍期，财富的快速增长期，也是媒体的转折期。电影正逐渐没落，电视片成为媒体主力，我们策划了《致富故事》电视栏目，它精选致富项目，讲究科学规范，把种植业、养殖业、手工业、工艺类等项目讲得实用生动。新旧世纪之交，致富项目里特种养殖、美食、旅游等快速扩展，精准表现的同时，效益分析等要素更加突出，而栏目包装、宣传、经营、管理与收视率分析也成为电视栏目策划的必然要素，重视这些要素使我们的《致富故事》更加精彩；新世纪之初，电视竞争空前激烈，仅靠客观叙述已很难满足观众需要，我们意识到情感因素的重要，必须在《致富故事》的“故事”上下功夫，让有血有肉的致富故事去打动观众、感染观众，“讲故事”的概念让栏目收视率加速增长；2005 年前后，媒体业内已看出电视将衰落，网络将兴起，我下海进入彩棱影视制作公司担任高管，在公司策划了基层党建系列节目《旗帜》，取得社会经济效益双丰收。那时，社会对媒体的需求已呈爆炸式增长，而我在奥运会期间，在第一视讯新媒体的表现也引起了新旧朋友和家人们的关注。

艺泓最了解我作为媒体人的付出，也理解我对外公的感情。她就是从小跟她外公外婆长大的，她的弟弟们跟着她繁忙的父母生活，她和外公外婆住在一起，是两位老人的掌上明珠，为了买一双她喜爱的雨鞋，外婆能够跑遍全城；为了一碗她爱吃的羊肉汤，外公能半夜去排队。她性格活泼，喜欢折腾，二十多岁的她一边做着地市级电视台的新闻主播，一边开着有六十张桌席的饭馆——常常是电视机里青春靓丽的她正在播着新闻节目，她本人却已经在饭馆里笑眯眯地迎接来吃饭的客人。来北京后做了几天主持人就偏要做记者、编导，做编导一年多，又改行做电视广告总监，总监做了不到两年又考取资质，做起了房地产。样样做得风生水起，身份变化太多，脑袋里的主意也实在太多。看到我在外公生病时的焦虑，她又打起了陪我一起登山的主意，已经选好一处山林。她拉着我说燕山和太行山交界的百草畔让她眼前一亮。

百草畔地处北京与河北交界的风景区野山坡地带，其主峰海拔 2161 米，是北京的第三高峰，资料上的几个亮点让她看得凝神屏息：蚂蚁岭奇观，在一大片杨树或橡树林山坡之上，一个个土红色的土堆堆得高高的，在幽静的树林之中十分显眼。一个个圆形土丘，就像一个个小坟冢，高者约一米有余，低者也有二三十厘米。仔细一看，全是蚂蚁筑窝时倒出的土和草根等。这里的蚂蚁出奇地多，而且个头大，凶猛异常，嗅觉灵敏，行动非常迅速，属罕见的红蚁。如果外界有震动或者声响，这些蚂蚁便在瞬间倾巢而出，如果好事者敢捅一下它们的窝巢，这些可怕的小生灵就会蜂拥而至，爬满整个土丘，令人生畏。

杜鹃冰瀑，这里山上山下水源充沛，但因海拔高而气温低，即使盛夏也要比市区低 10℃以上，因此四五月间这里还是满山冰川，冰厚达三四米，整个山谷都明亮透洁，光滑似玉。悬崖峭壁之上更是形成巨大的冰瀑，冰瀑高悬，晶莹剔透，形态各异，似人似马，似垒似峰，煞是壮观。更奇的是，虽是冰雪覆盖却挡不住花开的诱惑。春天一到，漫山杜鹃花迎春绽放，丁香吐蕊，杨柳飞絮，整个百草畔白色冰川与绿柳红花相互映衬，冰清玉洁与翠绿姹紫交相辉映。

二林竞秀，绿色森林苍苍茫茫，而以中生代火山岩为基础发育而成的红色安山岩石林奇形怪状，与森林共生一体，形成一个完整的生态系统，二林相配，美不胜收……

夏末的一天，天还未完全亮，艺泓就收拾停当，我也穿好我的

“坦克”和冲锋衣，背上“紫狐狸”，和艺泓一起出发了。我们一路观赏，看到了风动石、香炉石、独占鳌头等怪石，看了蚂蚁岭、小冰川、万年冰、冰川杜鹃、密林雪浪、二林竞秀等奇景，整整四五个小时边走边看边拍照，真是美不胜收！冰川杜鹃与资料上稍有变化，由于我们去的时候是十月下旬，千余米长的冰川稍有消融，原来落差有二百余米宽的冰川也瘦小了很多，但放眼望去仍是红绿白相间，美煞游人，一些爱美的姑娘更是穿着单衣单裙在冰花间摆着造型。那天是个大晴天，林荡叶摇，好像是阳光在山体上飘舞！

其实此时最美的不是看，而是听。闭上眼睛，让身边的景物保持视觉残留，正在消融的冰水滴滴答答在耳边回响，水滴在石头上的声音，滴在树枝上的声音，滴在泥土上冰雪上的声音此起彼伏、又各有妙处。而飞来又飞去的鸟类鸣唱也忽大忽小、忽有忽无。林中听音，洪钟大吕，低吟浅唱，高低相谐，好似一首森林之歌正在奏响、缭绕，远近高低的山谷与林廊引出的回响更是妙不可言。艺泓把她明亮的大眼睛闭得紧紧的，仰着头微笑着倾听，那半张的嘴唇好像也正欲承接高处滴落的冰水。

冰水落在了我的身上，凉凉的，让我想起了早上刚出发不久的一幕。那时的山路有的地方还盖着雪，越来越陡，艺泓早已弯腰行走。马上就要到凌云谷了，前面又是一个陡石坡，路的左面是石壁，右面是石崖，行进中的我猛地踩上去，脚下的大石块一滑，连人带石裹着碎雪就要滑向下面的石崖。我止不住，身体向下滑去，跟在后面一米以外的艺泓“啊”的一声扑过来。但她迟了，她的手没有够得上我。我继续向下滑去，一路石头随身体滚落，艺泓毫不犹豫地纵身一跃，也随着我向下滑落了。滑落之中，她终于抓住了我，猛地紧紧抓住我，我们一起滑向崖底。还好，那崖不高，我们都摔在沟底，在沟底，我们的手还紧紧地握在一起。艺泓早已花容失色，嘴里吐出的却是“老公”二字。我们彼此都从对方的眼睛里感受到了强烈的牵挂和温暖。我们相互搀扶，又爬上了上面那条石头山路，山路之上，我深深地吻向艺泓炽热的唇：

分明是你炽热的唇
传过来的声音却是单纯
单纯就沸腾了我的血
紧紧抓住那人说缘分的真

你的手心依然滚烫
看我的眼神不变的清亮
清亮就照见彼此的心
心心相印点燃了永恒的吻……

山路之上，就是陡坡；陡坡之上，“海浪”来了。那是一片又一片山顶上的空中花海，在那山顶之上是一个绵延 20 千米，大约有几千亩的高山草甸。这里绿草铺张，百花齐聚，香气四溢，是一个天然的山顶花园。在这个大花园中，紫丁香、野玫瑰、杜鹃花、百合、野菊花，白的红的紫的蓝的黄的，随季开放，满山遍野，沁人肺腑。特别那紫色的丁香，在蓝天白云之下竟是那么夺目，而那蓝天白云，竟是一尘不染的蓝，一尘不染的白，拍下的照片，堪比青藏高原的花季。随着海拔高度的不同，山坡上生长的花草也不相同，从远处望去，一层一层地姹紫嫣红，排列整齐，迷醉游人，不时还有山鸡、松鼠穿梭。

艺泓已坠入花海，看花抚花拍照不亦乐乎。忙的是我，我忙着给艺泓拍照，总想记录下艺泓所有美好的瞬间。花海犹未了，云海又来临。我们坐在山顶花园边沿的“云浮峦”山崖之上，我们知道这里是看云海的最佳之处。刚开始，我们看见云海滞留在山谷里面逐渐堆积，形成云雾，那些云雾沿山谷爬行，逐渐弥漫整个山间，不一会儿，悬崖峭壁之下云海相拥，似万顷波涛滚滚，急流不停涌动，似海非海，似雾非雾，苑若仙境。渐渐地，云海由缓变速，急速上行。也就是那一眨眼的工夫，远处如海面上掀起巨浪般的云朵，也如咆哮的沙暴滚滚奔腾、铺天盖地，刹那间就吞噬了远处山与山之间的沟壑，无数的山顶很快就在浓浓云团中沉浮挣扎，眨眼间近处已是白茫茫的一片，淹没了刚还冒着尖的数座山峰，排山倒海般地向着我和艺泓站立的这座山峰涌来。

我回头一看，我和艺泓，还有已经上到云浮峦观景台上的其他游人已经陷入云团之中。四面扑过来的云海劈头盖脸、一团一团地掠过我们的身体，瞬息间就把我们吞没，连“紫狐狸”上那块荧光标志都消失了。我和艺泓赶紧把手紧紧地拉在一起。执子之手，与子偕老——只要手握在一起，就能感到彼此的存在。云团已经完全把我们包裹，就连对面的彼此都不能看见。渐渐地，身边的云团开始散去，带着彼此的气息向周围的无垠扩散开去。艺泓和我都慢慢地睁开了眼睛，艺泓大眼睛里的水汽弥漫成一层薄翳，让她眸子里明亮的光芒更加润泽。山峰间大团大团的云雾正像野马般地从身边奔泻疾驰，向着远处遁去，其磅礴气势不减来时，不久，那前方的山谷里，竟出现了一道鲜艳的彩虹挂在云海上，把我看呆了。

秦岭

——走出厄运设置的怪圈

那年的最后一天，我接到父亲的电话，说外公快不行了。

当天，我和艺泓片刻不停就坐飞机回到了成都市新都区，艺泓还买了康乃馨花束直接奔向医院。过了百岁的外公已经去世，平日清癯的面孔已被病痛折磨得凹凸尽现，如挺拔的山峰，但安详平静得如生时一般和蔼。母亲说，外公昨日还呼唤着我们的名字；父亲说，外公的意识一直清醒，最后几天里也还在说自己遇到了太平盛世，他们家里没有人像他这样长寿的，他的父亲他的爷爷都是六七十岁就走了。看着外公的面孔，我仿佛感到小时候他抱我的温暖，听到他给我讲《三国演义》、《水浒传》和《安徒生童话》时尾音的婉转，还有他年老后步履的蹒跚。那一夜，我和父亲相对而坐，任过去的时光在脑海流淌，一夜无语。快到早晨，父亲才抚着我的肩道："去找你的好同学们聊聊天吧。"他知道，我在家乡有很多要好的同学。

同学们为外公的后事都在尽力忙碌。忙完之后，大家才难得相聚，这些我小学、中学的同学，好多是二三十年未见，变化不小，但彼此却都能叫上名字，能讲出当年的故事。回京前的最后一次同学聚会，是我、仁健、光凯、小莉与佳婷，还有在医院照顾外公的万大夫。我们五个同学是小学一个班的各科课代表，学习都非常好，初中和高中有的同班有的不同班，但一直都很爱学习也很要好，凡遇大事都要聚集商议，同学们不分男女，都称我们为“五魁首”，看到我们聚集还说“五魁首一个也不落”。万大夫是陕西人，是改革开放后考上大学才走出大山的，虽不是同学，但照顾外公很尽心，和仁健、光凯他们也混熟了，聊起天来无碍。那晚的聚会不沉闷，几十年过去了，每个人的人生都是一本书，一个伴随改革开放艰辛创业逐渐致富的故事，有泪有血有笑。穿着时尚的万大夫还说她前些年“绝望时就爱爬到山顶喊两声”。光凯提议，以后如有机会，大家在外地——最好是海边一聚。“面南临海话沧桑。”他站了起来，声音格外透亮。大家都说好，佳婷还对着光凯说：“说话算话！”

我回京了，外公去世的悲痛还没有消失，又传来父亲生病住院的消息。春节后不久的一天，母亲和弟弟打电话告诉我，父亲住院了。我把电话打到了父亲病床床头，父亲的声音倒是出乎意料地畅快，他告诉我他已经快出院了，主要是前段时间累的，叫我别担心，那敞亮的声音就像在战场上打了一个大胜仗，简直不像病人。

但我不能不担心，他也是年过八十岁的老人了。小时候父亲的工作很忙，记忆中家里靠门的墙上总是挂着三把枪，一支手枪、一支冲锋枪、一支信号枪。父亲总是忙进忙出很少陪我，然而一有时间他就会带我走进一片香樟楠木林，那是我们住地旁的一片林子。那片树林很大，生长着成百上千棵香樟树、楠木树、皂角树、苦楝树、柚子树等名贵树种，每一颗香樟或者楠木树都有一两个，甚至三四个小孩子环抱那么粗。每当晴天，阳光透过树叶像金子般洒进树林，香樟和楠木散发着阵阵芳香，我在树下活蹦乱跳，而在一旁嘻嘻笑的年轻军官父亲总能身手敏捷地抓住我。那片树林是我和父亲的乐园，想起来如梦幻一般。

梦幻总是被现实打乱。盛夏七月的一天，公司温总到我的办公室，一脸愁苦，说出的话却惊心动魄：公司倒闭了。公司的两个主要股东资金链断裂，不能再给公司注入资金，不得已已申请破产。也就是说温总和我下个月就没有工作，没有薪水了！好像从山顶突然摔到山谷，事业、理想、酬劳瞬间冻结，高管职位、配车、豪华的办公室一切成空。突然之间，我们就什么都没有了。我们将像街边下象棋的老头儿一样失业了——不，还不如他们，他们是带着退休金光荣退休。原来，从人生赢家到失败者很简单，只需一个通知和签字就行。

盛夏里的我，像一只热锅上的蚂蚁待在家里，艺泓不断地安慰我，说厄运总会过去。有一天，她不再安慰我了，沉默了好久，说有一件事要和我商量。她直直的眼神吓得我胆战心惊。我盯着她的脸忐忑不安，还会有什么不好的事发生？她艰难地开口了——公司要在非洲修建医院，派她去非洲做工程监理三年，三年后若过关提升总公司副总。出国援建期间，薪水是原来的三倍还有奖金。她犹豫好久，今天终于不得不说了。可以不去，但她的事业还有优厚的酬劳都会损失；何况我已经失业，女儿还在澳大利亚留学。

我们的女儿已经留学三年了，学的是国际金融专业，她懂事、学习好，还乐观上进，总能给我们带来快乐。电话里我们把家里成串的大事告诉了她，想听听她的意见。她说爸爸不要难过，妈妈不要太为难，她也再想想，过两天给我们电话，说完就挂断了。过两天她真的来电话了，她说她已经找到工作，开始打工了，除了学费，其他费用，如住宿、交通、平时的开销，她自己全能解决。听得我和艺泓热泪滚滚。这就是自己的女儿，在家里天摇地晃时她主动伸出肩膀扛起一半。

艺泓走了，想想家里的开销和双方父母的需要，一过元旦，艺泓就带着一束她喜欢的玫瑰花去非洲了。我送完艺泓回到家里，房间里无声无息，四周的墙壁空空如也，天花板上的吊灯冷冷地瞪着我，我的心里更加空落落的。我急忙走近客厅窗户旁的鱼缸，那鱼缸里还有三四十条红鹦鹉鱼，它们是这个屋里除我之外的唯一活物。

女儿回来了，回来得那么突然，她知道我这个春节没有心情回四川，她是担心她父亲一个人在北京过春节临时决定回家的。女儿是我们家祖祖辈辈唯一一个留学生。女儿回家真好，她带着我把家里彻底打扫一遍，陪我去超市买来年货，再买来 2888 响的鞭炮准备过年那天放。她在窗户上贴上窗花、门上贴上大红对联，还抱回来一只喜庆的毛绒兔子——那一年是兔年。红色的兔子一定能带来好运。想我这一年厄运连连，为了守孝，黑色衣服就没有离过身，从 T 恤到长袖衬衫再到夹克羽绒衣全是黑色的。女儿说，爸爸，过了春节你穿红的。

春节一过，仁健和光凯打飞的来北京了，他们纳闷我为何春节不归乡。他们知道外公去世对我是重重的一击，他们打听到我已失业，还听说了艺泓出国，女儿正在留学。他们没有告诉我就来到北京，住进了我家对面的宾馆。他们感叹造化弄人，硬塞给我一张银行卡还有一个铝饭盒——卡是他俩的，饭盒里面的钱是小莉和佳婷凑的，我不要不行。他们留下一句“五魁首一个也不能落下”就回成都了。他们的车还停放在成都双流机场。没过多久，了解我情况的万大夫到北京出差，抽出时间来看我，一见到我就笑道："哟，几天不见成艺术家了！"原来，我的胡子已长满一脸。她盯着看我那张毛发横生的脸，听到我不间断的咳嗽声，建议我走出去，换一个环境。她还笑着说起了老家西安的典故"秦晋之好"，劝我去陕西登秦岭："去登山，陕西的秦岭千沟万壑。七十二峪，峪峪都可以让你有新的发现。"她还说会介绍一位登山高手陪同我一起去。

登山？我已经忘了世上还有这个事！一年了，我不但忘记了登山，也忘记了这个世界！秦岭——儿时我就听外公说起过，父亲也曾在那里打过仗，说那里山高路险，"山难爬，敌人难追"。我去了，"五一"节放假的前一天晚上我就去了，我遭遇了厄运的大山，我渴望寻找到翻越厄运大山的力量。

登山的那一天早上，万大夫介绍的S君在约好的集合点与我见了面。她二十八九岁，个子不算高，体格却匀称；身材婀娜，肤色微黑却透着秀气，嗓音婉转悦耳。上车后她先看看我，把自我介绍都省略了，直接讲起了一个故事：

明隆庆年间，穆宗突然驾崩，太子年幼。皇后李艳飞不得不暂将皇权交给她的父亲掌管。不料，其父却将她和太子关入禁宫，独自专权。

依靠忠臣徐彦昭、杨波等人舍命相助，她带着太子逃出禁宫，往西直奔西安城。他们慌不择路，进入子午峪，再入秦岭北麓沣峪内的黑沟、北石槽沟，在群峰竞秀的山峰之中，上得一座山峰，但见奇石怪松，天然巧成，层峦叠翠，风光无限，让惊魂甫定的母子稍感安慰，于是，就在此山避难了。

后来，几位大臣鼎力相助，接他们下山，夺回了皇位。太子回京做了皇帝，母亲李艳飞却看破红尘，坚持留在此山修行，最终成仙而去。

那皇帝就是后来大名鼎鼎的万历皇帝。他为了供养并纪念母亲，在那座山上修建了王母宫，并赐山名为万花山。又因此山由九个形态各异、风姿峻秀的险峰环抱而成，为与其他万花山相区别，又得名九鼎（顶）万花山。

多么凄美的传说！我听着，脑子里已幻化出这座万花山上的王母宫。S 君提醒我，传说中的子午峪已过，我们正进入环山公路。然后经过秦岭野生动物园，再入沣峪口转盘，到了 210 国道 18 千米处，她带着我下了车，在国道北侧，就是万花山风景区。

一进景区还是水泥路面，但那一小段水泥路很快就消失了，我们马上就踏上了石头路和小土路。走在越来越窄的小路，我脑子里的“王母宫”好似越来越清晰了，“山巅之上，必见王母宫”！

湿漉漉的晨草早已把 S 君和我的冲锋裤裤脚打湿，黏稠的泥土也沾满了登山鞋的鞋底，让我们的脚步愈加沉重，好在岔路不多，顺着沟道走就行了。空气清冷，埋头走路的我不时抬头看看，总觉得王母宫就在前面。拐过一个山道，S 君突然开口说话，我以为王母宫到了，她说的却是：“快看，有一座庙！”真的，前面隐约一座庙。赶紧往前，走到近处，那用石墙修筑的庙宇十分巍峨，从地面直上庙宇的石阶就有五六十级。奇怪的是，在石阶入口处却一边各立着一只黑背黄狗雕像。那两只黑背黄狗昂首挺胸，翘首以盼，脖子上还被人系上红丝带，竟看得人有些伤感。蹊跷的是，在狗雕像的下面，却真的有一大三小四只狗活蹦乱跳，黑背黄身，和塑像上的十分相似，只是黑背黑嘴。离狗十来步远还掩藏着一户人家，和气的女主人对冲我们而来的四只狗吆喝着，还给我们送来了免费的热水。三只小狗和那只大狗，围着我们上蹿下跳，张着热乎乎的嘴去嗅着又喜爱它们、又有些害怕它们的S君，甚至还顽皮地站立起来去够S君举在胸前的食物，让一路沉闷的我们精神一振。

离开庙宇人家，我们又开始上山，山路仍然平缓，不见山峰。路上的行人很少，几乎就我们两人，不免又觉单调起来。忽然之间，路边零星的小花不再零星，成片成片地铺陈在我们俩的脚下，高三五十厘米不等，大多绿秆白花，花瓣碎小却簇拥成团，在灰色的晨雾中十分明亮。S君忍不住跑入花丛，俏丽的表情明艳生动。赶忙给S君拍照的我这才注意到周围风景秀美：林幽鸟啼、小路蜿蜒，黄绿相映、遍地落叶、露水如珠，连自己的脚步声也具有了韵律感。

幽静的山林很快就被我们自己的脚步声打乱，山路开始拔高，湿草和宽叶乔木越来越少，针叶的松树和柏树越来越多。泥土路早已消失，石块路面湿得溜滑，走起来得步步小心。S君和我的呼吸声也开始响了起来，脚步声也再没有韵律而变得杂乱起来。

杂乱的脚步逢山开路、遇水搭桥，遇到点艰难不算什么。我们的脚下已是裂得炸开似的大石块，体积多数比人还大，我们只能在裂缝中四肢并用地往上爬；过一会儿，却又是暗红色的土路；过一会儿石块垒成的小路再次出现。石块垒成的路越来越狭窄陡峭，凹凸难行，白森森的石灰岩石头面目各异，狰狞扑面。不知是雨水还是露水，浸得石头表面又湿又滑，折腾得我们汗如雨下，但谁也没有慢下来。抬头望望前面，山却是愈加陡峭，第一次爬这种山的我不由得收住了脚步，让自己停顿一下，也就势把登山包的防雨罩罩上。登山高手S君却催促起我来："快点！"她意外地兴奋起来，这是被所遇挑战激发起来的兴奋，只见她"人面桃花相映红"，斜靠在前面一段横在路上的断木上等我，我赶忙向前。

山径上不时横着倒伏的树干，如桶般粗壮的树干有的还露着新鲜的茬口。而石块垒叠的窄路已经时断时续，多数都是一面绝壁一面深渊，有时就根本没有路，只得蹬着石棱，攀着又滑又冷的绝壁如壁虎般爬行。前面的S君似游刃有余，我强装镇静却步步惊心。我看看往上的方向，越往上雾气就越浓，二三十米远的地方都似神秘莫测，看不清楚。"这儿有铁链！"走在前面的S君嚷了起来，我走近一看，一段绝壁之上，脚能踩的也就是乱石块或者石窝子，好在有一段粗大的铁链子横钉在石壁之上。我也心里有底了，好歹这还算有前人留下的足迹，只要前人能走过去我就能走！我一手扶着绝壁一手抓住铁链，踩着石窝子蹭了过去，蹭得心惊胆战。就这样，一会儿石路，一会儿铁链。铁链有的长两三米，有的四五米。幸好白雾缭绕，铁链之外的危险也看不清楚。又一段铁链来了，这是一段固定在两块巨石上面的铁链，也就是说脚下已经没有路，这段铁链就是悬空在脚下的一段路，而旁边也没有了可依靠扶持的固定绝壁，只有一段同样固定在两端石头上，可扶握却更细的铁链。站在悬空的铁索之上，脚下和手臂都在摇晃，身体无法站稳，我赶紧缩身收腰，保持平衡，咬紧牙关学着S

君的样，硬是挪了过去！挪过去的我迎着S君的笑脸：“我们走过来了！”我们相互击掌庆贺，又相互举起了相机。

脚下的路还是那么难走，还是在拔高，我们的脑子里已被路途的艰险难料塞得满满当当，但已在拔高的路上走了一个多小时的我们，脑子似已适应，还有空隙留意起了路上的人文风景：头上悬着一块鳄鱼状的巨石，那是鳄鱼登天门。相传沣河内有一鳄鱼精，听闻万历娘娘漂亮美丽，为了一睹芳容，就由黑沟一步步往上爬，爬的就是我们正在上山的路线，哪知到此它已累得精疲力竭、只能仰天长叹，直到今天。“巨蟒昂首”，相传通天门外盘一神蟒，为李娘娘守护通天之路。有一天神蟒听到山崖下有大动静，便昂首探望，就看到了那只奄奄一息、只差一步失望至极的鳄鱼精。通天门，两块分离的巨石之上斜楔着一块更大的巨石，形成一长方形拱门；而门前的两棵松树则被人称为夫妻树，大凡夫妻同来者必在此树前合影。思乡台，据说李娘娘想儿想得心慌时，就上到此台，面北而坐，喊几声，抹几把泪，就没事了。莲花台、聚仙台、二罅都、西佛顶，在万花山上，到处是景，到处是传说，石块旁还不时有山民敬香的痕迹，虽不能说是一步一景，却也是景点众多，且都紧紧扣住李娘娘和万历太子避难与修行的传说。况且景点处万山千壑、白云闲渡、山峻天蓝、雾伴松鸣，虽是春夏之交，但当地人说“春天山花烂漫，芳香四溢；夏季云涌峰翠，景象万千；秋时满山红叶，层林尽染；冬季群山枯黄，唯此青绿盎然”当不为虚。

通天门一过，就是万花山的最高处九莲顶与开花顶，开花顶山顶开裂，犹如莲花盛开。传说九莲菩萨常来此处为李娘娘指点修行之道，李娘娘也就在此修成正果，再由此移步通天门飞身成仙。由此处往前，就是朝阳峰，要上得此峰，还须上得一凸起的绝壁高台！幸赖前人已在高台旁搭建起一木梯，那木梯垂直，足有两三层楼高，有些已腐朽黑黢黢的还长满青苔，S 君看看四下无人的四周，先十分谨慎地攀爬上去，才让我上去。我提心吊胆地接着爬上去了，上去以后却猛然发现别有洞天，此处是一开阔的斜面石台，阔可踱步，两棵松树翘首向东，四下一看，山峰云海、美景尽收眼底，霎时间，沿途征服险境的极度快意涌上心头，我爬上海拔 2000 米的高度了，我看到了云海沉浮，万山竞秀，山清天蓝，霎时，一句话出现在我的脑海：流云遮不住青山，困难已被踩在脚下。

此时此景，S 君也花容绽放，丢下登山杖就要与我比肩合影，还朗声背诵起一段诗一般的语言："去攀登吧！倾听山的呼唤。自然的平和会浸入你的身心，如同阳光洒满树林。微风让你心旷神怡，暴风赐予你无穷的力量，忧愁如同秋风般悄然落下。静静地走向四方，品味和拥抱无限的自由。"她半仰的脸庞神情亢奋，声音如鹂音婉转。那是她那天登山时说的最长最有诗意的一段话，而当时的我更不知道那是登山家约翰 · 缪尔之言。但我也受到她的感染，非常享受登顶后的成就感，也觉得登山者之间是用攀登的感觉在交流，他们建立的友谊很纯粹，是其他运动难以相比的。头接蓝天，腰缠云雾，脚下山峰沉浮竞秀，我觉得我已经从登山运动中得到了最纯粹的快乐。山风吹来，人物浑然，尽纳于胸。我不由南北眺望，但见左右两条山脉连绵不绝，形似两条巨龙盘卧，而龙头就会聚于我们站立的地方。相传万历娘娘当年每日清晨都来此观旭日东升，吸纳天地精华。侧目一看，S 君早已背靠岩石，满脸满足，还不禁张开双臂、闭目陶醉，如入禅境。我的内心也澄明起来，记得清朝《宁陕厅志》里说“沣峪万华山，乃秦岭之华”，身临其境，也觉万花山兼华山之雄险，黄山之奇秀，放眼奇峰秀岭，确是领略秦岭之风光无限，意象无限之佳处。

下山了，没有找到王母宫的我也满足了，黑背黄狗与庙宇，白花与露珠，传说与灵秀，人面桃花、青春洋溢的S君，沿途炸开似的大石块，绝壁上的铁链与高台，乃至肌肉酸疼，冷饿劳累，它们环环相扣、接踵而至，把我的胸我的脑填得密不透风，就连柏叶松针都难以插进，但柏叶松针却总想进入。那种感觉时常撩起心潮，撩起意境，直到多年后仍觉刺痛却又意象变幻。

那天下山之后，我请S君晚餐以表谢意，S君粲然一笑就答应了。说她回家一趟，很快就来。我回到宾馆，放下行李就去了一家我们约好的，叫作“秦朝瓦罐”的餐厅等待。没太久，S君就来了，本就很健美的她，换上轻质的休闲服更显得温婉妩媚。坐下后，S君变戏法似的拿出一本书来，笑眯眯地送给了我。那书很厚，551页厚的大开本，是一本美国登山协会编著，罗纳德·C. 恩格统筹的《登山圣经》。后来我才知道，那是史上最畅销的登山宝典。S君毕业于西安电子科技大学，不但人长得漂亮，而且从小就是学霸，才上初中就把一本学生用《新华字典》背得滚瓜烂熟，现是一家台资企业的高管。她嘴角浅笑，露出脸上浅浅的酒窝夸起我来：“好几次走到险地儿，我以为你要惊慌失措，畏难退缩，结果你毫不犹豫就过来了。”以前没上过海拔2000米的我高兴起来：“是吗，全靠你鼓励，你很有经验的！”她笑起来真好看：“嗳，爬山多点而已。大哥，你身上有股书卷气，但动作敏捷，体能不错，这些就是你登山的硬核力量。你一定能走得更远。”互夸模式一结束，S 君和我就热烈地聊了起来。那晚，我们聊了很多，S 君给我介绍了很多登山的电影，《北壁》《绝岭雄风》《阿尔卑斯山》《绝妙降落》，还有刚出品放映的《眩晕》等，好多都是我闻所未闻的。S 君告诉我，登山运动起源于太平洋沿岸的美国西北部山峰。那里的山峰终年积雪，人迹罕至，却吸引着一批又一批登山者前去挑战。这些山峰地势险峻、没有现成的山径，第一批登山者必须依靠自己的勇气去探索这个陌生的世界，他们遇到了很多困难，但最终在当地的印第安人的引导下都成功登顶，登山者的信条是“尊重环境和人文”。S 君的声音很柔和，她从登山的个人条件到户外装备、登山的常识到登山地点选择，从西安的秦风秦韵到人文景观娓娓细说，给第一次认识她的我介绍得活灵活现、如临其境。

走出来，走出厄运设置的怪圈原来这么美好。

燕山·大杨山国家森林公园

——翻越一座又一座山

环环相扣的厄运怪圈，让我封闭了一年多才重新登山。外公对我说过，他在重庆做生意时曾被汽车撞得满脸是血，但爬起来抹一把脸还得跑着送货挣钱。每个人在生命中都有跌倒的时候，关键是能不能爬起来。我打电话给父亲讲起了这次登山的快乐，父亲说他们部队曾不分昼夜地在秦岭山上追过敌人，他还鼓励我说“没有过不去的火焰山”。在父亲那一辈军人的眼里，艰难困苦不算什么，恐惧死亡也等闲视之。父亲所属 60 军 179 师，也就是享誉全军的“临汾旅”，打过很多硬仗恶仗。临汾战役一开始，地动山摇、杀声四起、血流成河！然后是死一般的寂静，战役之后，身上带着血迹，困得累得像死人般睡去的父亲等警卫员被旅首长郭铁踢醒，让他和其他警卫员都去清点尸体，那些刚从战场上抬下来的尸体堆放在一块大平地上。父亲他们去清点了，从黄昏数到晚上。“那哪是尸体啊，有些人分明还在哼叫！胳膊和腿还在抽动！”但那时的医药条件无法救活他们，命运已经判定他们为“尸体”。堆在地上的他们脸孔扭曲，身上血肉模糊，衣上裤上血迹斑斑，数得几个年轻战士心惊肉跳相互呼喊着彼此的名字壮胆，这就是他们那一辈人面对的困难与恐惧。

在国外留学的女儿也同样坚强镇定。一天，打工挣房租的女儿给我发来了一条短信：“爸爸，刚才我收到了一张支票，哈哈，这是我人生中的第一张支票，我做清洁的房东刚付给我的。钱不多，才21元，但那是支票啊。”后来我知道，她是靠给别人擦车、剪树枝、修草坪挣的钱，再以后她又在没有课的时候给别人打扫卫生，漂亮乖巧的她是跪在地上给别人擦的地板！她已经能娴熟地使用地面、墙壁、厨房、卫生间四种不同的清洁剂了。再后来她又在餐馆等找到了工作，时常十二点后坐最后一班城铁回她住的地方，在车上还不忘给我打个电话报平安。有一个夜里，她在下班后打来了电话，我和她在电话里聊起来，聊着聊着她忽然就没有了回音，怎么呼叫也没有。我焦急一夜，第二天下午她打电话来告诉我：“爸爸，sorry，我在车上睡着了。手机滑在了地上。”她太累了，第二天早上睡醒后才想起手机的事来。上午下课后，她到汽车站从司机那儿找到了她的手机，又马上拨通了我的电话报平安。

骨子里倔强的我也不会被所遇的厄运击倒。每个人的人生都会有高潮有低谷，犹如游戏闯关，只有闯过无数的关口，才能通关升级。春节后，我拿着一瓶矿泉水、坐着地铁和公交，找了很多文化和视频公司，希望能继续自己的媒体事业，哪怕沾着媒体人的边。然而总不能如意，对方的条件，自己的条件，对方的要求，自己的自尊心，还有那些已经若有若无但却不能割舍的理想。

奥运会期间认识的秀色数码的宗总，从知道我失业后就来找我，许以优厚的待遇，但是，他的公司是一家偏重数码技术的公司，虽说宗总只让我干管理，但食人之禄，忠人之事，受人之命，尽我之诚，我又岂能误友之业？只好回答他以后如果有节目内容时我愿意加盟，他点点头："我们创造机会，也不是没有可能。"仁健和光凯也在帮我想办法，凯光还动员他的一位北京亲戚帮助我找工作，并安慰道："该落地的球就让它落下来吧，落地就会反弹的。"

看报纸广告，上网寻找，找朋友洽谈，为钱也为了理想。然而，我只能在寻觅中等待，在等待中寻觅，常常是一个人待在家里。一个人的家里是静悄悄的，纵使你在撕心裂肺、山崩地裂，四处也还是静悄悄的，掀不起一点波澜。还好，还有窗户前的那缸鱼时有波澜地陪着我。那实际上是两缸合一缸的鱼。家里本来有一缸鱼，艺泓喜欢在家里养花和养鱼，闲下来时总爱去看两眼，瞅着鱼悠闲自在无声或者发出轻轻的"哗哗"漫游。而在我原来的办公室里也有一缸鱼，在我失业离开工作多年的公司前，它们已是日渐艰难地苟活、饥饿难忍。若遇人开门进去，"哗"的一声，它们就都冲到有动静的方向上来，拥挤成一堆，争先恐后。我知道，这间办公室就要易主了，我觉察到了这些鱼的可怜，在比它们身体高不了多少的水里挣扎，转动起身体来都困难，似乎觉察到就要被渴死饿死。我必须救它们。我去买了几只大塑料袋，把它们运到了家里，放在了家里的鱼缸里。家里那缸个头小一些的鱼宽容地接纳了这些落难的同胞，两缸鱼马上就难辨彼此，混为一体。再之后，每当看到它们在水里游弋争食的样子，我都会想起它们当时在浅水石缝里的拘束惊慌，再想到"水阔凭鱼跃"这句话，想到其实它们在水里的各种优美姿态首先是生存的需要，你"只看见鸟儿在天上飞，却不知道它也累；只看见鱼儿在水里游，却不知鱼儿也流泪"。

人的追求不同于鱼，有鱼的陪伴，我还是空虚，在这虚空里，觉得少有的沉重，压迫得自己难以喘息。为了排解，我开始拆字玩——比如“守”字，就是“宝盖”下面一个“寸”字，就是让孤寂的人静静地待在家里屋顶下，一寸一寸地数着时间，就是一个人在一间空屋子里面，面对孤灯，面对寂墙或者电视机，一寸寸地挨着光阴，而在它的旁边，连个可以依靠的单立人偏旁都没有；再比如“出”字，你必须翻越一座又一座大山，才可能有出头之日。

翻山去，寻找出头之日，我再也不能够一个人在节日里守着空屋子。十月初的那个周末，我去了大杨山国家森林公园。

大杨山就在京郊的延寿镇，属燕山山脉。坐公交 379 路可到。上午九点，穿着“坦克”，背着“紫狐狸”的我就坐公交到了山脚下。顺着一直往上的石台阶，我一刻不停地攀登，沿途的植被如白皮松、古柏、龙须柳等我视而不见，沿途的风景点如棋盘石、百灵洞、鹦鸽洞、二龙桥等我视而不见，我要寻找据说源于辽代的古寺庙遗址和座座古塔，然而头顶上的大树把天空遮得严严的，除了一直向上的台阶外我什么也没有找到。

山路慢慢地难走了起来，我没有觉得累。我心有所想，我只是一直攀登。终于，走完石台阶，透过树冠隐约看见了前面的大日，我正想往上继续，一块蓝底白字的牌子却竖在路旁：“前方危险，游客止步。”我看看前方，没有看出来危险，我还没有找到我要寻找的古寺庙呢！我继续沿着依稀的山路向前，前方真的开阔起来，在我的面前矗立着巨型的黄白色花岗岩石山体，周围的座座山峰也逐渐露了出来，我心里开朗起来，相信一上到高处准能看到那些古寺庙和古塔！

依稀的小路早就没有了，我沿着花岗岩裂开的石缝往上攀登，我居然攀上去了，似乎已经接近了559米的最高峰。然而，眼前一块呈90度的巨大岩石挡住了我的去路，那岩石垂直屹立，我移动脚步观察再三，“只有飞才能过去”，我不得不止步下山。哪知，我已经下不去了。我看看脚下巨大的花岗岩，都不能确定自己究竟是怎么上来的。左右两面和下山的一面都是绝壁，高高的绝壁！四周了无人声，我踟蹰再三，连一根绳子和一副手套都没带的我无计可施。对着空旷我想喊、想叫但是我没有，我知道毫无用处。我干脆在那座高高的花岗岩石高台上坐了下来，把背包里的水和干粮全部拿出来，大快朵颐。

吃喝完以后，我镇定了下来。我再次仔细观察四周的绝壁，发现右面的绝壁两三米以下有一道坎，那坎只有三十厘米左右宽，如果跳下去，稍不留意就会摔入坎下的悬崖！我知道不能跳，只能反转身体，顺着绝壁溜下去——只能这样做了！

我先把登山包“紫狐狸”取下来，再把它的臀带和胸带回扣在一起，找到一棵靠绝壁生长的树，瞄准它的枝条后扔出去，“紫狐狸”上回扣的臀带和胸带正好挂在树上的枝条上，然后我反过身体，以引体向上的姿势用双手紧紧地抓住绝壁上沿，再慢慢地向下，让身体的胸口、腹部和双腿顺服地贴在绝壁之上，一切稳妥之后我慢慢地松开双手，让身体顺着岩壁滑下去，正好滑在那三十厘米的坎内。我贴着绝壁在坎上移动，移动到那棵树旁取下了自己的登山包，再抱着那棵树顺着滑下去，重新进入了山林。

我背上“紫狐狸”，再扣好臀带、胸带。除了省力以外，登山包上的臀带和胸带还让背包紧贴身体避免左右摇晃。收拾好行装的我开始下山，在林子下面没有路，我已经无法找到路，只能朝山下的方向走。树枝密集，只能在林子中拨开树枝钻行，在有流水痕迹的河谷中往下走，往下跳跃。走得艰难，但我只关注一点——这座山不高，只要往下走，一直走，我就能回去！四周的林子静悄悄的，静得只听得见我一个人的声音；林子里的树枝密密麻麻，密得好像就只能看得见我自己，真算是披荆斩棘，我咬着牙向下一点一点地走着。两三个小时后，我终于看到一条羊肠小道了，我知道，希望来了！我顺着那条小路向下摸索，终于走出了密林，走上了平路，走回了大路！

我满身伤痕，双手都是带着血的道道口子，裤子早已破了，衣服已磨得没有了原来的颜色，皮实的“坦克”上也是道道磨痕。我没能找到古寺庙，没能找寻到古塔！我没能祈祷，没能把自己的愿望向神仙们诉说，更没有接到神的训示或体会到神的暗谕，我只是在坚持与等待，经历危险后找到了归途，并以切肤之痛悟出了这样的道理：登山的危险与山的大小高低不呈正相关，而是与你身处何地、有无装备以及如何应对有关！寄调《八声甘州·登北京大杨山》：

嶙峋独登攀，携风行，怪石垒高台。崖树惊仰首，身与云平，闲望亭塞。苍翠连绵尽小，一空雨才洗，万枝风正梳，鹰弋天籁。

闭眼十月寥廓，伊人独枕睡，云鬓及怀。问寂寥无语，恨天命难猜。睁眸处、向南云低，乱鸦飞、雾霭遮云彩。唤酒卮、还送高台，醉死梦来。

梦醒之后是晴天。宗总又来找到我，他开门见山，他和他的新合作伙伴开通了视频出口，需要视频节目了。我也痛快地答应加入他的公司，负责视频策划与制作。在中国这片改革的土地上，观念的更新瞬息万变，我面对的已不完全是以前的电视观众，而是应该体现“电视 + 网络”的特点，充分地满足当下网民需要。我和我的团队反复策划，一个个方案推倒了又来，最后形成了四个类型七个板块，如“高端风向”“秀色直播”“欢乐大秀场”“天下草根”“我宠我物”等，宗总和他的合作伙伴完全同意。为了推出公司品牌和展示公司形象，秀色数码在北京朝阳区 CBD 的嘉里中心召开了新闻发布会，我走上了会议大厅的讲台，面对近千网络界人士毫不胆怯，从容镇定地用 PPT 把我们的视频节目作了推介，直观形象和精辟生动的分析征服了全场的来宾。如面对来去无踪的金融危机，“风云突变的商战，让传媒直面一个问题，这就是，权威而精当的专家分析必不可少”，从而点出专门解析经济热点的“高端风向”这个网络板块，让所有人对秀色数码公司的实力刮目相看。宗总十分高兴，对那天的新闻发布会大加赞赏，对其后制作的节目和点击率也很满意。有一天，他聊得高兴：“知道你爱登山，以后假期都保证你时间自由。”

艺泓的时间是自由的。在非洲援建的她，下班后闲暇的时间多得无法打发——工地实行封闭式管理，下班后一般都待在中国人自己的住宿区，除了聊天看电视看书之外，几乎就没事可做。她把她养花的业余爱好发挥到极致，什么非洲紫罗兰，非洲茉莉花，非洲龙吐珠等花卉，她时常买来插在自己房间的花瓶里。这些非洲植物别看名字和中国差不多，但形态其实差别很大的，比如非洲茉莉花，它的花瓣基本上是平展开的，而且植株体形较大，显得花少叶多。她闲下来就会给我打电话，说她们工地的建筑速度无与伦比，管理出类拔萃，说中国的援建项目在非洲的影响很好，但听得出来，寂寞让她过得并不开心，我了解她，在家里她就害怕寂寞，害怕夜晚，常常是一点意外的动静都会让她大惊失色。

箭扣野长城

——修筑起自己生命的长城

人生有些意外来得毫无征兆。一天我正在专注地思考一个节目的制作方案，一条短信倏然而至："光凯走了。"那是仁健发来的。我呆滞地看了半天，忽然被电击一般地脑皮发麻；然后霹雳闪电、电闪雷鸣，瞬间雷电交加。我从椅子上跳了起来，如遭烈火灼烫般一跃而起，周身毛发竖立。什么叫"走了"？这不是真的，去年春节光凯还在陪我忙碌；这不是真的，去年开春他还和仁健一起打飞的来北京看我；这不是真的，前不久他还让他的亲戚帮我找工作；这不是真的，小时候在一起的嬉笑打闹还在眼前！

但这是真的，仁健随后告诉我，光凯在国外因公殉职。

光凯除小学和我一个班外，初中我们也是在一个班上。初中毕业，家里成分不太好的他下乡当知青了，正当我们在高中听到恢复高考开始拼命读书的时候，他还在三十千米外的生产队劳动。一个周末，我骑着自行车赶到他下乡的生产队，找到他住的土墙茅屋，他正趴在只有一张床和半张写字桌的屋里看英语书，连灯都没有开，那时，白天舍不得开灯，晚上常常断电。后来，他考上了四川外国语学院，和我一起都在重庆；等我分配到北京工作两年后，他也到了北京，在中国社科院读博士。博士一毕业，他回到省外事部门，一路坎坷，从科员到科长，再从副处到正处，前年刚提了副局。这次是率团去太平洋岛国做投资考察，谁知，就在那片树影婆娑、白沙细浪的蓝色海洋上出了事故。他以身殉职，逝在他喜爱的海上，记得他初中时写了一首大家传诵的诗《我愿做一朵浪花》。等我赶回新都的时候，就在葬礼之上，我见到了他的妻子，一个正和光凯领导争论着什么的女人。天道不公啊，善良、义气、上进、勤勉的光凯从这个世界上消失了。那晚，仁健和我，还有小莉和佳婷一晚上没睡，坐在一个茶铺里说了一个通宵的话。佳婷的情绪显得格外冲动，我们知道，初中时他们曾经相爱。

我回北京上班了，那半年里我总觉得光凯的影子时常出现在我的面前——他、仁健和我等中学同学在家乡的桂湖公园游玩，那公园有一段古老的城墙，是明代状元杨升庵的故居，就是那位写出“滚滚长江东逝水”的杨慎。光凯走在长廊里，一副写在“升庵书屋”门口的长联随口而出：“宰相状元是我辈读书本色，惟名山著作，独标巨笔千秋，斯当年蓬馆高骞，无惭簪缨世胄；忠臣孝子乃吾儒亘古纲常，投边侥奔驰，尚余丹心一点，迄今日桂湖在望，长此俎豆馨香。”接到大学入学通知，我们“五魁首”和其他同学用土碗喝土酒不省人事；在北京甘家口我和他本要告别，却就地坐在马路牙子上纵论国是。声音和影像太清晰了，清晰得就像他还没有离去，而每一次注目定睛，他却又渐隐在城墙上的垛口之中，全班最高个子的他却偏长着一副略显忧郁的大眼睛。

小眼睛的我渴望从城墙垛口望出去，望见一片开朗。清明节过去的第一个周末，那天早上五点左右，我就辗转反侧，索性从床上爬了起来，穿上登山服登山鞋，拎着“紫狐狸”，开着我家那辆红色宝来车上了路。天色还有些灰蒙蒙，我就已接近北京怀柔区的莽莽群山，去攀爬那座名叫箭扣的野长城。

我，不能静止地待下去，我无法待下去，我知道北京市北面黑坨山上的“箭扣”是北京地区最险峻的长城段。它不仅修筑在极其陡峭、几乎直上直下的山巅之上，而且自然风化严重，没有任何人工修复，近几年在这段长城之上已死亡十余人，有失手坠崖的，也有自杀的。我不怕，睡不着的我已经思想混沌什么都不怕，我没打算去领略奇雄风光，我只是去寻求内心悲伤的解脱。

京密路似乎一晃而过，过了富乐环岛再往前直行，雁栖环岛左转后奔神堂峪方向。那天，我竟把车开得少有的行云流水，似乎有神灵或者小鬼在陪伴我——有鬼也是好鬼。

过了神堂峪，我的车就在山里的盘山公路上转了起来，远近的座座山峰此起彼伏犹如海浪，把我的车和我包裹得严严实实。那辆红色宝来车就如海洋里的一叶扁舟，在蜿蜒如丝的山区公路上忽上忽下。我似乎听到了山谷里发出来的回声，我仔细辨认，那是具有老家风情的车载音乐激荡出的回声。我赶紧关了音乐，但那熟悉的回声仍然响起，层层回声听起来空荡飘浮。

我垂下了有些沉重的眼睛，看着仪表盘，那仪表盘显示，油已经不太多了。车开到一座小桥，桥头的右手边有一个商店，我赶紧左拐，似有神助，我顺利地进到了西栅子村南，这里是上箭扣长城的起点。我把车停好，拿着背包就往山上走。

听人说，这里的长城筑在险峰断崖之上呈 W 状，山腰端详，多处形如满弓扣箭而得名；但在山脚下的我，抬头一看却发现那山顶之上的长城就如扣紧待发的满弓，箭扣。

我打起精神向山上走去，一个人走得无息无声，一个人尝着早春的风。

那山上的雪还没有化完，零星的冰块也还覆盖在山路上，走起来滑湿交加。但我注意不到这些，我抓着树枝踩着泥水往高处不断地走。脚下忍不住地发虚，我摔了几跤，我身上已沾满冰冷的泥水，但我就像没有感觉。三四十分钟后，我已经来到了山脊上伟岸长城的脚下，抚摸着厚实的墙砖，我不由感到了一种激动，这就是背包客们嘴里常说的集惊、险、奇、特、绝于一身的原汁原味的古老长城啊！

我从一个墙垛破口处攀了上去，那砖块冰凉。我沿着南线攀登，城墙上残垣断壁，破败不堪，我抬头一看，“鹰飞倒仰”就在眼前，不由让人吸一口凉气。那山顶和山上的长城呈倒三四十度弧形伸出，真是个鹰从此飞过也要倒仰着身体才能过去的地方！

四位驴友突然从一段破城墙后面钻了出来，这是我这一天遇到的第一拨人。他们气喘吁吁，脸色阴沉，告诉我前面太险，还不如另一条叫“天梯”的线，说完还给我指了指我的右首边。我一看，确实险要，那是一段70度陡坡，在七八十米长的城墙上，最窄处仅有60厘米宽，上下台阶四五十厘米高，而台阶面宽却只有10—15厘米，若要过去，一定是四肢并用地爬才能爬上去。我想掉头，但一想他们说刚路过的左面“鹰飞倒仰”更险，有一处已直立倒塌，要南辕北辙地绕道才能过去，犯拧的我就继续往左边走了。

左面的城墙时陡时缓，城墙上的砖多有损坏，中间的路面基本都长满了荆棘等灌木，铺在地面的墙砖已不见踪影，人只有靠着两边才能行走。我时上时下，不断攀登，汗水早已把全身湿透，四肢开始麻木，身临其境的我，似能体会到攀岩运动的惊心动魄。

在悬崖上城墙中间的我只能往前走，“世上本没有路”，只有走，前面才会有路。我攀上了“鹰飞倒仰”的最高处，那里海拔接近1000米，而要从那里再下去几乎不可能。近乎垂直倒立的坍塌处往下一望真有近百米高，而原来的砖石早已成碎块般散落镶嵌。

几位东北口音的驴友正在尝试着用绳索往下吊，但还没有一个人下去。没带装备的我只能倒退，准备从城墙外的巨大山体上绕过去。山体是七八十度的陡坡，不抓紧零星的树枝，很难站稳当。有那么一段根本就没有树枝，全凭徒手在光秃的山体上抓住石棱，脚下踩着几个似是而非的石窝蹚过去。手握那几块已有些松动的石棱，我的手心冒着冷汗，看见下面的悬崖，脚也开始止不住地发抖。但我的身体紧贴山石，主要依靠腿上发力，用尽抓、握、挂、扣等技巧，终于移过去了。

到了墙内，我的心还是止不住地狂跳。我坐在一块凸起的大石头上歇了起来，透过城墙的垛口，远处的山势逶迤连绵，近处的城墙冷峻直兀，中处的长城起伏盘旋——这是怎么修筑的？我不由对古代的将士们产生了敬意，对古战场产生了向往，从古至今，多少代将士在这里杀伐征战，拼死守护着身后的家国。

生命生生不息，生命的本源就像河流奔涌，后浪推前浪，一往无前，前赴后继。我时常冷不丁地想，流水逝去还有声音彼此呼唤，而人呢？外公走时我没有听到他的遗言，光凯去时我也没能和他做最后的攀谈。我的心空空如也，我茫然地看着城墙下的一条条山谷，我的情绪如尘埃坠入山谷底端万丈低落，我看着一座又一座山峰，嘴里不由叹了一声“哎——”，山峰竟没有一丝回音。

回音却在身后响起：“大哥，你独行侠啊？”“是掉队了吧？”两位结伴而行的女孩子站在我的面前。我抬起头来，望着眼前一红一鹅黄两个娇小的身影。也许是我泪水中的眼神显得那么绝望，吓得两位给我打招呼的姑娘花容失色、慌忙后退一步，然后转身走开了。

我不能一直在那块石头上坐着，我得往前走。然而，我已经感到人生的无常与筋疲力尽。

“大哥，你是掉队的吗？我们收了你吧？”两位姑娘又返回来了，她们竟都笑嘻嘻地看着我。在这没几个游人的地方，见到了人本身就亲切，何况两位热心的女孩子；而且，细心的她们似乎感受到了我身上悲愤的情绪。

我也对她们笑笑，但摇摇头谢绝了她们的好意，我要一个人走。

城墙内破损得已经无法行走，城墙外处处是悬崖，我翻到城墙外，扶着已经没有城墙垛子的墙壁，一步一步地往上挪着，小心翼翼、后一个脚印压着前一个脚印地走，往上走一会儿，又是直着往下走，一直低着头一步一挪，头撞到了好几次树干，那直上直下的攀爬非常消耗体力，在前面行走的姑娘们无奈的惊诧怒叱声不时传来——实在太累了，从她们的声音里就可以听出。但她们总是在离我不远处的前方。

前方是一个平台，我终于上去了，这里是海拔958米的高峰，因箭扣、擦石口、西大墙三路长城在峰顶交会而被驴友称为“北京结”。“北京结”最明显的标志之一就是旁边平台上有一棵苍劲的松树，那棵树不大，但一看就是饱经磨难与沧桑。树枝几乎全往南倾斜伸长，背对北风也昂起不屈的身姿。

两位姑娘早已登上去，攀着那棵松树树枝在拍照，还挥手招呼着我快上。我上去了，攀着松树北面剩下的两截光树枝，两位姑娘对我竖起了大拇指，嘴里说着“棒”“超棒”，那是在鼓励我。我在两位姑娘的指导下摆起了照相的姿势。那树枝黢黑结实，我双手吊上去身体悬空也不打晃，无数次西北的烈风把它锤炼得如坚硬的铁棍一般。

靠在如铁棍一般的树枝上，我好像找到了坚强的支撑与依靠，我不由得闭上了眼睛，享受着烈风——却宛如温柔的微风吹拂，吹拂得我的身体逐渐眩晕起来。

山上的枯叶只剩下残缺的黑
残雪的山谷里裹着北风的吹
狼烟墙垛涂上了厚厚的灰
盘旋的长城露出莫名的笑

无叶的树枝在混沌中战栗
迷茫的飞鸟在错季的颜色里凄
大自然残败得无遮无掩
裸露山脊已对往年的春天失忆

墙的表面总晒着惨白的阳光
不知情的人还会认为温暖非常

当一爬上山脚时想象的天堂
才知道那是一个冰冷的假象

呐喊已逝 孤帆远影
怎就成了追忆的风情
从脚下逶迤到天边的砖墙
还记否您曾虎踞的万里山岭……

两位姑娘笑着问我："大哥，你没事吧？"我看着一直在关注我的这两张年轻面孔，觉察到了她们姣好光洁的面容和匀称的四肢下蕴藏的勃发生命，我肯定地对她们俩点了一下头。"没事就好。""有事说话啊！"起大风了，两位姑娘把身上的红、黄登山服裹得紧紧的，对我摆了摆手，释然离去。

我站在"北京结"的敌楼上向四周张望，三段方向不同的城墙真的在此会合，险峻与张力犹似风光无限。箭扣长城是明万里长城最著名的险段之一，起伏65千米有余，多修筑于险峰断崖之上，奇雄峻峭，气势恢宏，极富变化和韵律。其山势比慕田峪长城更雄奇峻峭，其走势比司马台长城更加富于变化和节律。构造墙基的是大块的白云岩，非常醒目，向来是长城摄影者的最佳选择，是无数长城画册中上镜率最高的一段长城。

凝神远望，我竟也觉出了长城上的音律感，就是正远去的那两位女孩，都似乎成了逶迤长城上形如乐谱的曲线里跳动的音符，一红一鹅黄，上下跳跃，渐行渐隐。

姑娘们正去的前方是个叫“九眼楼”的地段。“九眼楼”是明万里长城之上规模最大，瞭望孔最多的敌楼，距今已有四百五十多年，是宣化、北京、昌平三个军事重镇的接点，具有十分重要的战略意义，据说城楼里还留有历代文人的大量诗作，多为壮怀激烈、指点江山之诗句。

天色渐暗，我有些依依不舍地抚摸着城墙砖石，然后跳下垛子，走进下山的林中。在山林之中，我感到了一阵放松，就像儿时牵着父亲的手走入我家住地旁的那片香樟楠木林。在那片香樟楠木林中，抬起头看树叶轻拂，伸出手树干冰凉，低下头苔藓湿滑，很容易让自己的思绪进入一个无我的状态。而时有时无的小溪就像给思绪打着拍子。“人不能两次踏进同一条河”，这个世界变化快，“逝者如斯夫，不舍昼夜”，人的生命如此不堪一击。那么，在生命还存在时一定要让它发光发热，修筑起自己生命的长城。多做光凯想做还没做的事吧，学生时代的他曾说：“愿以己之力，去扛起家国大事。”家国一体，刚过去的那一年，我国国民生产总值已位居世界第二，活着的人不能如枯木一般只做看客，必须带着自己的责任去奋斗，去感动别人或者感动自己，去做一个有激情有价值的人。流水穿石激浪，似若轻吟却振聋发聩：人往高处走，水往低处流。我必须向更高的去处攀登！

秦岭第三高峰 冰晶顶

——始若怯，终必勇

向高处攀登。在那次攀爬西安万花山小憩时，S君就鼓励我去攀登更高的山峰，她认为我耐力强，肢体反应敏捷，最主要是不恐高，“这些都是登山者的必要条件”。那天，她还对我说：“像你这样的体能，可以去登高山。”我一愣：“我登的山还不够高吗？”她露出温婉的笑容：“今天的2000米海拔还可以，但我们这儿的驴友说高山，一般是指3000米以上的山。”我来了兴趣，认真地倾听她的讲解。她靠着背后湿润的石头一笑，喝了一口水，又把保温水瓶递给我，让我也喝了两口，继续说：“如果从地理的角度说，海拔500米以上就算是高原了，而通常所说的高海拔山区是在1500米到3000米的山峰，但登山者所说的高海拔一般是指3000米以上的山峰。因为在3000米以下人们一般不会有高山反应。”以往只是靠蛮力登山的我根本就没有思索过什么是高山反应。S君对着我又讲解起来：“有些人在海拔两千七以上就逐渐地不舒服了。高山反应就是海拔过了三千，特别是4000米以上的反应，比如头痛、头晕、恶心、呼吸困难、心跳加快等。由于是在山上发生的，所以高反也叫山晕，其实就是一种身体缺氧的反应。”我不由对她崇拜起来：“你爬过高海拔的山吗？”她不禁莞尔：

“有啊，我们陕西秦岭到处都是高山雪峰。”接着她就给我介绍了几座海拔 3000 米以上的名山。我受教不浅，她嘟着嘴娇嗔说：“今天是我这些年爬的最低的山了。”我明白，万大夫所说她是登山高手确是名副其实，那天是为了照顾我这个菜鸟才选择的万花山。看着她自豪的神情，在我天生不服输的心里已经激起了一个高高的浪花：“谁怕不成，有机会，我也会去登高山！”

此时不做更待何时？麻木痛苦的神经有时只能依靠冒险去治疗。我独自一人走进了我和艺泓去过的那家户外用品连锁商店。登高山必须要有必要的装备，在体能和技巧之外，装备是最重要的因素。在以往的登山过程中，我已经目睹了同行者的装备，这些装备确实给他们省了不少力气，最重要的是保证了登山者的安全。宁愿少吃，也要购置攀登高山所必需的装备。

进了连锁商店门口的我，眼睛直勾勾地就奔向放置登山杖的货架去了，登山杖是我早就想买的装备之一。没有挑选，我拿了两根最便宜的，我把它们一左一右握在手上，好似立马就找到了身体依靠和支撑的感觉。登山杖的主要功能就是依靠和支撑，当你在无依无靠的山路上行走，杵着它就是依靠；而当你背负重物向上攀登，你的身体为保持平衡必须前倾，但前倾过度也可能会摔倒，手里的登山杖就能让你保持平衡。除了登山杖，我还买了帽子、护膝和保温水壶等。

我非常重视就要来到的高山攀登，我反复阅读《登山圣经》里的有关章节，结合以往，我明白“登山是一项耗费体力且充满危险的运动”，“这一点与竞技运动非常接近，尤其是一些难度等级较高的攀登活动”。但从我以前的经历中我也知道，“登山最大的挑战是精神层面的挑战”。比如对安全，初涉者往往过度担心。女登山家海伦·凯勒给世人的忠告是：“考虑安全几乎成了一种迷信。安全原本就不存在，就像从未经历过危险的孩子，我们在面临危险时根本不懂得什么是危险。最终我们会明白，与其逃避危险，不如直面危险。生命本该是一场勇敢而大胆的冒险，如若不然，它就一文不值。”我掩卷沉思，客观地衡量，登山其实需要两方面的准备，物质和精神缺一不可。

“五一”长假的前一天，我又奔陕西西安而去，我的登山运动就从中国内陆腹地的这里出发。我清楚地记得S君给我介绍秦岭的那几座著名山峰，我准备一座一座地去攀登，就先从“秦岭之巅”开始吧。

“秦岭之巅”是秦岭东部的最高峰，在整个秦岭山脉中却是第三高峰。它在秦岭北侧，又称“冰晶顶”，峰顶海拔 3015 米。坐落在距陕西西安不远的户县，位于秦岭北麓朱雀国家森林公园的最高处——冰河翠景区。在它的顶峰之上，有石海石河等冰原地貌，路途高山草甸繁花点点，杜鹃花海秀色天香，原始森林雪色苍茫，群山之间白云缥缈。在网上报名时，户外探险旅行社的广告词还说：“银河倒挂花溪素练，冰川遗迹巨石如海。”听起来如梦一般，很美！我一看，“好，就是它了！”我要挑战自己的攀登极限！

“装备不是万能的，但没有装备是万万不能的。”初战必须慎重，野外登山，装备就如战士随身的武器。为了保证初次登海拔 3000 米以上高山山峰的成功，我的物资准备非常细心，我把“坦克”和“紫狐狸”找了出来。我知道登山鞋是所有装备中最不可缺少的，因为野外登山最辛苦的就是每个人的双脚。其他的也不可缺少，手套、登山帽、登山杖、饮料、食物、雨具、冲锋衣、药品，每一样装备都不敢马虎。且不说登山鞋和最为人乐道的户外登山服，单是帽子就有遮阳、防雨、防硬物划伤等功能。而仅帽檐在树林、竹林里穿插时，就能防树枝和箭竹等枝稍反弹时对头、眼和脸的伤害。手套内侧的胶粒更不是摆设，是为了防滑，登山时戴上它，能牢牢地抓住树枝等支撑物，还能防止攀爬时手被树杈和岩石等硬物刺伤。不打无准备之仗。我小心谨慎，这次登的是野山，是小时候就耳熟能详、距离北京遥远的秦岭大山。

秦岭，它横亘在中国大地的中间地带，东西逶迤 1600 千米，被誉为中华龙脉，是中国东半壁的最高名山，也是中国南方和北方的分界线和长江、黄河水系的分水岭。另一方面，我对秦岭有一种天然的亲近感，因为它姓“秦”，因为它是老秦人变法图强、剑指山东六国的发迹之地。选择它，我有些“认祖归宗”的感觉。一到西安城，我就感觉到处都是“秦”字，要用钱有“秦农银行”，要住宿有“秦唐一号宾馆”，要洗衣有“秦关洗衣”，要旅游有“西安秦之风旅汽”，要吃饭有“秦朝瓦罐”，就连街道的地面上也隔不多远就有一个“秦华天然气”的金属牌子。而秦岭的余脉祁山，那更是我儿时看《三国演义》就向往的神奇山脉与森林。来到这里，我心里有一种不可名状的踏实。

5 月 1 日的那天早上，我如约赶到了西安市内的集合地点——省展览中心，登上了报名时事先预约好的那家叫作“山水户外”探险旅行社的车。车一开动，一位大个子领队就告诉我们，“冰晶顶”的登山强度为七级，属超强路线，这个目标对于我既有足够的诱惑力也有足够的压力。看看车上气势不凡的同伴们，我在心里给自己画了一个问号：行吗？邻座的小伙更是谈吐不凡，说他刚从柬埔寨吴哥窟回来，去过美国西部，到过高加索，说得我不由胆怯了起来。

两小时车程后，我们的队伍到了陕西户县南部东涝河境内、秦岭山峰的 1800 米海拔处。下得车来，“初生牛犊不怕虎”，我把胆怯丢得干干净净，背好我的“紫狐狸”就从山脚向山上扑去——不是爬，而是扑，不管不顾地用身体、用全部力气和我的满腔热忱扑了上去。但是，很快，我就意识到，这不同于以往的登山，有人工修好的石台阶路拾阶而上。野外登山几乎无路可走，险峻异常，领队说，就在前不久，三位背包客在这条线上还因为迷路，意外死亡——三个男人。

想登顶的我不怕危险也不怕苦，站在山脚下我就想到了吃苦，但我没有想到的是，真正的大山不但要给我们苦，还让我们进入了一个又一个地形地貌不断变化的梦幻世界，给我打开了一扇又一扇神秘景象之门。

莽莽秦岭下部，绿色植被遮天蔽日，抬起头来，就连天上的一丝缝隙都难以看到，齐腰深的灌木丛也在我们的身边扯拌缠绕，而在我们的脚下根本就没有路。在领队的带领下，我们只好顺着堆满石头的河谷向山上走，苔滑路险，几次摔倒，幸好厚实而又设计周到的“坦克”起了作用，就是摔倒，也没有大碍。

那河谷里的石头坑洼嶙峋、高低不平，让队员们忽走忽爬，气喘吁吁。队伍在不停地前进，同队的驴友们都在奋力拼搏，渐渐地，我汗如泉涌，但我不敢停息，第一次攀登高山，我怕迷路。有些时候，恐惧也能给人力量，我紧紧地跟在开路的领队后面走，心想，就是走得崩溃，也要跟紧领队。一般来说，领队是一前一后两个人，一个负责前面开路，一个负责后面收队。

脚下的河谷忽然消失了，我们正在攀登的已经是山上流下来的雪水正在浸湿的泥土，那湿湿的泥土，一踩就是泥浆，踩在这样湿滑的泥浆路上爬山，深浅不定，一步一滑，走起来十分费劲，好在手里的登山杖能给我们的身体一个支点和一些力气。

我渐渐开始体力不支，我能感到自己已经脸色煞白，汗水直流。除了年轻时拍摄茂兰喀斯特森林以外，我还从未爬过这样的“野山”。我仰起头看了看前面的同伴，那是一位个子不高，但四肢修长、身体结实的壮小伙，他始终在我前面，步伐熟练、气息均匀，还会回过头来鼓励气喘吁吁的我：“哥们儿，一开始爬山，每个人都有一个生理的极限期，大家都有，过去了就好了。”拼！我可不想丢人！

然而，我的脚下却是越来越沉重，心里不由叫苦。正叫苦之间，一片石海陡峭狰狞、又横阻在我们的前面。这是第四纪冰川的遗迹，抬眼一看，造山运动留下的大石头群漫无边际。我开始了在这些大石头上面攀爬跨越，那些冰冷而干涩的大石头没有边际，看起来好生壮观，爬起来十分消耗体力，一点不比泞滑的泥水路轻松。我紧紧背上的“紫狐狸”背带，凭着登山杖探索虚实，借着登山杖添补的力气，一步一步地往前迈，咬着牙，没有停步。

就像是在突然之间，我们周围的乔木和灌木又消失了，晴朗的天色霎时暴露在了眼前，一片看似无边的箭竹林硬生生地出现在我们面前。领队说，箭竹林是海拔又到了一个高度的象征，大约在 2000—2600 米。在这个高度，一般树木已经不能生长了。我听得兴趣盎然，手脚并用地开拓路径。然而，那箭竹林渐渐地又没过我们头顶，天空又一次消失了，而且好似怎么也走不出去。身上的汗水快流干了，干净的“坦克”上也早已粘上了厚厚的黄泥，沉沉地，不见天日的我心里又渐生恐慌，渴望能早点走出这片没过头顶的竹林。

正在绝望之时，那位我前面的壮小伙高声叫道：“快看，小木屋！”我的精神一振，因为领队在出发之前曾对我们说过，看到“小木屋”就走到离“秦岭之巅”一半的路程了。我感到脚底下好似有了些力气，尽力地加快了脚步，几步之后，我却听到“唉”的一声，原来那走在最前面的大个子领队已经“扑通”一声卧倒在一块大石头上，汗水直流的脸上直喘着粗气。他对着正上来的我们挥着手：“我不行了，歇会儿，你们先上。”我心里一阵好笑，力气也陡然增长，这第一次我就能超过领队？我鼓起勇气向二三十米外的小木屋发起了冲刺，我登上了小木屋。

那是怎样的小木屋？它只是一个供登山者解决内急的棚子，就是几块木板搭成的只有三面遮挡的木棚子，不过五六平方米还四面透风，屋顶大半裸露。但是，在驴友们看来，野山之中的这个小木屋非常高大，不亚于北京王府井百货大楼。还有四环路边的鸟巢水立方，那就是伟大的地标性建筑啊。歇了一会儿的大个子领队也上来了，我们在小木屋外抓紧时间照了相，喘了喘气，又开始了向山顶冲击。

然而又好像是突然之间，刚还能用手拨弄的箭竹林又隐身退去了，在我们的前方出现的是一片松林。那一棵棵挺拔且年代久远的松树同样无边无际、遮天蔽日，黝黑苍劲的树干似乎在告诉我们，队伍又到达了一个海拔高度——海拔 3000 米左右。

在这个高度上，地面上除了一种长着蓬松细叶的野草以外，已经没有了其他植物。而我们走的“路”已经不是泥水的混合物，而是冰雪和树林下颜色深黑、形状嶙峋的石海。到了这个时候我体会到，性能良好的冲锋衣是多么重要，穿在身上既轻盈又保暖。登山衣裤不能用棉质等天然纤维制作，它们虽然在干燥的家里面穿着轻便舒适，但一遇水就大量吸水，变得沉重不堪不说，还失去了保暖功能，也不容易晒干。在野外依赖棉质衣服来保暖是非常危险的，严重时会造成登山者体温剧降而死亡。我还又一次深深地体会到登山杖的作用，既能探路虚实，又是身体的另一支点。我慢慢沉静下来，若有所悟地说：“不会用登山杖的是初学者，用登山杖的才是登山者。”离我不远的那位壮小伙却补充道：“会用双杖的才是有经验的登山者。”双杖，特别适用于重装长途登山，以及爬雪山过河谷溪流等，我看看四周重峦叠嶂的秦岭，不由得点头。

我们踏着地面的冰雪，攀着岩石，不断滑倒，不断起来。我已经感觉不到身上的汗水，两腿已经不听使唤，体力严重不支，两只脚只是在机械地移动，气息不匀，艰难无比。迈一步，喘两下，迈一步，喘一阵，心脏不停地狂跳，我感觉就像要窒息一般，身体说不出地难受，我在心里直骂自己：干吗来找这个罪受！在家里开着空调躺在床上多好！抿着一杯沁凉的可乐看电视多好！在湖边柳下漫步多好！沙发上真的是舒服。

正在这时，那长满针叶的大片松林又倏然隐去了，取而代之的是没有叶子、似乎也没有树皮的一片黑黑的“怪松”。这些怪松瘦骨嶙峋，枝干怪异，一看就是曾与狂风等恶劣的自然做过拼死抗争。面对这些张牙舞爪的树枝，我祈求那山顶快些出现！我也感到山顶就在眼前，只要坚持，美丽的“冰晶顶”就会出现。

我机械地挪动着自己的双脚，而此时的脚下却早已连草也没有，又是一片重重叠叠的石海巨石加冰雪，我抬头向前望望，远处和眼前一个样，没有边际的石头阵。我喘着气，心里一遍遍想着：“别放弃，千万别放弃，放弃了就什么都没有，就是零。”《登山圣经》里的那段话我还依稀记得：“登山者必须拥有极强的应变能力和克服外在困难的毅力。当然也包括处理自身内在因素等能力，例如应对恐惧、克服疲劳和克制欲望的能力。”我继续脚蹬手拽，在没路的巨石上向前，向山顶冲刺，用尽最后的力气，用尽全部的力量冲击最后的极限。

然而，这“最后的极限”并没有马上到来。我一步一喘，有时不得不稍喘息片刻再走，又足足冲刺了三十分钟，那些“怪松”才消失了，但不知前面又会是什么。我的体力消耗殆尽，几乎迈不动一步，嗓子冒烟疼痛欲裂，头晕脑涨一片空白，生理、心理、体能的极限已到最后关头！就在崩溃之际，终于，我们听到了山顶上的声音，看到了山顶上欢跃的人影，我们看到了那高高矗立的山头。

我一阵振奋，用尽最后的力气冲了上去，所谓“冲”，也就是不要停顿地一步一挪，但我们总算“冲”上了“秦岭之巅”，我成功地超越了自己的登山极限！

那山顶上已经没有雪，没有草，没有树，全部是灰白色的巨石堆垒，用手一摸，每块石头都是彻骨地冰冷。但远处的天空却是那么蓝！山腰的雪也显得格外的白！霎时，我感觉心胸开阔、度量扩张，天地辉映，气度不凡，烦恼溃遁，如仙境一般。山顶上的人都不由得激情飞扬，我们站在岩石上，相互接力，舞动着一条不知谁带来的彩色丝巾，向着远处放声呐喊；我们任由自己激情澎湃，心花怒放，高呼跳跃。我们真的觉得生命因攀登而精彩，觉得自己的热情在融化，在升腾，在绽放，直至融入头顶上那片纯蓝的天。

忘情的我丢掉外衣，紧跨几步，伸出手来，用指尖触摸到了山顶上那块写着“秦岭之巅”四个鲜红字的大石头，还有另一块写着“冰晶顶 3015”的碑石，身心无比地畅快。一股冷风吹来，让我的身体一激灵，我还在不停地喘气。壮小伙过来帮我清点战果：“你是我们这队的第三名！”他的眼里是满满的赞许。那位大个儿的领队走过来了，拍了一下我的肩膀：“哥们儿，你属驴了！”他的意思是，我是他眼中的驴友了。我看着身旁前后几位非常接近的驴友，心里明白上山有很

多偶然因素，于是，只对他说了一句:“承让。”

那天，有三分之一的人半途返回，没有到顶。那位去过美国西部的哥们儿在山顶上不见踪影。“始若怯，终必勇”，在山下心里曾打过怯的我想起了这句话。继之又想，其实，对于户外运动来说，参与更为重要，你只要拼尽全力，身处自己合适的梯队就是胜利。在我们的第一梯队里，原本还有四位西安交大的学生一直走在我们前面。哪知，就在快要到山顶之前，他们中的一位女同学受伤了，另三位男生只好停下来照顾那位女同学，于是落在了后面。要是按实力，前四名都应该是他们的。在同一个梯队里，没有第一名。也许你停留一下看看风景，也许照一张照片，也许你的鞋带松了，都可能落后几步。

我站在“秦岭之巅”，站在“冰晶顶”的两块巨石旁，还是觉得有些不真实。我能有如此成绩？身体上的愉悦已经盖过一切痛苦，我已经冲击极限、创造了自己的登山历史。但确实是事实，我们几位先到者，在那两块大石头上欢呼雀跃，相互拍照，互相庆祝，然后退到旁边有坐有卧，或眠或思。在《登山圣经》里面，关于登山宗旨只是一句话：“享受山林之乐。”对于此时坐在山顶一块冰冷石头上的我，却有一种“脱胎换骨”的感觉，我的初衷与其说是“享受”还不如说是“挑战高山”。冷风激来的那一刻，我觉得那是一种超度与洗涤，好像一阵暴雨猛地打击我、冲刷我，洗去了我平日的烦嚣与郁闷。云海浮现，我真的做成了自己以往不可能做到的事，我的思绪已融入仙境，我没有想到就在这接天之山顶，能用自己的汗水写诗，能用自己的双脚作画，能用自己的灵魂写成徒步登山的狂想曲。

秦岭第二高峰 鳌山

——感受山的灵魂

登上“冰晶顶”的狂喜像电流一样席卷全身，但我没有告诉别人，甚至没有告诉艺泓和女儿，一个人品尝着这从未体验过的遍布每一个细胞的兴奋，一个人策划着更大的“冒险”。没过几天，端午节假期又要到了，我已经有了一个目标，同样的方向，更高的山峰在召唤。我收拾行装，向宗总请了一天假，在端午节前一天再次奔赴陕西西安。

我提前一天到了西安。那天早上，我坐车来到了城南的曲江池遗址公园，再沿湖往南步行穿过整个园区，穿过一个涵洞，来到了仅一路之隔的曲江秦二世陵遗址公园。进入公园，我在“天下一统”的灰色雕塑下注目良久，向前移步，穿过展览大厅，来到后院，一阵流水声增加了我的拜谒之情。后院正前方是秦王兵符，左面却高耸着一尊燕形的“秦”字雕塑。天地之间，它黝黑苍劲，在光照之下斑驳灿烂，那巨型燕子冲天向上的喙、含在腮中的卵、翅膀上的羽毛栩栩如生。我如同找到了心底的图腾，一种秦人之后的感觉油然而生；我肃立于燕形秦字雕塑之下，尊礼叩拜，低首认祖，一个古老的场景随之出现在了眼前。

上古的森林里，太阳光线被棵棵大树分割成一块一块的，照得树下洼地里的水面斑驳耀眼，许多不知名的怪兽在四周慢腾腾地行走、呼吸，水边的空气无比新鲜。

一只燕子穿过森林里浓密的树枝，从密林中飞了出来，盘旋一阵后，划过水面，轻盈地落在了洼地的岸边。她抬头四望，逐渐合拢的翅膀上黑白相间，呈剪刀形的尾巴十分显眼，羽毛上还带着的水滴在阳光下非常刺眼。这只燕子停在那儿不断地张望，一会儿之后，它又突然起飞，开始了飞翔。

它飞翔着，它要寻找一块完全中意的地方，不远处，一块祥瑞之地终于在它的视线里出现了，它轻鸣一声，十分满意地飞落下去。站稳之后，它仍先警惕地看看四周，觉得确实安全了。它蹲下了身体，静静地待着，一动也不动，它在做一件伟大的事情。

果然，一会儿工夫它卸下了负担，然后站直身体，张开翅膀飞向空中，再回过头来，对着它刚刚起飞的地方长鸣一声，渐渐地消失在空中。在它起飞之处，一枚金灿灿的燕子蛋十分耀眼地留了下来。

那枚金蛋还余温未退，一位飘逸的女子姗姗而至。她是一位公主。她看见了燕子生蛋，早就藏在不远处的大树后面。她的名字叫女修。女修捡起了那枚金蛋。贴脸亲吻、爱不释手。就在这时，她看见她母亲和姐姐也从林子里出来，向她这边走了过来，她不忍与他人分享这枚金蛋，眼见她母亲和姐姐越来越近，她一口就把那枚金色的燕子蛋吞了下去。这位吞食燕子蛋的女修姑娘的爷爷就是五帝之一的颛顼，也就是战胜共工的颛顼。

不久后，女修生出了一位叫大业的孩子，再以后，大业又生了一个儿子叫伯益。伯益助大禹帝治水有功，被舜帝赐姓嬴，称为秦嬴。

秦嬴一族至始皇帝，始皇帝再统率虎狼之师的秦军，所向披靡，横扫六国，统一并建立了中国。秦灭后，王族子孙以国为姓，称之为秦氏。

父亲曾给我讲过这个故事，也曾给我背诵过他家秦氏的谱牒：“仁义礼智，立明广书，成才安国……”因此，父亲是成字辈，他名叫成林，凭借这个谱牒，在战争年代他的首长认他为族侄；解放后他回到家乡，找到了自己的族人，或者说很多族人找到了他。想不到中国人的族谱竟有这样的力量，仅凭谱牒就能找到亲人，追踪到他们的祖宗；仅凭谱牒，四面八方的中国人就能清楚他们的血脉渊源。而无数古老姓氏川流不息地融合，在神州大地上就演绎出了一个共同的民族：中华民族。在这个伟大的民族之中，能够走到今天的姓氏，都曾经历过数不清的荣辱悲欢，都曾经在苦难中追求梦想。

登山者就是追梦者，S 君曾给我介绍了不少西安的人文景观，秦二世陵遗址公园正是其中一处。也就是在那次的晚餐中，S 君也给我推荐了此行的目的地秦岭鳌山，还用激将法道：“不到鳌山不算强驴。”鳌山，我来了。

鳌山，是秦岭山脉的第二高峰，位于秦岭中段的太白县境内，海拔 3475.9 米，它名列《中国国家地理》杂志组织评选的全国“非著名”十大山峰榜单，其评语为：“秦岭山脉最为原始的区域，这里人迹罕至、石海遗迹遍布，如同一位冷傲的姑娘，静静隐居在人迹罕至的深山。”

鳌山山脚下有一个传说：水神共工与火神祝融打架，打得日月无光，天塌地陷。打输了的共工羞愤交加，用头向天柱猛然撞去，不但把天撞了一个窟窿，还让半边天塌了下来。塌了天的世界火灾洪灾四起，猛兽鬼怪出没，人们陷入水深火热痛苦不堪之中。

女娲娘娘目睹人类惨遭如此奇祸，痛心万分，决心炼五色石以补苍天，还设想以鳌足顶天。到哪儿去寻鳌足呢？东海龙王第九子神鳌自愿献出四足，以立四极。灾难平定之后，没有了四足的神鳌被天神封赐在神州中央，从此以后，鳌山就横亘于中华大地中央。

鳌山的山体也是莽莽秦岭中最为原始的区域，动植物种类非常丰富，人参、杜仲等时有所见，唐代名医孙思邈就曾深居于此，精研医药，著书立说。大诗人李白曾历经千险登上高峰，写下《登太白峰》千古绝句。而对登山者来说，它的魅力还在于，在它的风险等级上标注了七颗五星，路线超强，在“驴友”中流传有这么一句话：“没走过鳌山的驴，不叫强驴。”

登鳌山没有后勤补给，必须重装出行。连续三天身处野外，必须带帐篷、睡袋、睡垫、头灯、炉具等装备。由于是重装出行，也是我第一次在野外露营，而且是两个晚上，我不能掉以轻心。我去那家户外用品专营店添置了帐篷、睡袋等我没有的装备。那店里的物品再一次让我大开眼界，仅帐篷骨架就有玻璃钢的、碳纤维的、铝质的，一般来说，如果坚固度相同，同样大小的帐篷越轻就越贵，1千克重的就比1.2千克重的价格要贵出许多。而睡袋则标明是在什么条件下使用的，如在0℃适用的，适用于－5℃的，适用于－10℃的，应有尽有。

临行之前，我把这些物品在家里的客厅里摆满一地，帐篷、睡袋、睡垫都必须随身携带，领队已事前交代明白，在登鳌山的途中连水源都没有，我们的背包里必须装足三日的饮用水，以一天三瓶计，一人三天9瓶，共约5000毫升，其他食物用品与必需品一样也不能少。“超轻攀登”是登山者应该追求的目标，它有两点原则：第一，从所有可能用到的装备中挑选最轻的有效装备；第二，仅携带支持你所有工作的最轻装备，即“只带轻而实用的东西”。而其前提是要考虑到所有可能发生的情况。准备好物品后开始装包，遵照“按使用频率和先后顺序，从重的一直往上叠到轻的；重的东西放到背部，轻的东西放到侧面”；“确定背包没有凹凸或歪斜”，然后背上起身，“试着前弯和后弯，看看自己是否可以平衡”的原则把它们装进“红狐狸”肚子里。装好以后，我把登山背包放在体重秤上称，刚好二十五公斤。所有东西收拾妥当，我再背起了“红狐狸”在客厅里试了一试，感觉很好，于是全副武装地出发了。

按照网上约定，我们的队伍在端午节的早晨，在西安市的陕西省展览中心门口集结，一行二十来人。这次我参加的户外探险队叫作“第十九红营”。车一开动，驴友们就在领队的引导下开始了相互介绍，领队有两位，是网名叫作“马儿”和“嘴嘴”的两位精瘦的小伙子。嘴嘴在前面开路，马儿在后面收队。我也报上了我的网名“依山傍水”。一条不成文的规则是，队友们都用网名相称，“月牙儿”“老虎”“已婚男人”“武松”“名花有主”等，好记且尊重隐私。来者都有一样的名字：“驴友”或者“背包客”。

于是，驴友们平等相处，真诚相助，团结一致，走出险境。曾经流传着这样一个笑话：三位背包客第一次相遇走了一个星期，彼此留下美好印象，过不多久，他们又相遇了，几天以后又在再度加深的美好印象中说再见。巧的是，几年以后他们居然又报名参加了同一支队伍，那次，在临别之时，他们喝酒喝了一个通宵，最后报上了自己的真实身份——一个是现役军人，一个是警察，一个是在境外犯事的香客。他们哑然相向。

我们坐的车子在大路上开了几个小时，就到了盘山路。那天半夜，队伍就来到了第二天一早的登山出发地“太白县林业局23千米处”，在那个林业管护站外的一片野地上宿营。第二天凌晨五点一过，天色朦胧，第一次野外宿营的我就被其他队员吵醒了，我手忙脚乱地收拾停当，背包上肩，跟着众人，开始向山上进发。

刚一开始，我还以为会像上次登冰晶顶一样，缓缓地登爬一会儿再拔高，哪知，这次马上就是一个下马威，就遇上了硬骨头，那是我们脚下十来里长，几乎直上的“练驴坡”。所谓“练驴”就是练登山的驴友们，看你是“弱驴”、“强驴”还是“电驴”。“马儿”说，这是考验驴友的关口，你是骡子是马？就在这儿遛遛！

我整理了一下肩带，紧握了一下自己的双手，鼓起勇气：“上！”哪知才爬了不一会儿，就汗如雨下，唇干舌燥，眼冒金星，背上的“红狐狸”显得格外沉重。我不停地喘着粗气抹着汗，没过多久，我身上已无汗可流，四肢哆嗦，除了不停地向上迈步，只剩下喘气，什么也顾不上。我习惯性地往身后一看，后面的几位驴友都低头猛爬，我眼里一湿，汗水刺得我双眼生疼，我一激灵，顿感勇气倍增，狠咬牙关，埋头直上。

我明白，此时没有人能够帮助我，只有靠自己才能走向前方，一步一喘，一步两喘，身体晃动，背包乱晃。我力图正确地运用登山杖，登山时身体给膝盖的压力是平时的七到八倍，而用好登山杖能省最少三分之一的力气。人们平常走路时只有两只脚支撑，如果两手拿着登山杖，就会有四个支点，而在复杂的山路上，有了四个支点不但相对轻松稳定，而且把身体的压力分散到了身体的各个部分，双脚的负荷也会减轻，减少膝盖的疼痛。但在陡滑的练驴坡上，轻松是相对的，艰难却是绝对的。一个多小时后，“练驴坡”才终于过去。但脚下才稍感轻松不久，原来觉得还可以承受的肩上行囊，却显得愈发沉重，每走一步肩部都被压得要生生地刺疼一下，紧接着后背上部往下坠，双脚和臀部也开始了疼痛。可能是肩膀摩擦红肿或者破皮了，我尽可能不去想，我咬着牙不停地走，我知道，过了“练驴坡”再向前，就应该是鳌山的象征——“牛头怪树”。

继续向上走，我犹似抽空的脑袋边走还边想象着那“牛头怪树”。越想越怪，连《西游记》里面牛魔王的画面都出来了。那棵“牛头怪树”总算到了，随着在前面开路的领队嘴嘴的招呼声，弓腿缩腰的我抬头一看，那千盼万想的“牛头怪树”竟就是一棵干枯了的松树。但我知道那就是难得的标志物，我喘着气，站直了，那些来自陕西、山西、上海、北京、重庆、广东、香港，还有日本和韩国等各地的驴友大多在后面，在我的前面只有嘴嘴和另一个比我稍高的橙衣人。稍许停息，我们又继续向前，“路”上是森林、石河、苔藓、石海反复穿插出现，遇到险处，嘴嘴不断地提醒。

我们在无人的地带探索，在无路的地带攀岩。攀缘的地方多为石海或石河，也就是一片一片的岩石石块裸露地带。石海的成因说法很多，最可信的是，它是由距今约十亿年前的中元古界地质时期所发生的山崩地质作用造成的。山体崩裂的大石块上有很多裂隙，时常注入雨水，在水分冻结膨胀的作用之下，岩石又不断破裂成很多小块。风移时转，这些质坚性脆的石块，再因温度变化，热胀冷缩，造成岩石破裂变形。成千上万年的岁月沧桑，就产生大小不等的棱角状岩石块及岩石屑，在地带平缓处，大多岩石在原地残留下来，形成碎石覆盖地面，这就是眼前这些望不到边的石海和望得到边的石河。

石海之上，碎石嶙峋，石块与石块之间虚实无序，错接无常。人在上面走，有时无法立足，有时摇摇晃晃，有时需要重心前移，有时必须重心后置，有时需要前脚掌先着地，有时需要后脚掌先着地，步步都是实实的“硬着陆”。悬崖绝壁随处可遇，却往往又是继续攀登的咽喉要道。每个人都会身临险境，每个人都是步步险境，没有谁能够帮得了你。在一些悬崖绝壁处，岩石缝隙狭窄局促，脚下只有半个脚掌宽，弯曲身体的同时还要侧着身体，如果再看看身体下深不见底的悬崖，会不禁冷汗直流；在有的地方，脚下已没有路，只有深涧上两条不知前人何时修建的悬空铁链和一侧可以手扶的绝壁，唯有踩着铁链悬空而行。

登山的风险，从不以山体的大小论，遇到了危险就是危险；许多时候，你没有退路，只有壮胆通过！难道你想半途而废？而半途而废并不轻松，前功尽弃不说，还会阻挡后面队伍的通行，成为别人推不开、搬不掉的“绊脚石”。你没有退路，你根本无法轻言后退，你只有向前，不顾一切地舍命向前。

在前面开路的嘴嘴不断地在路上做标记，以便后面的队伍通行，他站在岩石上用陕西话鼓励后边的人：“不远哩！”然而这“不远哩”竟是那么遥远。脚下的石头又换成了泥泞草地，湿草地又换成了干草地，树下的草地又不知不觉变成了有青苔的地。嘴嘴终于把他身上的背包狠劲地往地上一甩：“歇一会儿！”我顺势坐下，坐在软软的青苔上面，那是无比的舒服！那些青苔有绿有黄，随手一摸清凉爽快，叫人坐下了就不想起来。才待了几分钟，嘴嘴就背上包：“走！不能待久了！”我们不得不随他站起，再次出发。

举目一望，那脚下的石海无边无际，四周又是除了石头再无一物。我只能攀登，坚持，攀登，坚持，再攀登，再坚持。我神情开始恍惚，似乎觉得前方的领队回过头来冲着我抿嘴一笑，乱石之中，那笑容竟然是那么温暖。

终于，我们依稀望见了嘴嘴手指的鳌山山顶。嘴嘴又开始了他“不远哩！”的鼓励，听着他说了无数遍的话语，我等连取笑的劲都没有了。我们望见了那最高的一块巨石，我们一步一挪，鼓足余勇，耗尽最后的力气，终于爬上了那“山之顶”。

“山之顶”是一块极像鳌头的巨大石头，我爬上了那“鳌头”，忍着双腿的颤抖，硬是挺立身躯，举起登山杖，直指远处无垠的跑马梁，不知从什么时候来到我身后、拿着相机四处拍照的橙衣同伴给我留下了一张独占鳌头的霸气照片。在山顶上的那一刻，我身上的豪气从心里直冲头顶，头高昂着，手举着登山杖指向远方，那是用汗水和勇气换来的豪气：“人生坎坷，但我不会输！”

在我和橙衣人的身后，是一位来自日本的背包客，再后，是一位韩国的驴友。他们都脸色煞白，四肢颤抖地盯着我看。

就在那块大鳌头之上，我和两位外国队友，展开了随身携带的“第九红营户外俱乐部”的鲜红队旗，嘴嘴帮我们拍下了在鳌头之上挥舞队旗的身影。队旗之下，险峰重重，风光无限——那刚走过、倚过、躺过的、厚实如毡的金黄色苔藓想起来是那么清新，那刚尝过的绿色野果是那么香甜爽口，那路两旁的红色柱状花穗，蓝色如绸的花钟是那么可爱，那刚在满地野花的林子里与嘴嘴的背靠背的合影是那么温暖真实。而在石头缝里争先恐后长出的，在海拔 3000 米左右盛开的高山杜鹃的白色花朵则宛若云朵，蓝白相间的多瓣花形犹若天然青花瓷，不知名的、星星般的各色小花则铺满地面山石间，这些我们刚路过的景色和此时眼前的苍山夕阳叠在了一起。嘴嘴、我和橙衣人，还有日本、韩国背包客，不约而同地纷纷合手，向着四周无尽的大山许愿。

苍山如海，远处的座座山峰上云蒸霞蔚，如海洋波涛般的苍山山头洒满夕阳余晖。晚霞是那么绚丽，绚丽得犹如朵朵玫瑰开满天空。玫瑰的亮色铺陈开来已染红了群山。群山之上，我再次虔诚祈祷。我闭着眼，听风的声音，闻树的味道，感受山的灵魂，纯粹、敬畏、感激、神秘如梦的感觉一起涌上心头。

我睁开眼来，橙衣人就在我的面前，他又在给我拍照。我仔细地看了看他，他的眼睛细长，细长的眼睛上面是明显的双眼皮，双眼皮上长着一排男孩子少见的黑色长睫毛，毛茸茸的，下面的眸子里闪着和气的光泽。他五官紧凑，高挺的鼻子下面是一张精致的嘴，整个面孔竟有一股女孩般的秀气。他穿着一件橙色的狼爪登山双层夹克，虽比我稍高，却也很纤细结实，细长的四肢晒得泛红，一看就是户外老手。他却冲我先打起了招呼：“喂，没想到最后你把我超过了！”我只好不知所以地傻笑。我也没有想到在最后能走到他的前面去。他说自己叫贺佳，而没有像其他驴友那样只说网名。

贺佳和我的帐篷毗邻而建，虽是第一次在野外支帐篷，我的帐篷却支得很快，然后帮助贺佳把帐篷搭了起来。帐篷的种类很多，它可以遮风防雨蔽日，几乎随处可搭，内部宽敞的空间足以容下登山者和装备，同时也是保护隐私的空间。队友们在陆续到达营地，也有其他队伍的人到达，天黑之前所有人都搭起帐篷、建好了营地。天刚擦黑，队员们就在各自营地的中间燃起了篝火堆，烤着包子、馒头、面包、香肠等各自带来的食品，吃罢，我们队还用扑克牌玩起了“杀人”的游戏，警察、法官、强盗，各有各的角色。篝火映衬，我似乎还找到了儿时在家乡木兰山上和外公一起玩“军旗”游戏的新鲜感。游戏之后，就着篝火，我在马儿和嘴嘴的指导下，还在帐篷旁的草地上，用手挖出了几颗根须完整、品相完好的人参，它们生长在松软的沙土里。就着篝火亮光，我把它们挂在树杈上拍照，这是我在黑暗之中，仅凭篝火余光赤手挖出来的啊。

烤着篝火，嘴嘴给大家讲起了登山装备的用途，服装的牌子，每种装备上设计的巧妙之处，如挂钩的承受重量一般比标示的要保守20%，它的开启也设计成只能往内侧开，而不能反向开启，“这都是为了安全”。

篝火旁边，我和贺佳坐在一起，烤着曾被汗湿透了，在山冈上又开始发冷的身体。爱好拍照的贺佳边摆弄相机边给我讲起了他的故事。一次，他正拿着相机在一座小山坡上溜达，忽然看到四五米处的地面上有两只白色的蝴蝶正在翩翩起舞，他赶紧拿出相机、调好焦距开始拍照，连续拍了好几张后才发现，似乎只有一只蝴蝶在翩翩起舞，另一只却纹丝不动？他心生奇怪，这两只蝴蝶怎么就老待在那儿不走

呢？还是一只独舞？观察了好久才终于发现，原来那两只白蝴蝶一只是死的一只是活的！那只活的蝴蝶正在奋力地拍打着那只已经死去的白蝴蝶，似乎不相信它的伴侣已死，它力图把它拍醒，然后好一齐离去。它拍打得十分辛苦，不但在拍打它同伴的身体，还在拍打着伴侣身体下面的泥土和四周，因为那周围已经开始聚集蚂蚁。蚂蚁越来越多，开始撕咬着死蝴蝶还未僵硬的身体，想把死去的白蝴蝶拖回洞穴。活着的白蝴蝶愈加急促而用力地拍打，头也好像在对着蚂蚁晃动：“走开，别动它的身子！”然而蚂蚁却越聚越多。那只还活着的白蝴蝶不断地拍打着周围的蚂蚁，也拍打着那只已经纹丝不动的白蝴蝶。活着的白蝴蝶已经疲惫不堪，它的动作已经显得呆滞而缓慢，它就那样一直在那里“翩翩起舞”，久久不忍离去，直到贺佳早已拍完一组照片还没有停止。贺佳说，那天他拍得两眼湿润，不忍离去也不忍打扰。

我听得心里戚戚然，我没有想到拍照片的背后还能藏着这样凄美的故事，我没有想到昆虫的世界里也有相守依恋与重情重义。那只白蝴蝶此起彼伏的翅膀在我眼前浮现，幻化成梁祝，幻化成爱的绝舞！那支在地面上跳动的白色舞蹈不也是在苦难中追求梦想，在没有希望中寻找希望吗？我久久没有回过神来，我在篝火的余光中看到了贺佳眼中湿润的闪光，我好似无意中窥见了贺佳身上的纤弱和善良。

那天晚上，那堆篝火燃烧了很久，所有队员们唱起了歌、跳起了舞，直到天边变成了黛色。就在那天晚上，贺佳和我一起，还拍下了久违的清亮夜空，拍下了头顶上天幕里满天的星星。难得的是，我们还用延时摄影拍下了旋转的星轨。然后，驱之不散的瞌睡袭上身来，我们顾不得就要升起的旭日，顾不得夜间里没有手电和头灯的尴尬，钻进了不足以防寒的睡袋，很快沉睡起来。

也就睡了两三个小时，天色很快亮了起来，马儿拍打帐篷、高声吆喝，叫醒了所有刚刚睡着的队员，直说大家的“运气太好了”。我们遇到了这段时间山顶上难得的晴天。

所有人都跑出帐篷，跑上附近的山顶，散坐在山顶的那些巨石之上。在我们的眼前，日出前的红霞已经清晰可见，渐渐地，鲜红的太阳喷薄而出，那天际立时彩霞满天。晨曦中的我，身上也满是霞光，我就置身于旭日的耀眼光晕之中，和那些身上同样披着光晕的队员们，一起尽情地对着天边冉冉上升的太阳狂叫。

马儿是一位老练的领队，他不但登山经验足、体力好，就连拍照也是有板有眼。他说难得遇见这样的好天，他看着升腾的红日，不断变化着身体位置，给大家示范着，让他的队员们拍下了“口含红日”“头顶红日”“手捧红日”“跪拜红日”“拥抱红日”等等绝美的镜头。我和贺佳也大拍特拍起来，这些平日里只是在影视和报刊里才能看到的绚丽景象此时尽收眼底，我们跪拜红日，我们手捧红日，我们心装红日。我赶紧祈求，祈求亲人幸福，朋友安康，祖国富强！我让贺佳帮助拍下了我面向红日祈拜的那一瞬！

金色渐已染满天际，我们吃了点自己带的食物算是早餐，就踏上了返程的路途。大脑仍然兴奋，身体内激动的感觉仍然强烈。好长一段路都在山脊上，山脊上的“跑马梁”和无边的“大梁”让我们心旷神怡，走不尽的石海山翻过一座又是一座，草丛里好看的花朵也时常给我们惊喜。“导航架”到了，那是由四五根旧木杆立起来的架子，却在无边的大梁上高大无比。那又是一处珍贵的地标性建筑啊，在它下面的一块大石头上清晰地标注着“海拔3477米”的红色字样，四周成百上千座的玛尼堆展示着过往人们修德的苦行。白起庙到了，整座庙是用鳌山特有的砾石和红杉木修筑的，里面供奉着横眉仗剑，威风凛凛的秦国大将军白起神像。传说中白起被秦王逼迫自尽后，他忠诚的旧部把他的遗体背上鳌山，在此勒石修庙，这座庙就是自古遗留下来的，据说两千多年来这些旧部的后人们每年都会来此祭拜维修，这是怎样一种忠诚与相守！“盆景园”到了，那望不到边的树林里，不仅每棵树长相奇特，就是地上的花草也多难得一见。终于，我们赶到了2900营地，那是我们野外露营的最后一个宿营地，也是登鳌山大多数背包客们的汇聚之地，马儿形容此处“帐篷林立”，嘴嘴冲着人地上一片五彩斑斓的帐篷说：“去唱歌跳舞，喊上一嗓子！”他的陕北话高亢悠长……

第二天一早开始下山了，树木遮天蔽日，马儿说孙思邈就曾多年在这儿居住、尝草嚼树研究中医。这一带还有不少野兽——大熊猫、黑熊、野猪、羚牛、鹿、果子狸、朱鹮等；果然，那天我们就看到了两只鹿在树林里走动觅食，神态悠闲。经过一段蜿蜒曲折、时而能看到树杈之间露出天空的长长土石路之后，我们终于下到了灌木林带。眼界虽开阔些，但那烈日却无遮无掩、毫不留情地晒在身上，口干舌燥，汗水直冒，而且足下的路竟然全变成了大石块堆砌的下山路，那些台阶高四五十厘米，正常行走根本下不到下一个石阶，只能背过身体手攀足蹬往下走。但那样身体不舒服不说，还严重影响下山的速度，可是正面下山太不可靠，身体重心很难掌握，何况背上还有四五十斤的登山包，依靠登山杖也很难。于是驴友们就只能往下跳，一级台阶一级台阶地往下跳，每跳一次都是硬着陆，都能感受到膝盖内部的冲击，生疼生疼的。那段路很长，大约一个多小时才“跳”完，感觉膝盖都快要被撞碎了。还好，护膝起到了缓冲作用。护膝能增强支撑、稳定骨骼、减轻负担，避免造成肌肉、韧带、关节损伤，下山时一定要佩戴。下得山来往前一看，一片空旷的缓坡平地上如雨后蘑菇般冒出的一个个身穿彩色登山服的驴友们，他们举手舞动，大声欢呼，浑身的燥热被平地上凉爽的风吹得一干二净。

秦岭最高峰 太白山

——生命本该是一场冒险

一阵凉爽的风刮过，女儿回国了。

女儿在国外留学不易，前些日子她遇到的两件事让我心有余悸。那天，她一个人来到打工的SUBWAY（赛百味）店，照往常，应该还有一位女孩一起上班，但不知什么原因，那位女孩那天没来，于是女儿就只好一个人在偌大的店里当值。好在顾客不多，女儿就边守店边复习不久就要考试的功课。不一会儿，一个男顾客来了，是一个三四十岁的白人，长脸长满痤疮，进店后也不买东西，看看女儿，再东张西望一番就走了。不一会儿，他又来了，问了几个不打紧的问题又走了。再后来，又来了两三次，也是不买东西就走。女儿觉得要出事，她给二老板发了短信，二老板迟迟未回。打过去的电话也没有人接。过了约一个半小时，那个人又进来了，这次他举起手来，向女儿做了一个凶恶的手势，然后直奔柜台，把柜台下装钱的抽屉打开，把里面的钱尽数搜去，然后打了一个响指，堂皇而去。事后，女儿在电话里说："吓死我了，我的手现在都还在哆嗦。"还有一次发生在深夜下班路上。那天，她穿过几个街区还未到住地，却发现一个高大的白人男子紧跟在她身后，跟了两三个街区。为了证明自己的判断，她在过一个红绿灯时故意停下来，果然，那男子也停了下来，遇绿灯也不走。情况危急，她连忙拿起手机，转过身来面对那个男子打起了电话，打电话是假，恫吓男子是真，还描述那个男人的特征，那男人终于胆怯，自己逃走了。

女儿的遭遇在父亲的心里掀起翻江倒海的波澜——她遇到了危险，遇到了我不能伸以援手的危险！我只能心疼，只能在内心祈祷。女儿是父亲的小棉袄，她知道父亲孤单，经常打电话回家。在她的叙述中间，我能感受到她的笑脸，她的活力，她的机智，她的热情和阳光，比如：“爸爸，告诉你一个好消息，我染指甲了，全是紫色的，哈，好看！真的好看！”她的朋友很多，也很忠实。有一天，她正在房间里给我打电话，她的一位同学回来了，她灵机一动，就对她的那位好同学说：“晨晨，你来，举着电话。”过了一会儿，从那屋里传来了钢琴声，那是我熟悉而喜爱的钢琴曲《水边的阿狄丽娜》，是女儿从另一间放置钢琴的屋里给我弹奏的。听到那熟悉而流畅的琴声，我眼眶湿润，我似乎看到了女儿小时候弹琴的模样。

女儿回来了，她用自己打工的钱请我吃了火锅，打通她母亲的电话一家人一起聊天。她看着我登山的照片连连称赞：“帅，真帅！”时间竟然过得那么快，她又要回去读书了！

我开着车，把女儿送到了机场。女儿径直到了候机楼的窗口办手续；然后，我目送着她走向安检门，她走到了那道门的门口，我呆呆地望着她的背影，她一直没有回头。我呆望两眼只好转身离去，就在我要出候机大厅的那一刹那，身后一串急促跑动的脚步声，闺女突然就出现在了我的面前。她站定脚步，她把头伸向我：“爸爸，亲亲脑门！”我从懵懂转向清醒，连忙靠近在她额头上亲了一下，这是她小时候我俩告别的习惯。她抬起头笑一笑，还是那么镇定，转身走了。我走到一旁，藏在候机厅的人群里，一直注视着她，她还是没有回头，她站在了手扶电梯上，手扶电梯不断下降，直到背影在我的视野里完全消失。

转过身的我心里酸楚。懂事的女儿！我心里空落落的，不知道能去向何方。我眼神空洞地越过候机厅自动门，瞪着前方，好一会儿，我的视线才穿过来往的行人，在看不到尽头的前方有一座山峰，一座带雪的山峰。

对，我看到了一座雪山，山巅之上纯净的白雪驱逐了一切色彩。如果你的孤单空寂已经影响到你的生活和心情时，或许你可以换一种生活方式，或者走到远处去回望原来的自己，或者寻求力量超越眼前的障碍，或者换条路走走。改革开放的年代，有多少人为自己的生存和梦想而挣扎努力，有多少人为了这个国家而拼搏奋斗？就在三个月以前，“神舟九号”飞船与“天宫一号”飞行器在太空实现手控交会对接，“蛟龙”号载人潜水器在马里亚纳海沟成功下潜 7020 米。作为这个时代的经历者，即使我不能做出直接的贡献，也不甘于当一名看客。我必须再去挑战自己的极限，用征途、汗水、山风和阳光给自己抚慰，给自己的工作充电。

向雪峰进军，向山巅冲击！这一次，我的目标是逶迤千里的秦岭山脉最高峰——太白山，又称太乙山。这也是那个晚上年轻的 S 君向我推荐的，早就让我心驰神往的山峰。这座山的传说和神话太多太多，最著名的就是它的山顶，海拔 3767.2 米的拔仙台，人们传说它曾是姜子牙点兵用将、八仙荟萃之地。而驴友们则说如若天晴，它还是看日出的绝佳之地。

攀登这座山是需要一些勇气的，在这座山上，几乎每年都会发生意外：陕西咸阳的青工杨红霞、訾怀宇在太白南坡迷路，至今下落不明；南开大学学生张晓新从山上悬崖摔落死亡；全副武装的上海户外俱乐部成员华峥嵘在快到拔仙台时突遇暴雪大雾，迷失方向，由于摔伤，冻饿致死。就在前不久，还有一位父亲带着他的两个儿子攀登太白，途中迷路，饿累不堪，父亲让两个儿子原地待援，他一个人下山求助。下山途中他已陷入癫狂，路遇背包客而不知言，直至山脚昏迷被人救起，一天后苏醒过来，才猛然想起他那待救的两个儿子。然而，迟了，待救援找到，两个儿子已在一块巨石上裸露暴毙。我们应该对他们表示敬意，因为他们的名字汇成了一条悲伤的河流，卷起浪花、汹涌澎湃地向后来者涌来，用他们的生命成就后来攀登者的登顶之路。

就是在我将去的这一次，一位同队的驴友还说，他的老妈流着泪不让他参加。他是家里的独子，他只好哄他母亲说是去一座小山坡，而且“就是去吃喝玩乐！晚上还莺歌燕舞”。转过身来面对他还大着肚子的老婆，哄骗说：“去山上能采到人参，还有其他补药，过两个月你是真的用得上。”“孙思邈也就是在这座山上找到好些妇科补药的。”好说歹说才算蒙混过关。

国庆节的前一天晚上，我头戴登山帽，身穿登山衣、冲锋裤，手里拿着登山杖，背上背着“红狐狸”重装大包，双脚套上外貌敦厚、缓震防水、支撑与抓地性能优良的那双“坦克”坐火车出发了。火车之上，引得同行的旅客侧目相向。和以往一样，这次我也是先来到西安。在天气晴朗的第二天，我们团队就从西安坐大巴车到了陕西省周至县的厚畛子镇住下。第二天天色微亮，我们已徒步到达了海拔1400米的铁甲树村，登山就将从这里正式开始。开始之前，四十多个队员集体合影，前排队友展开了“冰岩探险旅行”的队旗，还展开了一面赞助商“紫牛”的旗帜。队友们各自摆出姿势，齐声呐喊留下合影，然后出发。

队伍一散开，所有人通过一座木桥后就直接开始向上攀登、拔高，虽坡陡路险，但天气不错。我一路揣着路线图，看着远近这些打扮精干的同伴，心里喜滋滋地盘算，照这样我们很快就能到达海拔1980米的三合宫瀑布，中午就能到达3120米的南天门，下午就能顺利地在药王殿支起帐篷，第三天中午之前就一定能到达秦岭最高峰拔仙台。

前面几步我估计对了，我们也用尽全力做到了，但就在快要到药王殿之时，天色忽地暗了下来，很快淋淋沥沥的雨水落了下来，和我身上的汗水混在了一起。我迅速从“红狐狸”侧包里掏出雨衣套在身上，用手抹着一串串的汗水和雨水，继续踩着泥水上山。我眼镜上的雨水越来越多了，我边擦拭边想，山上的雨说来就来，说去就去，这个雨，一会儿就会停了。

哪知，这次我失算了。还没等我反应过来，只是一刹那，天上的大雨就倾盆而下，砸在我们的头上。我们赶紧一阵猛跑，冲到已经不远的药王殿殿前的一块平地上，为自己这一队人马抢占了一间山民用塑料布搭建的棚子。棚子太小，四十多个队友，无论男女，陆续上来后马上开始了抢地盘，铺睡垫，然后肩膀紧挨肩膀地挤在那一长条的木板上。但只一会儿，我们就开始清理起身上的衣物，其实每个人的衣物早都湿透了，汗水雾水雨水早就让身上没有一寸干爽，冷得打起了哆嗦，于是男人们跳下木板就直接换起了衣服，女人们也藏在睡袋里、僻静处忙不迭地脱换起户外服装来。户外服装和鞋帽质轻且易干，它们多用合成纤维与尼龙混合织成，合成纤维不吸水，尼龙耐用，不同的比例混合就能织出不同性能的户外装备。如不同的触感、防水、抗风性能，如果再涂上一层防水透气薄膜、比如神奇的GORE-TOX材料，那就更加完美——但并非无懈可击，像遇到今天这样的倾盆大雨就只能自求多福了。

那个季节，登山的队伍很多，许多不远万里，闻名而至。雨中的所有队伍都在向山上疯跑，希望能抢占一个好地方。但是，已经安顿下来的我心里非常地不踏实，揪心明天的天气。如果照这样，别说上不了山，就是上了山也是满山雾气，什么也看不见！如果雨大——领队早已对我们说了，立即返回！安全第一！这次“冰岩”队的领队是一男一女，据说是体育学院的同学，那男领队说：“太危险，前几天就是下雨引发泥石流，一些登山队不得不半途折返，还死了人。”女领队也说：“要保证安全！”山上阴晴不定，谁也说不准，我们有可能就到此为止，无功而返！听着都丧气！

寒冷已经让我在棚子里打起了哆嗦。缓了好一会儿，我才掀开睡袋的一角，露出下面的木铺板，在铺板上支起炉子，再去近处的水源地打来了一锅水，在邻铺位一男一女的帮助下煮了一袋热腾腾的方便面。连吃带喝，特别香，特别暖和，让我冷得哆嗦的身子有了一丝暖气，然后挤在铺上躺下了我的身子。

邻铺位的那两个男女和我一样忧心，说起他们过去多次登山就是因为天气原因而上不了山顶，不得不中途折返。最近一次他们去四姑娘山，也是因为天气恶劣，狂风加暴雪，都走到距山顶还有 300 米了，也不得不中止前进，退回大本营。那是他们第二次去登那座山，结果还是功败垂成。他们俩的话，让我听得心里戚戚然，只得暗中祷告“老天保佑”，然后念一声“尽人事，听天命”就要睡去。旁边的夫妻忍不住地小声说话，还在为明天担忧。

疲劳让我很快沉沉地睡着了，“睡好觉”是我的一贯作风，哪怕是天塌下来也睡醒了再说！但是，这次我所参加的冰岩队的队友们并不都是这样，为了这次攀登，他们中的许多人都经历了长时间的准备，克服了不少困难，就为了成功登顶。塑料棚子里，头上的塑料布很低，雨水噼里啪啦，好似直接砸在我们头上，这样的客观条件更让他们难以入睡。四周的议论、叹息声时有出现，把我一次次吵醒，终于让我睡意退去。我睁着眼睛，看着压在我额头上面只有两尺多高的塑料顶棚，盯着头上噼里啪啦隔着塑料布砸下来的雨点，还有好似就紧压在塑料棚顶上的乌黑浓云，心想，会好的。我只能相信“天助自助者”，然后又沉沉睡去。

半夜一睁眼，那雨还在无休无止地下，下得棚里的队友们透心地无奈，从各个角落冒出来的叹息声、抱怨声此起彼伏，但抱怨之后，也只好再沉沉地睡去。

不知又过了几个小时，我被旁边的男士摇醒：“快看，月亮，月亮出来了！”啊！也太神了吧！不太相信的我钻出睡袋，翻身而起，披着衣服直接奔出了大塑料棚。抬头一看，果不其然，月亮真的高高地悬挂在天空之上，又圆又亮，像一面镜子。那是上天的恩赐啊！雨，已经停了。

雨已经下透了！明天，不，今天，准是一个大晴天！所有人都喜出望外，邻床的女士更是拉着她的丈夫蹦了起来。不用领队招呼，早早地，所有队员们都起床收拾行装，拥出棚外，不由击掌相庆。野外登山的魅力之一就在于，你永远不知道下一步是什么。往往是走过这一段，就是另一番风景！

眼前的光景让两个领队喜出望外，那男领队说：“太不容易了，这一个多月，我们几次上山，天就没有晴过。不半途而返就算成功了。”女领队嘀咕：“我一直在担心，就不敢说出来而已。怕你们把我撕了。”大家一听，情绪大涨！我的心里更是十二分地感慨，想一想，我每趟旅程老天都十分保佑！我不由在心里高呼：“感谢上天！”拿出相机，在营地外拍起了蓝色天幕上日月同辉的天象。

那日月混合的辉光一齐洒在山上金色落叶松树冠上，也洒在每一位“背包客”的身上，背包客们头顶着缕缕金光，摇晃着身体此起彼伏地嚷道：“GO，GO，GO。”两位领队也兴致勃发，指着前方说：“这里是一山四季，山底是炎热夏季，山腰是凉爽的春季，山顶是白色的雪，在这个高度就是一片金色的秋天，你们看，松树叶全都是金黄色，而远处则是雪顶太白山。”果然，四周已是一片秋色。临了，领队还用陕西话补了一句：“美——得——很！”我看看头顶上瓦蓝瓦蓝的天，不由陶醉于秋天秋风秋山那满山上的金黄……

我们很快就整队出发了，穿过金黄色的松林，前面出现的是久违的石海，茫茫石海里不时盛开着高山杜鹃丛生的白花，这些花朵已经不像在登鳌山时看见的那么羞羞答答，而是朵朵盛开、仰天而笑；那石缝间的草丛也沾珠带露、翠绿可人。

一两小时后，那些草窝里开始出现了清晰的雪迹，年轻的领队说，在这个高度下雪也实属少见，这又算是上天开眼。我们再往前走，草渐渐减少，雪渐渐增多，初晴的雪，在石窝里面一簇一簇，白得格外晶莹，我每走一步都小心翼翼，不忍落脚踩下。走着走着，草终于没有了，或者说草终于被雪覆盖了，只剩下铺着白雪的无尽石海和石头边缘的灰黑色。我们踩着脆裂的雪花，在石海上不停息地走着，情绪高昂，话语不断。

远处，无边的石海上迎面走来一支队伍，那支背包客队伍蜿蜒很长，不同颜色的登山服在白雪的衬托下异常显眼，看起来就像一条五彩的散兵线。雪地上的他们同样情绪兴奋，还未相遇就远远地向我们的队伍喊道："喂，你们是那个部分的？"我们应道："红军，中央红军，你们呢？""自己人，自己人，红四方面军的！"他们用四川话回答我们，并告诉我们，前面离三爷海已经不远了。三爷海是太白山上三个海子中最低的一个。

接近中午时分，我们看到了三爷海，那"海水"清澈，犹似山顶上神仙们举着的一池湛蓝琼浆。走在前面的我看了看身后的队伍，招呼起来。远远地，我看见了那对昨晚睡在我旁边的夫妇。我收回目光，走近三爷海，弯下腰，掬起一捧水送进嘴里，焦渴的嘴里顿时清冽甘甜。就从这三爷海的附近开始，石头上的雪明显多了、厚了起来，遮得石头上的灰色渐渐隐去，石海上的白就要连成一片，唯有石头的边缘还间或露出显棱显角的灰。

渐渐地，草丛里石头上，白白的雪层增厚，遮住了棱角，让凹凸不平的石海表面的灰色彻底消失，石块的起伏也变得平缓，四周近似平坦的雪原向上延伸。领队说，昨晚山上下了罕见的大雪，这大雪给了我们意外的景致，我们惊喜地继续向前。爬这种石海雪原，登山杖显得十分必要，所有队员们显得十二分小心，一步一探地走着。登山杖和登山靴成了“新兵蛋子”从未体会过的利器，我凭借它们才能知道脚下的虚实，也才能保护自己的脚不会受伤。

盖着雪的石头山路越来越陡，我早已把登山杖的长度缩短一半、弯腰行走。前面又是一个陡石坡，路的左面是石壁，右面是石崖，行进中的我猛地踩上去，脚下的大石块一滑，连人带石裹着碎雪就要滑向下面的石崖。我制止不住，身体向下滑去。还好，那崖不高，落到沟底的那一瞬间，头脑中闪回般地看到了在百草畔为了救我而随我一起滑落，被吓得花容失色的艺泓。我从那依然清晰的眼神里感受到了鼓励，我手脚发力，又爬上了上面那条石头山路，继续向前。

过了三爷海，就是“二爷海”，地上的雪早已经覆盖了整个地面，间或还融化成水，形成小溪，在雪原上潺潺流动。流动的声音十分动听，不但让漫无边际的沉默石海变成了音阶般清脆起伏的雪海，还让雪海有了难得的生动。我们踏着雪，听着时有时无雪层崩裂的脆响，艰难地走着，我们知道，二爷海就要到了。

山上的雪路变得非常崎岖，我们必须踩着前面的脚印艰难攀爬。有一段路在半山的悬崖中间穿行，得侧着再弯曲着身体行走，足下的

“路”也就脚掌那么宽，有几步干脆脚掌都悬空一半，我只能依靠背部着力、顶住悬崖壁稳定身体，再两手抓住崖壁上的石块，双脚以虚步快速移挪过去，这十分考验人的敏捷反应能力。那些岩石上的雪已经被踩得十分坚硬光滑，领队不断提醒我们要踩实了再走，背上鼓鼓囊囊的“红狐狸”压得我的肩膀生疼，但我没有出声也没有觉得累，我脚上的“坦克”登山靴十分给力，踩在雪地上似发出“隆隆”的前进声。

二爷海真的就在眼前了，我和几位先上来的驴友丢掉手里的登山杖就向它跑去，我们先看看写着二爷海的石碑，再急不可耐地把背包丢弃在那个标志石碑下，拍了两张照片，情急之中，我还捧起水来尝了一下，然后把登山包留给女领队，没有停留，拣起地上的登山杖就不管不顾地直冲峰顶的拔仙台。前面早已有人向上冲击。同伴们深一脚浅一脚，有的地方雪层已经没过了我们的膝盖，我们拔出腿来不停地走，一路雪原风光，让刚从那年北京盛夏酷热中逃出来的我感到无比爽快，从心底蹦出了“赏心悦目”四个字。

我们越爬越高，我们看到了远处的大爷海，但没有停步，与它擦肩而过向山顶冲击。太白山顶就在眼前，顶峰的拔仙台已经依稀可见，我似乎听到了胜利的凯歌，我信心大增，身上的力气也觉得增加不少，比以往登山快到山顶时要轻松许多，挥动着登山杖就向山顶冲刺。

雪已经把石海完全变成了雪海，在山顶之上，不停下，一步一步地往上走就是“冲刺”了，踩着没过膝盖的积雪，我看着我身前身后三五个不多的同伴，心里充满自豪。我终于可以自己认可自己，我已不再是“菜鸟”而貌似“强驴”了，再难走的路我也会走过去的！我用手腕上缠绕的魔术巾不时地擦去脸上的汗水，边走边看，看到了满山遍野一片银色，看到了山顶周围一座座望不到头的连绵山峰，那山峰的边沿，组成了一组组起起伏伏的正弦波。

我已经看见了山顶上错落有致且昂首屹立的玛尼堆，玛尼堆的阵势很大，足有成千上万座，那不知是经历多少年代，无数位有心的背包客才堆积而成的？山顶已经近在咫尺，那山顶之上却还有一座我从未见过、用石块人工堆砌的城堡屹立雪原。我调整呼吸，不紧不慢，保持着自己的匀速登了上去，我用力驱动着两只“坦克”走上了城堡之巅，在城堡的石砖上站立整理，然后上去，站在了那块写着鲜红色的“拔仙台”大字和海拔 3767.2 米字样的巨石上，环视下方，似乎看到了姜子牙的威严兵阵和一种天人合一、大千无物的境界。

“没有比脚更长的路，没有比人更高的山。”（汪国真）我用脚踩踩地上的冻土，那土不动声色；我面对群山大喊一声，周围的山峰把回声吸收得无影无踪。我异常兴奋，我登上了我一直渴望的白雪皑皑的太白山，我在一年之内依次拿下了秦岭山脉的三座最高峰！

一位差不多和我同时登顶的队友晕过去了。他是另一队的队员，一看就是一位在校大学生，他说他的眼睛看不清东西了，那是雪盲的初期症状，也许还附带有高原反应。我们的领队赶紧给了他一副墨镜，并扶着他颤动的双脚。然而，就在我们所有登顶者的脚下，远近却是苍山如海！无数的山峰挺立至无限的远处；重峦叠嶂、沟壑纵横，丝丝白云像轻纱一样飘荡在无垠的沟壑之中，真是“淡烟流水画屏幽”！只在我一探过身去之间，从另一面山峰上正在压过来的云海霎时就让我目瞪口呆，真是万事皆有可能。就在那堆云海快要飘过来之际，我瞅见昨晚那对邻床的夫妇也陆续走了上来，城堡之上，那女士面色绯红，把头靠向她牵着的那位男士的胳膊，带着汗水的脸庞健美而明艳，云雾如纱飘来，刹那间就把我们遮盖了。我夸赞他们是这个队里少有的夫妻同行、共同登顶！他们也感叹身材看似单薄的我好体力，然后同声感慨，庆祝今天的好运，也祝愿以后我们还能在登山途中相遇。

云海不断，连绵的山峰又在我们周围如海浪般地沉浮、蜿蜒，直至巍峨挺立；云海飘过之后的山峰，显得更为清晰，更为苍劲，宛如一艘艘巨轮横空出世。正在感叹之间，眼前的山峰却突然又光怪陆离起来，山坡上金黄一块深蓝一块，明亮一块暗淡一块，移动摇摆，那却是明媚的阳光下浮云的投影。而须臾之间，群山的沟壑深处也飘起如絮的薄云，绕得山间如纱如幔，与上面的浮云相映。

山谷深邃，好些云团似有若无，猛然之间又丢给你虚怀若谷与包容、谦卑等一串串平日不会在意的词语；而顷刻之间，那些云团又风轻云淡让人心生怜悯！我们三人挽臂站立，极目天际：一群群绵羊般的白云又堆积远处，但却在慢慢地向着我们的方向飘移过来，似乎漫不经心，信马由缰；而放眼寻觅，却不见牧羊人的一丝踪迹，移动的羊群却已在眼前簇拥成愈加强大的规模。云依山势，山随云形，气势磅礴，如梦如幻就发生在我们身边，看得如痴如醉，看得动人心魄，而这一切的惊心动魄几乎又发生得无声无息。浮云不是过眼云烟，而是精彩绝伦；山不是无知无觉的泥石一堆，而是伟岸绝世。静心体会，云和山相依相恋，不屈不挠，前赴后继，演绎出人世间一个又一个气势恢宏的景致。谁说浮云没有一颗坚硬的心？它们精彩无言，演绎极限，大势无声！当你的精神、灵魂和眼前的景色融为一体，你就会用空灵的身体去接纳你实在的躯体。生命，就在浮云的川流不息之间演变；精彩，就在云行与光耀的得失盈亏之间！山上的一切都显得变幻莫测，也就是这变幻莫测才充满魅力；人生的意义，就如山顶和山谷间的云彩变化，缥缈而又真实，尽情抒发着天神赋予的精彩。登山、户外运动，给了我体验一个更广阔、更深邃世界的机会。

思绪再次被霎时的美景覆盖，那是黄昏的绚丽：远山近处的云海火红一片，燃烧得它们笼罩的山峰也如火苗一般；定睛一看，那云海笼罩得并不结实，缝隙处一缕缕阳光直射出来，金色的阳光透射无数山顶。我们傻立着，脑子里硬是搜不出能形容此等美景的词来，只能造出一个词：美得词穷！然而那些红色的云海在变化，在骤然分合，层次分明而又缠绵不休，一些呈玫瑰色的娇柔宛若羞云，一些红得浓稠、蒸发酒香犹若醉云，一些烈焰奔腾灼烤天空似若火云！我呆立着，痴望着，一种伤感却涌上心头：灿烂开始了，灿烂会烧死生命，它从一开始就意味着结束！

一阵风起，雪在溅，石在动，山又开始嘶鸣，我们的身体再一次融入了风雪、阳光、云海、山巅的至尊圣境之中；时空同步，我感到山水神韵、日月精华，似无穷的力量与血性正在注入我既柔弱又期待坚强的身体，毛孔胸襟，满满当当，荣耀而又自信，我已经获得了重生的力量！

那天我们在山顶上停留很久。终于，我们往山下走去，无垠的世界银装素裹，悄无声息，但我们的思绪却还在山路上激荡起伏，边走边谈，情绪高涨。我们说起这些年各自登山的经历，说起为人父为人母事业家庭的甘苦与琐碎，然后老岳——那位丈夫，还传授起他这些年积累的下山秘诀：“下山一定不要跑，快速下山膝盖受到的冲击力约为自身体重的5—8倍，即便是一个不胖的人，从一座1000米的山峰一路冲下来，膝盖将遭受成千上万次的打击。如果再负重，就和拿锤子猛砸自己的膝盖基本是一样的。”我不由想起了我在下鳌山时跳下台阶的硬着陆。他当医生的妻子更进一步说道：“膝盖主要由半月板及四条韧带组成，半月板为膝内部股骨下端和胫骨上端之间的一块新月形的纤维软骨，它缓冲膝关节的震动并避免两块骨头的直接摩擦，前后左右四条韧带主要是起支撑作用并防止膝部移位。”老岳接过话茬：“下山时一定要用护膝，用护膝能减少膝盖损伤，还有，就是不要有炫耀的心理，踏实地走好每一步。”我注视着这对恩爱夫妻，不由对他们在山路上的坚持感到由衷的钦佩。那女士又一次说起了他们年初和去年的两次四姑娘山之行，对他们接连的铩羽而归充满遗憾。我知道，对于登山者来说，一旦认定的目标是不可能轻易放弃的，每一次的攀登，他们都在用心体会，对他们来说，攀登的过程就是一次体验之旅、参悟之旅。玉有五德，山石岂其数焉！大山无言，用尽登山者的体验，也不能尽察大山伟岸浑沉的内涵，一切都在无言之中：气象万千，虚怀若谷，谦虚做人，稳重如山，大美不言，大势无形，挺直身躯，不屈不挠，不因云显而堕其形，不因云绕而矮其志，坚持就是胜利，不惧风雪雷电，决不轻言后退，无限风光在险峰，绝处逢生，山高人为峰，有山就有水，山水相依，哪一个都是真谛，哪一个又都是真谛的只言片语!

山已远去，但却给我留下了自信、平和、阳光，还有能承受苦难的强健体魄。

下山的路程是疲惫而轻松的，在位于海拔3059米的老庙子营地，我们度过了最后一晚的露营，并用老岳的小米手机拍下了我们三人相拥一起的合影。十月四日早晨，我们吃完路餐、拔营下山。下山之前，老岳夫妇和我，像所有驴友一样，把自己的废弃物都装在一起带走。户外登山的一条必须遵守的规则是："保护荒野，不留痕迹。"山林并不是为我们登山而存在的，而是如母亲般对我们包容与支撑，我们无以奉献，起码应该做的就是保持原貌，不留痕迹。

那天下午，我们的队伍下到了山脚的一个村落，我和老岳夫妻都伸出手来，相互握手抚肩有些不舍，对于驴友而言，萍散萍聚是常事，难说下次相见又是何年。那个地方是秦岭太白山下的一个人迹罕至、名叫"猪娃沟"的小村子。村边有一条小溪，清澈见底，底部的石头有圆有长，黑黄坚硬，不知这是否就是"猪娃沟"？我俯下身子洗净肮脏的脸，水中照见了自己，消瘦而毛长，唯有眼睛明亮有神。

传报道过。他儿子也争气，前几年考上了北京航空航天大学，“立志航空，报效祖国”。仁健到北京后来找到我，还要跟我去爬山，说爬山励志。这次，我不但从他口中听到他更多的经历，还听到了佳婷的近况。

佳婷高中时和他一个班，他说佳婷最近精神状态不太好，患上了抑郁症，都被送进一次精神病医院。我听后一惊，小学中学时佳婷的语文成绩特别突出，她的作文常常是范文。她长相和声音都很甜美，是学校文艺表演的领军人物，举手投足都有特别的韵味，后来考上了音乐学院，再后来做了电视台主持人，再后来担任市艺术学院的院长，培养出很多大小明星。我们都知道她和光凯有一段热烈的恋情，再后来他们因为误会，天各一方各自成婚生子，再后来她离了婚，独自一人生活。听仁健说了她的近况，我的心里沉沉的，想起她文学青年的模样我们都感慨不已。

五位同学中小莉的人生似乎一帆风顺，小莉高中时和我同班，她除学习好以外，做事冷静果断。记得在高考报志愿时我们五位聚在一起讨论各自志愿，她很干脆地说她就报电子科技大学，还让佳婷不要顾忌母亲的反对报考音乐学院。从小学到大学她一直是学生干部，大学毕业后分到一家全国有名的电视机厂，七年以后就担任销售处处长，工作十年后转任市政府副秘书长，很快就转任秘书长，前些年下去担任县长、县委书记。仁健说她快回来了，应该是担任副市长。说起她我们都很服气，她很有实干精神，为了解决拖欠农民工工资的问题，她曾春节前赶赴外地，做企业家的工作，和那些雇用她县里农民工的企业家吃饭喝酒，动之以情、晓之以理，甚至不惜上法庭，终于让农民工们拿到工资过了一个好年。为了解决企业造成的河流等环境污染，她深入企业技术攻关，上下活动提供贷款，还要平衡周围居民与厂家的利益纷争，终于解决了污染问题，还把原来污水横流的旧河滩改造成了一个生态公园，还企业与住户一个蓝天绿地。为了解决孩子入托难题，她和开发商斗智斗勇，凡新开发的小区必须配备相应的幼儿园，而且建园标准上调。每当看到家长带孩童们入托的笑脸，她的喜悦都难以抑制。她孤身一人，一直没有结婚，学生时代虽也追求者无数，虽也曾经两情相悦，但终是情劫难渡，花好月却难圆。

仁健春节前刚走，小莉春节后就来了电话，她已经回到市里当了副市长，她来电话主要是告诉我，佳婷失踪了，是春节后初三失踪的。那天她们本来相约见面，早上佳婷还和小莉约好中午见一面，哪知中午小莉没有等到她，过了一个小时她也没有到，打电话没有人接。给佳婷的女儿去电话，女儿说她早就出门了。小莉没法再等她，市里下午还有个碰头会。我和小莉聊起佳婷的情况，她们闺蜜之间聊得更多。说起当年佳婷和光凯分手，小莉告诉我，佳婷的母亲有责任，她当年就不同意光凯和佳婷相好，因为她觉得光凯性格不够阳光，身体还不太好，私下里她坚决反对，还在假期里扣下了光凯写给佳婷的信。说起佳婷的这一两年，小莉说光凯殉职后佳婷的情绪波动很大，她认为自己有责任，她离婚后光凯去找过她，述说他婚姻的不幸福，无论佳婷是否离婚他都会与他的妻子分开，光凯问佳婷现在能否给他机会，佳婷犹豫，她担心人言可畏。待她下定决心要和光凯表白时，光凯却突然离世。她认为，如果她早些答应光凯，是否就不会如此？佳婷失踪这几天，她和仁健等同学都在帮着找。

不能直接出力的我自觉愧疚，心情也不由格外沉重。人生七苦：生老病死、怨憎会、爱别离、求不得。就算道理都懂，又有几个人能真正放下？我一想到佳婷的失踪，再想到好同学的她失踪后可能遇到的居无定所、风吹日晒雨淋、饿冷困病等难题，甚至可能出现的可怕场景就心绪不安。

找一个地方去释放不安，去解脱，去祈祷。

春节过后还不到一个月，惊蛰前两天的周末，我独自一人出发，中了魔似的走向大山。那天，山区的天气如严冬一样寒冷，我却仅穿着内衣和一件黑色抓绒衣就登上了北京的第一高峰——位于京西的灵山主峰东灵山。跨上山顶的那一刻，我几乎是一个箭步就迈过了地面上的大冰窝，再踩踏着吱吱碎裂的冰碴，用冻得紫红的双手搂住山顶上的那块写着“灵山主峰”的碑石，好像搂住那块硕大的碑石就是我此行的全部目的。要好的同学已是一死一“伤”，我不能克制自己内心的凄凉。我把身体紧紧地贴在那块碑石上，我的身体感受到了胸口上那块我始终不离身的“红运缠身”和田玉石的冰凉，那是艺泓出差到新疆和田挑选的，有一道红色络纹贯穿全身。与此同时，我那冻得通红的脸也紧紧地贴在那冰冷的花岗岩石碑上面，迷离地瞪着前方。

那个夜晚的子夜一过，我就无法入眠，身体在床上坐卧不安，眼光在四周的黑暗中游离，似看不见东西，又似很多东西在飘浮。不，是漂泊，佳婷在风雨之中凄苦地漂泊，如风中落叶不由自主。生命无常，在还能自己做决定的时候，就一定要让生命按照自己的心气运行。没到五点，我就把辗转得麻木的身体立了起来。六点整，我已经到了登山的集结点——地铁惠新西街站，没有预约，临时挤上了去东灵山的大巴车。九点左右，我们已到了海拔一千多米的灵山停车场。那个团队的人都很年轻，看起来经验十足，其中一个网名“山神小爷”的小伙子，体格强壮、精明强干，听人说他曾经是侦察兵；而一位自称“追风娘娘”的精瘦女孩子竟然和那位侦察兵叫起板来。前者登过青海玉珠峰，后者说她上过四姑娘山二峰。我看着他们，似不知道他们所说何物，也没有精神去细分这些我眼前的个体，只是把他们当作要和我一起登这座东灵山的游离影子。那座东灵山，位于河北省矾山镇，北靠官厅湖，南与北京市门头沟区的灵山风景区毗连，主峰东灵山海拔 2303 米，人们称之为屏护首都的最高峰，更被誉为京西的“珠穆朗玛”。

山脚之下，我们下大巴车的地方大概叫斋堂，一下车，我就往前猛走，好像听见有人叫“大哥”。但这个队伍里“大哥”多的是。我不回头地猛走，然后就到了川底下，再过柏峪、黄草梁，前面就是七星座长城，我没有什么感觉，我只是觉得我走过了一串串地名。我身前身后的影子们不时地说着话，相互开着玩笑或者埋怨着沿途的艰难。我没有觉得难，我只是觉得眼睛周围都是白茫茫的一片，脚下树上都是雪，深一脚浅一脚的雪。对周围的风景我视若无睹，只是盯着雪地上长串长串的脚印往前走。那些脚印底部，有些发黑有些仍是白的，我只知道踩上去往前走，就是上坡下坡也木然无知。

又走了好一会儿，我们才到了海拔 1073 米的椴木沟。那片椴木林地上的雪足有一尺多厚，走起来十分费力，开始还算整齐的队伍早就乱了，我随着前面的队伍往前走，那椴木林似乎很大，我只觉得怎么也走不出去。前面队伍的队形也逐渐拉开距离了，走在最前面的也就十三四个人。还好，我没有掉队，我还在第一梯队里。好不容易穿过了雪域似的椴木林，我们又遇上了无边无际的草甸。有人说这就是华北最大的万亩空中草甸，虽然现在见到的只是草地上堆积的冰雪，但草丛深厚，一望无垠，想来春夏一定是绿草青青，野花遍地，百鸟鸣唱，似人间仙境，世外桃源一般。我们终于到了海拔 1618 米的垭口，能跟上队的也就“山神小爷”“追风娘娘”等七八个人了。走得太猛，我感到了胸闷吃力。大山之上寒风凛冽，打在我没有防护的脸上，阵阵的疼痛才让我想起自己连登山帽都忘记戴了。草甸上的路不断往上伸展，我每走一步都非常吃力。我紧紧地跟着这支队伍，我害怕掉队，觉得只要一掉队，就不可能再跟上了。

远远地望见五指山了，但就是走不到，我埋头走路，走了好一阵后充满希望地抬起头来，觉得肯定近了，可那五个紧密地靠在一起的山峰却还是在远处。天空灰色的云团相互碰撞如招摇的幡帐，如藏着神灵的秘言暗语，想把大地的寒冷遮盖得严实一些。向前走，向着我早就心驰神往的东灵山顶走。迷离的我，仿佛不是来登山，而是似乎只是为了释放或者发泄心中郁积的沉重来与山较劲，来和这个驴友们推崇的“北京的屋脊”较量。

越往山上走，越感到山风的呼啸与寒冷，我才发现这次登山几乎就没做什么准备，不但登山帽没带，就连吃的喝的都没带。头被风吹得裂开似的痛，我赶忙把“万能的魔术巾”套在头上，感觉一下好多了。要知道，人体超过一半的热量都是经过头部散失掉的。穿着单薄的我，喘息得断断续续，脚步也似灌铅；但我不掉队，我就像一个没有知觉的机器人一步不停地匀速迈步。终于，过了“五指山”口，我知道我们已经来到了海拔 1900 米的亚高山草甸景观带。地上的草黄黄的，被西北风吹得草叶都往东南方向偏斜，整齐如一，犹如被一把大梳子梳理过一样。在这一片景观带，高山草甸和各种灌木相互辉映，想象得出那夏日里的青藏高原般迷人风韵。这里既有暖温带植被，又有西伯利亚寒冷地带亲缘植被，是新疆细毛羊、伊犁马、青藏牦牛在北京生活的唯一天然繁殖养殖场；如果运气好，夏天还有可能见到稀世的珍禽褐马鸡。草甸上的季节变化明显，即使七月份的气温也只有 13—15℃，极端最低气温可达 −38℃，而且初雪日在 9 月下旬，降雪日数平均达 37 天多，年均风速可达 4.4m/s，那山顶上的冻土层厚约 2.2 米。寒冷是这儿的特性，但我却没有像别人那般穿着羽绒服，只能把身上仅有的衣服裹得紧紧的，但还是觉得透骨的冷，被山风吹得东倒西歪、寸步难行。但我庆幸自己的选择，我选择了“灵山”，冰天雪地的东灵山，我渴望一个“灵”字能让我为老同学祈祷。

还好，最高处的山顶已经隐约可见了。我们这一队的人马也就还剩下四五个，我跟在那位退役侦察兵的后头开始了冲刺，我埋着头，一步一定地向上走着，我觉得喉咙像被无数的针扎一样，而胸腔里像燃烧一般地窒息，“紫狐狸”侧包里的矿泉水已被冻成冰疙瘩一块，没能喝水的我毫不停息，一步紧一步地向上攀。我接近了那位侦察兵，他喘着粗气停下了脚步，挥着手让我超过他继续向前。终于，我们上了直达山顶的那面山坡，山坡上几乎都是石头和枯草，我们看到了山顶上的那块矗立石碑。“追风娘娘”不让须眉，她追了上来，她后来居上地站在山顶上向我们招手；紧跟着，我也上去了。过了那么一会儿，终于，人称“山神小爷”的侦察兵也略带羞赧地上去了。石碑前有一个大大的冰雪窝子，石碑上刻着“灵山主峰 海拔 2303 米”字样，我一个箭步蹿过去，搂住了那块石碑，搂住那些个红色的字迹，这是我此行的追寻啊!

灵山主峰上的我，定定地搂住那块石碑，赤裸的双手冻得红里发紫，好像那石碑就是我忐忑内心里唯一可以依靠的靠山；继而缓缓地站直身体，再走到石碑前尽量地把冻僵的四肢放松。后面的驴友陆续上顶，“山神小爷”和“追风娘娘”拉着我，和我一块拍了合影。

下山了，我在石土路上走得跌跌撞撞，我感觉到了天寒地冻，感觉到了唇干舌燥，感觉到了肚子里的饥饿。可是，我身上除了一瓶冻得犹如石头一样硬的冰疙瘩以外，没有其他的东西，迷离得匆忙的我没有带足衣物和食物。我忍受着，克制住自己的一切生理欲望，鼓足劲下山，尽量保持着身体的平衡。我不想求助，我要用自己的力量走出大山。山腰到了，我咬咬牙；上山时遇到的那片椴木林到了，我把嘴唇咬得生疼；看到山脚了，头竟然有些眩晕，我赶忙咬住嘴唇，直到疼的感觉强烈。我看到了山脚下我们的出发处，看到了那辆我们来时乘坐的大巴汽车。有两个女生向我走来，到跟前了，我才发现是几年以前在京西古道上相遇的那两个女生。到了眼前，她们赶忙把手里的东西递给了我，那是一杯装在红色保温杯里的热鲜奶，还有一块冒着热气的汉堡包。她们的脸庞兴奋，祝贺我登顶领先。她俩看起来真精神，在上午到达目的地、下大巴车登山出发时她们就认出我了，无奈我急步登山，她们追不上我，连她俩“大哥”的叫声都置之不理。那天，她们攀登到三分之二处就下山了，她们不想拼命，只想享受登山之乐。下山后她们用司机的微波炉帮我热好了她们带的汉堡，拿下了我的背包，还欲搀扶着我上车。那天，回家的路上都很高兴，她们俩情绪热烈地向周围的人说了我上次在京西古道上对她们的出手相助，我更感谢她们这次伸出援手。两三个小时后顺利地回到了家里。

我独自回到了家里，看到了家里那一缸红鹦鹉鱼群，它们在不停地游动。我撒了一点食在鱼缸里，正在各处游动的鱼马上向着饵料汇聚，争先恐后、你夺我抢，搅得鱼缸里红霞翻滚、金光闪耀，水波也发出轻快的声音。正在观鱼的我接到了电话，仁健和小莉分别打来了电话，说佳婷找到了。佳婷揣着光凯的照片，独自一人去了光凯的父母家，她陪着光凯的父母过完整个春节，又去了光凯上大学的山城重庆，找到那座校园转了一圈，再到朝天门码头沿长江边走了半天才慢慢启程回家，整个过程她异常清醒，毫无失常之举，除了坚决不与亲人朋友联系以外。

终于，佳婷和她女儿联系了，当她女儿和仁健、小莉还有其他朋友找到她的时候，她的脸上平静如水，嘴里什么也没有说，她把一切波澜都压在了自己的内心里，所有人都知道她的秘密，所有人都不再去说破那些秘密。

西藏喜马拉雅山北·墨脱徒步线

——登山者要有一颗务实自信的心

这个世界，埋藏在表面之下的秘密太多，有一句话说得好，你没有“观世界”怎么会有“世界观”？我向往探索隐秘，大自然有太多秘密，我研究起了高原雪山，打算做一次长途的徒步与攀登。一家“户外联盟”的广告词是这样写的：“寻找隐秘莲花——徒步墨脱，中国第一徒步线路。”徒步线路在海拔4000—5000米。遇到挑战我总是感性，我正在登山的瘾头上，看到这个标题后我兴奋不已，我报名参加。

墨脱，是中国最后一个通公路的县，作为一个地名，它早就在我心中植根，呼唤着我走近它。资料上还说：“徒步墨脱，完成的不只是中国十大徒步线路之首，更是自我的转身、蜕变。从森林到雪山，从草甸到雨林，从悬崖再到塌方、泥石流、蚂蟥，身在地狱、眼在天堂。”够劲！我休了一个星期的年假，加上端午假期，这样我就能进行八天的徒步——去墨脱的旅途需要八天。真正徒步的第一天是从多雄拉雪山开始，据说，那是一座西藏神秘的、曾经埋葬过登山者的雪山。

战略上藐视，战术上重视，以前我登过雪山，但那是内地海拔三千多米的浅雪山，这次是西藏海拔四五千米的大雪山。我认真地研究

起了雪山和雪地攀登。“雪是一种不可思议的东西，它犹如一件闪闪发光的披风覆盖着大地。轻轻飘落的雪花，不仅令人心旷神怡，还陶冶着人们的审美情趣。”书上写得多么飘逸而富有诗意，“但是，雪的定义却相当枯燥和无趣，不过是‘众多水分子结晶聚集在一起形成的晶体’。雪地攀登是登山运动的基本项目之一，雪地的坚实度对攀登具有重要影响。”接下来，围绕雪地攀登讲解了基本装备如冰斧、冰爪、滑雪杖、熊掌鞋的使用，我看得非常认真，还打电话去请教这次徒步的领队小飞。小飞告诉我，没有那么复杂，倒是雪地攀登的基本技巧需要注意，主要原则就是小心滑倒或者滑落。万一失足滑落，要知道怎样在最短的时间内自救。我放下心来，但还是继续研究了雪地上的平衡、上坡、滑降、制动等技巧以及雪崩的应对方法……

我提前到北京市公安局的接待窗口办理了西藏林芝墨脱的边防证，交了专项保险费，接到了“户外联盟”的日程安排：第一天队员们在拉萨集合，第二天拉萨－米拉山口（5013 米）－林芝－派镇，第三天派镇－松林口，徒步从多雄拉山到拉格，接下来是拉格－汗密－背崩－墨脱，最后是墨脱－波密－林芝，第八天返回拉萨。

6 月 5 日，我到达拉萨，晚上领队小飞召集队员们开了一个见面碰头会，明确了注意事项等。第二天早上我们坐上旅游车，出拉萨经米拉山口、沿着风情万种的尼洋河到达林芝。从谷歌地图看，林芝是整个中国乃至整个世界雪覆盖面积最多的地方。过林芝再向派镇驶去，雅鲁藏布江大峡谷就在派镇。快到派镇时，神奇的南迦巴瓦峰清晰地出现在我们面前。“难得的好运！”小飞说。路上遇到的当地藏民也双手合十祝福我们。我们赶忙用照片记录下来，云层里的南迦巴瓦峰不但清晰可见，一会儿还出现了白云帽子形状，大家直说幸运，拍下了这座登山界公认的最美山峰。傍晚，我们赶到了西藏林芝米林县的派镇住下。这次探险，领队小飞和我们清一色的五名男队员。大家对这趟徒步充满期待。

7 日早上天刚放亮，我们就爬上一辆红色的东风牌大卡车的车厢，摇摇晃晃通过山路到达松林口。松林口是翻越多雄拉山的出发地，那路口立着一块木质的牌子，上面写有“中国第一徒步线——墨脱徒步线”的标题和情况简介。几乎没有停顿，我们立即开始上山，这是此行最高的一座山，翻过多雄拉山的垭口后就全是下坡。临出发，小飞特意问我：“大哥，行吧？”

山脚下冰雪初开，山路上雪水横溢，残冰四伏，草滑石硬，但没有一个人不努力、不拼命，不仅是到墨脱四天的徒步行程，大家都盼着实现全程徒步墨脱的梦想。上海的 Harvey 是一位从美国留学归来的四十多岁壮男，他三次四姑娘山二峰攀登都失败了，这次自然是志在必得。而作为全队年龄最长的我，不但要实现个人的梦想，还要证明自己不是小飞领队眼中的“拖累”。

冰河、雪墙、还有泥地雪沟里开放的鲜艳小红花，一会儿后，我们的面前已是一望无际的大雪原，我们从未见过的大雪原。但所有人都没有言语，咬着牙喘着气奋力攀爬。一面一人多高的雪墙挡在了我们的前面，我们在雪墙下面避避风，补充些能量又往上走。正奋力攀爬的我们，追上了一队已是攀爬缓慢的队伍，那是一支除了一个女孩的父亲之外，清一色女生的十一人队伍，连领队都是女的。她们是深圳一家公司二三十岁的年轻职员，有的脚上还套有冰爪，但看得出来，心理准备不足的她们已是狼狈不堪，而那位二十八九的女领队“红颜”却劲头十足。雪山偶遇，两队合一自是喜事，小飞负责收队，红颜负责领队。然而，山路漫长雪海无涯，海拔 4245 米的多雄拉山垭口还未见踪影，加油！一直走在队伍头部的我发现遇到了对手，那女领队红颜在我后面紧追不放，几次想超越却又几次未能成功。她一定是出类拔萃的高手，要想轻松战胜她是非常不容易的，但我一咬牙：“拼了！”就在这相互比拼中，我们登上了垭口，十点五十五分，我们比想象中轻松地登上了雪厚至膝的多雄拉山垭口。红颜叫一声：“大哥，了不起！”对我伸出了拇指。不一会儿，大家都登上来了，我正在和大家一起欢腾雀跃、腾空拍照，队后的小飞已赶到山顶，他一把搂住我：“大哥，你真棒！好样的！我还担心你掉队呢。”红颜补上一句：“此处应该有掌声。”于是两位领队带着众人鼓起掌来，我连忙摆手。刚上来的凌波也上前来擂了我两拳，他三十出头，是从广东佛山来的一位牙医。他要拍一张合照，面孔兴奋得通红的红颜也抢上来和我们挤在一起，然后和我们哥仨一块搂着肩，在雪地里的阳光里合了一张影。然后分开合影，照片之上，小飞对着神情淡定的我竖着高高的大拇指。

翻过垭口，是向阳的南坡。阳光明媚，我们就开始下山了，只要能下山我们的队伍就能顺利到达第一天的目的地拉格。两位领队商量了一下，红颜改为收队，小飞和我一起担任了领队，负责前面寻路的任务。小飞和我在莽莽雪原上横切徒步，经过了几个山口，亲眼看到了远处的雪崩和藏在微凹雪面下面的暗河。大雪覆盖，我们就是找不到原来下山的旧路，还有那座2007年因为冻饿葬身于此的广西驴友黄春燕之墓。我们走到了三面绝壁的雪山尽头。那往下的绝壁二三十层楼高，后续的队员上来后伸脖一看，都倒吸一口冷气，“冲动农夫”更是一看就晕，惊得连退三步。“冲动农夫”不到三十岁，是深圳一家高科技公司的职员。两队人马只得回过头去分散找路，寻找被大雪覆盖的下山之路。两位领队万分着急，要是在下午三四点钟还不能下山就可能遇到大麻烦。雪已逐渐被太阳晒得松软，远处近处的雪崩也越来越频繁，不时响起“轰轰”的声音。我们已经能够感受到近处雪崩的气浪，不少队员还亲眼看见雪崩把一条深深的山沟埋葬得了无痕迹；地面的暗河坍塌也开始出现，从山西太原来的程剑锋就一脚踩进身边的暗河，幸亏那条暗河不深，雪把那暗河遮掩得看不出一点痕迹。

情势危急，但所有的寻路都无功而返。我们聚集在一处雪地边缘，边缘下面也是一面陡坡，我们意识到处境愈加险恶。勇敢的红颜想起了陡坡下有一条老路，她让她带来的所有女队员都跟着小飞，她一人下去探路了。下到 80 米处的一个台地后，她向上面招手，小飞看到招手，又带着几个人下去，当他们到了那处台地后又向上面招手，又有五六个人下去了。红颜的身影若影若现，在 150 米深处的小台地又见到她招手，小飞等人又下降到那个台地，他们又再向雪地边缘还未下去的人招手，雪地边缘上面的人也就六七个了，我和三四个人开始了下坡。

之所以大家在观望中分拨下坡，一是因为在雪原上折腾得快一天的队员的体力已近耗尽，二是不确定山下找到的路是否可靠。更主要的是那面陡坡上的路让人望而生畏。那面近似 85 度的陡坡连雪崩滚落下来的雪都挂不住，就像一面巨大的墙壁直杵山下。陡坡之上草浅、苔滑、石冷，残雪点点，暗冰处处，冰水淙淙，一走上去手脚难附，十分危险，但又是我们此时唯一的选择。为增加摩擦力，我戴上了白线黄色橡胶粒的登山手套，拽着草根，摸着石块，脚踩缝隙，或仰着下探或四肢着地趴着下行，一步一试，几步一滑。不敢抬头下望，那下面几乎就是万丈深渊！好不容易到了第二个台地，Harvey 和我探头看看下面，再抬头看看能遮住半个天的上面的山崖，我们都不敢相信自己怎么能下到如此山坳，不由得胆寒起来，腿不由自主地颤抖。更难以接受的事儿来了，我们听到了最下面红颜的声音——“没有路了！”她宣告了探路失败！也就是说，我们还要从这个难以站稳的小台地上原路返回！望望上面刚走过的坡墙，几位姑娘都露出了哭相，所有人都神情紧张，但都又不得不默默地接受现实——总不能一直在这面墙上挂着。我们陆续地从原路上回去了，爬得胆战心惊，但彼此都听不见相互的声音，凝神屏气地自顾不暇。又到了陡坡上面的那处雪地边缘，不知谁的登山包丢了、往下滚落，但谁也没有多看两眼，谁都没有再爬下去把它捡回来。

回到雪地边缘，散落坐下的队员们筋疲力尽，惊魂未定。突然，一声巨响传进我们耳朵，那是不远处的雪崩发出的轰鸣，只见那雪崩碎末直冲我们而来，有男生女生不禁失声惊叫。小飞严厉制止，害怕叫声与雪崩声产生共鸣，引起更大的雪崩。雪崩停住了，就在我们前面二十来米处，随之袭来的强烈气浪已让所有人感到危险近在眼前。太阳已经偏西，小飞和红颜商量决定，赶紧下山，原路返回。结果确实难以预料，迅速返回出发地派镇是我们的唯一选择。所有人都沉默了，四周悄无声息，我们环顾四周才发现，雪山之中的这支队伍显得多么渺小，在大雪原上面只是几个小黑点而已。一种不祥的讯息在众人之中无声地传播，我们清晰地看到了死亡的威胁，有些队员的精神开始崩溃，“冲动农夫”大声嚷嚷，Harvey 紧闭双目、嘴里念念有词地开始画十字祷告，几位女孩们哭了起来，一位三十来岁的女士还双手合掌念起了大悲咒。有个女孩还对着领队喃喃：“如果我走不动了，求求你千万不要丢下我啊！”更多人的眼光茫然地看着天边，那位叫作“小王子”的女孩眼睛死死地盯住自己的脚尖，好像死神已经若隐若现。生死面前，这群体力消耗过大，已觉无法承受冰雪回程的人往肚子里填了点东西，匆忙地沿着来时的足迹往回走了。我没有马上动身，我干脆坐在雪地上，吃起了东西。在陷入困境时只有冷静、清醒的头脑才能让你在接下来的行动中不做傻事，你的心态能够决定你的成败。面临危机，我们必须具有克制欲望，克服疲劳、直面恐惧的能力，就如《登山圣经》上所说："登山者要有一颗务实而自信的心。"我在心里默念："我一定要回去，为了我的艺泓、我的女儿。"等把巧克力、牛肉等吃完之后，我解开了登山靴上的鞋带，把双脚从鞋里抽出来，放在雪地上，再把两只早已灌满雪水的鞋控干，然后脱下袜子使劲地拧干。用拧干水的袜子再擦干双脚，接着，穿好鞋系好鞋带，最后把全身的装备和扣带检查一遍，站立了起来。我明白这是最后一搏，太阳一落山，我们可能快速失温，冻困在山上。在这座雪山上已有太多死亡的前车之鉴。在路上，我看到一个女孩实在走不动了，她们队伍里的唯一男人——她那位结实的父亲把她扛在背上，背起来就走，那女孩心疼父亲挣扎着要下来，父亲喝道："别动！"然后又柔声地说道："我是练拳的，比他们都有劲儿。"看着那父亲艰难地前行，"打仗还得父子兵啊！"我心里感叹。我超过了许多人，还从"小王子"手里接过了她拿不了的老式玻璃内胆大保温杯。我疾步如飞，终于又登上了多雄拉山垭口，一群白雪之上的燕子正在阳光照耀下迎风回旋，蓝色的羽毛斑驳闪亮。我从未见过蓝色羽毛的燕子，眯缝着眼睛仰头凝视，那是我能如此近距离地看到的最美丽的小鸟。

从垭口往下，是背阴的北坡，雪山上的风越来越大，几乎能把人吹倒，温度也迅速降低，而上午上山时往上走的一块雪地，竟然已经冻成了一段长 200 米，80 度倾斜的冰舌，一边是冰河悬崖，一边是近二十米高的巨石悬崖，那早上还松软的雪地已变为光滑坚硬的冰面。我用上了我看过的知识，头上脚下、背朝雪地滑落，滑落中用登山杖制动。我顺利地滑了下去，又是一面冰坡在面前，我杵着登山杖、战战兢兢地挪着步子，半个小时后终于走了出来。然而，面前又是一个长长的冰舌，我用与刚才同样的姿势从雪地上下滑，太陡的冰坡难以制动，我眼前景物一片模糊，几次就要倾覆。路边上的红花掠面，风声贯耳，坠入冰河，如入梦境……

曾经费尽苦心的穿越墨脱线旅程终止了，刚开始就夭折了。有些遗憾，但我没有失败的感觉，在那天晚上的庆生聚会上没有，在回来的路程中也没有。登山必须尊重科学，知道进退，顺势而为，不能强求。如果强求，失败甚至失去生命都在所难免。走过险境的我，真切地感受到一种幸运：我找到了一种最适合自己的爱好，这种爱好又鼓励我锲而不舍地去翻越高山，去追逐心之所爱，并不断地让自己感受生命的新鲜状态，感受生命的搏击与真谛。生活正磨炼我能够败而不溃，胜而不狂，穷而不馁，富而不奢，我将准备好从容坚定地做好自己，做好自己喜欢做的事。

那晚，派镇上的“庆生宴”吃得拖沓，九十点钟才开始。陆续回来的队员们说着心有余悸的胡话、狂话，有的滴酒不沾咬紧嘴唇，有的酩酊大醉被藏民拖回了房间，领队小飞却高声地对众人说：“你们‘死’得不难看，还有人连多雄拉山都没上去就回家哩。”不管难看还是不难看，墨脱之行结束了，一些人茫然不知所措，有的受了重伤或者太累了要留在派镇休整两天，有的只好提前回家，还有要去“圣象天门”和古格王朝遗址的。我不能直接回北京，不想浪费已经请好的假期。我拿起西藏地图研究起来，算了算时间再和小飞、红颜商量，决定从前藏赶往后藏，去珠穆朗玛峰大本营。那对在雪山上生死相依的父女俩要跟我同行。

我和那对父女在拉萨游览休整一天，第三天我们出拉萨、过拉萨河，沿 318 国道一直往西，赶往珠峰大本营。

旅行车在西藏高原的公路上盘旋着，大约中午左右我们到了羊卓雍措，海拔 4441 米，它是西藏的三大圣湖之一，随山势与水位形状多变，有大量的半岛和孤岛，在冬天它也只是部分结冰。那天的天色湛蓝，湖水也湛蓝，水天一色，特别干净，呈长条形的羊湖就像系在高山山腰上的蓝色玉带。

出羊湖，又经过海拔 5036 米的卡诺拉冰川，下午我们就到了日喀则市区，住了一晚。次日，我们继续沿 318 国道往西。318 国道东起上海市人民广场，西至中尼边境聂拉木口岸，全长 5476 千米，途经八个省（区），被誉为中国最美国道。我们到了 318 国道 5000 千米外，那里标志明显，修筑了一个观景台，最让我们兴奋的是，在那里我们能看到神圣的珠穆朗玛峰，天高云淡，十分清楚。据资料说，这里到珠峰的直线距离是 60 千米。继续往前走，我们进入了珠穆朗玛国家公园，经过蓝色白边祥云装饰的白坝大门，我们进入了珠穆朗玛核心区。和我想象的不一样，核心区内并不是山高水险、荒无人烟，而是宽阔的公路穿过整个平缓的山区。公路旁有数不尽的山峰，有的比公路高，有的比公路低。还有不少村庄，生活在高山上的藏民们赶着牛羊，不慌不忙，想来这里已经是海拔 5000 米左右了。公路缓慢地往上盘旋，还经过了几道石门，也就是穿石而过的道路。路途中有许多观景点，我们下来几处观景，处处动人心魄，山峰无数，黄土沉厚，浑然绵亘，直连天际。远处的珠穆朗玛峰越来越近，不只是珠穆朗玛，其他四座海拔 8000 米以上的高峰，希夏邦马峰、卓奥友峰和洛子峰、马卡鲁峰都时有出现，尽收眼底。

那天，天蓝得像水洗过一样，座座雪峰洁白屹立，我不停地拍照，毫不吝惜时间与工夫，我觉得张张满意，张张精彩。最满意的一张是全景拍摄，我把五座 8000 米以上的高峰都装在一张照片上。在雪山之上，还有翻动的五彩经幡，形成一道犹如彩虹一般的弧形。拍后一看，画面清晰，移动平稳，色彩鲜艳，着实让我高兴。路旁的村镇好多正在新建，废弃的旧村庄也星星点点，牛羊和藏族少女们在路旁悠然自得，露出笑脸欢迎我们，有的还向我们招手致意。路上时常有拖拉机行走，羊群、牦牛群和牧民时常站在公路的中央当仁不让，还瞪着眼睛盯着过往车辆。真了不起啊，我们所遇见的生灵随处一站都是在海拔 5000 米左右，都是内地人无法想象的。好一会儿，绒布寺到了，这里海拔已经是 5100 米了。绒布寺被誉为世界最高的寺庙，它门面不大，却庄严神圣。我赶忙下车，进寺观赏礼拜。寺庙佛堂里坐满了藏民，我进入佛堂，学着藏民虔诚祈祷，为亲人朋友祈祷！礼拜完毕我走出山门。山门的左边有一藏族匠人在那里雕刻出售彩色的六字真言石板。那匠人的笑容特别灿烂纯真，我向他请了一个石板，还征得同意，给那匠人拍了一张特写，不为别的，就为这高山上的圣洁。上车开行没多久，珠穆朗玛峰大本营就到了。那是一片空地，空地上有不少黑色的帐篷，成排整齐地排列。

我们的车开到离珠穆朗玛标志石碑二三十米的地方停了下来，我下车，赶忙去石碑前拍照，那石碑上刻着“珠穆朗玛峰大本营 海拔 5200 米”等字样，中文、英文、藏文三种文字对照。拍完照片的我，发现那父女俩却没有下车，我赶忙回去叫他们。他们已经严重高反，嘴唇和脸色发紫下不了车，只是在车窗前抬头张望。“不是练拳脚的吗？可能是在多雄拉山上体力消耗太大了？”可惜，就离石碑二三十米的距离！

拍完石碑，我给司机打了一个招呼，赶忙向珠穆朗玛峰方向的一座小山包跑去。跑上山包，神圣的珠穆朗玛更加清晰地直耸眼前。风很大，把山包上的彩色经幡吹得向上翻转，呼啦作响。我不顾喘息，端平手机，再换相机一阵猛拍。“珠穆”女神，“朗玛”母象，合在一起的意思就是“大地之母”！我要把神圣的珠穆朗玛峰刻印在心间。取景器里的珠穆朗玛栩栩毕现，忽然之间，我发现一个秘密，一个从来没有人告诉过我的秘密——那珠穆朗玛峰的山腰上部守着一个金刚（护法神），白雪和岩石组成的黑白分明、棱角明显的守护神金刚图形！这是否就是人们所说的“北坳”地势？神圣啊，珠穆朗玛！那山包上还有两三人，我让人帮我拍下了我和世界巅峰，海拔 8848.13 米珠穆朗玛的合影，然后屏息祈祷，在这个离天最近的屋脊之上为国泰民安，为心中所愿祈祷。

我下了山包，向旅行车走去，上车之前，我几步一回头，恋恋不舍那离天最近的珠穆朗玛女神，还有谜一样的守护金刚！

再见，雄浑巍峨的西藏高原；再见，喜马拉雅山北！

尼泊尔喜马拉雅山南·安娜普纳尔ABC大环线

——人生或是一次冒险，或是虚掷光阴

我把我与珠穆朗玛峰的亲密接触讲给远在非洲的艺泓听，她连连赞叹。赞叹之中充满向往，突然之间却又情绪低落有了泣声。她太寂寞了，远隔万里还封闭管理。花艺、茶道、阅读已经不能给她有效的慰藉，她渴望早日结束在非洲的工作，渴望回家。我安慰她，还有半年她就能回国团聚了，然后再说说以前有趣的事，说着说着她就破涕为笑，共同回忆起了我们在一起生活的点滴往事。

也是一个春末夏初的日子，我和艺泓正在一个商场闲逛，忽然，艺泓挽着我的胳膊说："老公，我们做一个'鲜'吧！"我一怔、马上反应过来："好！"那是前几天我们在车上，她开车我坐副驾聊天时冒出的主意，我们说着要在厨房里做一个"鲜"字。当时，我们还不知道春秋齐桓公御厨易牙"鱼腹藏羊肉"的故事，但我们对生活的创意却充满兴趣。于是，我们俩一齐去市场买了一条大胖头鱼，艺泓把鱼洗净，放入电砂锅里，熬了一锅白白的鱼汤，然后再放入羊肉丸子，那是她事先下功夫汆好的，放了好几种作料。那羊肉馅是用上好的新鲜羊肉做的，待粉红的羊肉丸子在白色的鱼汤里煮一会儿后，一股少有的"鲜味"溢满整个厨房，再弥漫到客厅，再飘到家里的每个角落。

不用说别的，只一个“鲜”字了得！我和艺泓喜欢过着自己的小日子，她说过日子要过得“跳着芭蕾剁白菜”。那天，“鲜”字一做好，她就舀了一勺让我先尝，看着我吃得高兴，她马上过来、踮起脚尖，翘着她的嘴角嘟着嘴，再抬起头，她不是要讨吃的，她是，讨吻！这是我们在一起高兴时她常有的举动。高兴的她还说，自从登山以后，特别是“正规”登山以后，我发生了变化，“比以前更有厚度了”。不但艺泓夸奖我，公司的同事和宗总也发现了我身上的变化，说我更加从容自信了。在那年“七一”的表彰大会上，经公司推荐，公司所在的街道选举我为优秀党员。

不断攀登的过程真好，它不仅给了我克服困难的勇气，而且还让我认识到了真实的自己，让我明白只有依靠自己才能走出险境，只有走出险境才会有美丽的风景。翻越大山的感觉真好，一座座山峰绵延不断向远处延伸，好像把你的心也拽到了远处，这样，你的心胸就不由自主地向远处伸展了，开阔了，能装更多的事情了，眼睛也看得更远了，知道了山外有山，还知道有山谷就会有山顶，就像人生的起落。

与职业的登山选手相比，我可能只是初级水平，也许连初级都算不上，我只是爱好。但我也没有想要和谁比较，我只想和以前的自己比较，我一心要超越自己，要战胜自己，渴望吸取闯关的力量。我觉得我身上的每一个细胞都宛如在滋生一种新的东西，那种新的东西让我的四肢扩张，器官干净，在神清气爽的同时活力再生。更重要的是，它让我自信的感觉逐渐回归，面对自己有时出现的负能量情绪可以毫不犹豫地说：“不，我能！”

“我能！”的感觉不只我一个人有。初秋的一个下午，我接到了贺佳的电话，就是一起登秦岭鳌山的那个贺佳，他的声音少有地热切。自从那次登山以后，我们一直保持着联系，也一直想再来一次共同登山，可惜阴差阳错都没成行。这次，他急着让我打开电脑，再打开“百度”搜索，输入“世界十大徒步线路”八个字。我听从了贺佳的指令输入，屏幕上显示的第一条是：“1、尼泊尔喜马拉雅山脉的安娜普尔纳环线（Annapurna circuit）；2、北美阿巴拉契亚山道（Appalachian trail）……”还未等我看完，电话那边的贺佳已在迫不及待地催促：“怎么样？刺激吧？”

我问：“什么意思？”

贺佳说：“第一条啊，敢不敢来一次世界屋脊之行！”

我明白了，在已经不远的国庆长假，贺佳的设想是和我一起去尼泊尔的安娜普尔纳环线。

贺佳朗声念起来：“尼泊尔的安娜普尔纳环线荣登世界十大徒步线路之榜首。安娜普尔纳地区位于尼泊尔北部，喜马拉雅山中段。这条线路总长 186.5 英里，穿越需要耗时三周，整个大环线的徒步过程经历了海拔 700—5400 米的跨度。在穿越过程中还能与喜马拉雅山最高的山脉亲密接触。”

“有什么不敢的？我刚去了喜马拉雅山北坡！”已经被点燃热情，不知道什么叫做惧怕的我爽快地答应下来，心想：“你敢去的地方我有什么不敢！”再一想，贺佳不知道已经琢磨了多久才给我打的电话？而且，我又被另一段文字所吸引：“安娜普尔纳主峰，位于喜马拉雅山南坡，尼泊尔博卡拉城以北，海拔 8091 米，徒步线路总长 186.5 千米，沿途要领略自然界的千变万化，还能与数座8000米以上的最高雪峰亲密接触。”这确实令人神往！我马上答应了，让贺佳先去仔细了解情况，去与俱乐部落实办理相关手续。贺佳一听我同意得那么干脆，兴奋得电话里的声调都颤抖，连声说好。

以前登山的顺利，不等于说登山就是一帆风顺。事实上，在我登过的那些高山上，哪一座山峰没有死过几个登山者？哪一座山峰又是允许所有登山者全都能顺利登上山巅？我之所以能顺利地攀登，而且全都登上了山顶，那是座座山峰、大自然乃至上天对我的眷顾和宽容，甚至我难以相信的偏爱。而在所有的登山途中我都始终心存敬畏与感恩，乃至顶礼膜拜。如果还算驴友们眼中的“强驴”，我必须尊重“敬畏安全”的法则，我知道一时的不周就可能带来永远的遗憾。在多雄拉雪山上，如果我不事先了解雪坡上滑落时的制动要领，那天的危险性肯定增加。

出国登山的大事确定之后，注意力就必须转向注重细节，细节决定成败不是一句空话——“少了一枚铁钉，掉了一只马掌；掉了一只马掌，失去一匹战马；失去一匹战马，败了一场战役；败了一场战役，毁了一个国家。”英国国王查理三世战败的故事警醒了很多人。我必须周到细致地准备。虽然可以把徒步的具体内容和程序上的功课留给贺佳帮忙做，但物质上的准备我必须自己早下功夫。贺佳找到了我登太白山时跟过的那家“冰岩探险俱乐部”，咨询的结果是，如果合理安排，我们可以只用两周时间完成环线徒步，而且可以接触到尼泊尔境内两座海拔8000米以上的雪山。在贺佳办手续的同时，我开始了准备。在一直坚持的日常锻炼里，我也增大了每次的运动量，以增强在山区身体的适应性。我准备了感冒药、创可贴、治疗拉肚子的药等，开始服用以前从未吃过的钙尔奇片，我到眼镜店里去把有些松动的眼镜框加固，准备了足够的衣服，如吸汗袜子和三角内裤，仅速干T恤就准备了四件。准备到差不多的时候，我就开始装包，超轻原则，合理优化，“紫狐狸”和“红狐狸”两个包都装得满满的，再把两个包都套在身上，然后站起来试了试，好，能承受，很贴身！

我又将与巍峨雄浑的西藏高原再次见面了，我开始了自己喜马拉雅山南的徒步远行。

从飞机的舷窗往下望，一座座雪山宛若洁白的雪莲花在青藏高原之上盛开，组成一望无际的“雪山莲花座”。稍加想象，犹若大势无形的佛祖菩萨们正端坐在众多“莲花”之上。

拉萨到了，我和好久未见的贺佳在西藏拉萨机场会合，贺佳还是穿着那件登鳌山的橙色登山装，脸上稍感沧桑。我们结伴到了指定的宾馆，与领队高山和其他六名男女队员见了面，他们个个消瘦黝黑，表情明朗，每一位都是在国内登山活动中登出自信来的人，那天是九月二十九号。

第二天下半夜，我们每人都是前胸后背两个包，走出宾馆，步行来到布达拉宫，乘上中巴车准备出发。我在布达拉雄伟身姿前久久合掌，只觉得眼眶里一阵又一阵地湿润。

坐在中巴之上，听着同伴们的对话，对徒步内容没有做太多功课的我才确切地明白，这次我们将穿越西藏南部，从喜马拉雅北坡往上走，翻过世界屋脊，然后到达喜马拉雅之南的高山古国尼泊尔。刚过凌晨六点，我们就已路经羊卓雍错圣湖。黎明时的羊湖，静谧深邃，浓厚的灰云压迫在铅块般的湖水之上，湖水周围沉默的山体黝黑深沉，与早晨的灰云浑然一体。远山含黛，渐渐地，浓云里透出几丝赤红来。再渐渐地，天边的“黎明蓝”把赤红推向高原，也把远山的山体映得一片赤红。那赤红逐渐扩大，竟把黛色的湖水也染上了几分橙红。我见过羊湖的三种颜色，上次的蓝色、这次的黛色、多年前出差相遇的湖绿色。

我们沿着羊湖继续西行，司机说我们已经上了318国道。那天，我们就沿着这条国道过江孜，经日喀则，再到拉孜。海拔越走越高，空气越来越稀薄，加上中巴车的车厢狭小，空气的浑浊，慢慢地引得唐古娜抱怨了。小唐姑娘是这支队伍里唯一的女性，二十六七岁，她苗条匀称，皮肤黑红，四肢修长，一看就是老山客，她当过兵，也出身军人家庭，父亲、公公、婆婆和丈夫都是军人，她说她对登山“就是有瘾”，也想通过户外登山证明自己并非“啃老”之辈！然而，到了海拔5248米的嘉措拉山口时，她再也忍受不了，大声嚷道：“还有多久到啊？我快要崩溃了！”领队高山赶忙好言劝慰。

高山是一位二十六七岁的小伙子，户外运动经验十分丰富，一身精致的户外打扮就告诉他的队员，他是一位时尚青年。这次去尼泊尔，除了领队外，还要再去文身。高山讲起户外运动，特别是登山运动来一套一套的，从完全在中国境内8000米以上海拔的希夏邦马峰，到当年六月等登山队员在巴基斯坦攀登K2时杨春风的遇难和张京川的死里逃生，从国内登山运动的“学院派”、“天山派”、“峨眉派”的户外战绩，到各种有名运动器材的优劣长短，说得头头是道，也算让我和贺佳等人开了眼界。头戴一顶LAFUMA登山帽的老孙问他，为什么要做收入低还辛苦的户外领队？高山脱口而出："不为啥，就为喜欢！"他和他新婚的妻子约定，这一两年先玩够，再生娃，然后踏踏实实地过日子。

长时间在高原之上，小唐姑娘的嘴唇开始发乌，老孙也觉得胸闷，就在我们临近崩溃之时，已车行15个小时的我们终于到了当晚的住宿地西藏定日县。这是一座海拔4700米的县城，住下之后我们才知道，在全世界共有14座8000米以上的高峰中，定日县就包揽了其中四座。那一晚，疲乏至极的队员们都没有睡得太踏实，贺佳说他的头"扯着痛"，胸口也像压了块石头，而本是古币兼珠宝商的老孙则是一夜都未睡——他不敢睡，他头痛欲裂，害怕睡下去就起不来了。他在寒冷的高原上穿着羽绒衣、登山服，围着住宿楼转了一圈又一圈，为防犯困，还不断地叨念着他的"秦半两"、"蚁鼻钱"和"永安五铢"。在高海拔地区，坐车路过是一回事，住一晚上又是另一回事。老孙这些年来爬了许多海拔三四千米的高山，但却三次登四姑娘山二峰都铩羽而归，就是因为那可怕的高原反应。为了此次登山，他提前一个月就吃上了红景天。还不是一般地吃，而是带着老婆孩子，提前一个多月就住进了高海拔的秦岭山中，每天坚持适应性锻炼、买来老母鸡炖红景天，喝红景天泡的水，吃红景天胶囊，他说就差抱着红景天睡了。我问他为什么这样折腾？他说就是要给手下的员工证明："老子是神，是不可战胜的！"

第二天早上七点，我们这支被高寒折腾得昏昏沉沉的队伍又出发了，正当大家坐在车上摇头晃脑时，不敢睡的老孙一声呼喊惊醒了大家："快看，右边！"那车窗右面的天边啊！在平坦的高原上云朵金灿灿的裹着火红，而在它下面的山峰却露出黑得十分深沉的轮廓，红黑形成强烈对比，一种浑厚磅礴之感在每个人的心里陡然升起，大家不约而同地叫司机停车。车还未停稳，开文化公司的小代端着他崭新的微单相机就第一个跳下车去。

大家的情绪振奋，没走多久，在高山的指点下，远处的珠穆朗玛峰跃然眼前。与珠峰一起出现的还有洛子峰、卓奥友峰、马卡鲁峰四座 8000 米以上的高峰，一座座雪白晶莹、似近在咫尺，犹如能闻到它们冰冷的气息一般！这是多么大的福分啊，八名队员全都举着相机忙个不停。我和贺佳手中的相机与手机交替着忙了起来，镜头之中，珠穆朗玛山腰的金刚图形仍然清晰可见。我给大家说了自己的观察，经我一说，大家也啧啧称奇。我不经意地侧目一看，318 国道 5192 千米处的里程碑就在脚旁，我们赶紧用相机拍了下来，然后，再坐在里程石碑上照相，坐着的我们，笑吟吟地好不骄傲。回到车里，气氛已经完全活跃了起来，没多久，我们又拍到了另一座 8000 米以上通体雪白的高峰——希夏邦马峰！再次与它们见面，我不禁感慨，没有想到竟然这么快就又与它们相逢了。

大家开始了说笑，好像大脑的氧气又充足了。唐古娜告诉大家，她是在丈夫的支持下，背着对她严加管束的将军婆婆来参加的。那位一直在副驾驶座上不怎么说话的"煤老板"老杜，也哼起了他的陕西调调："他大舅他二舅都是我的舅，高凳子低板凳都是木头……"就这样，我们翻过了世界屋脊，到达了喜马拉雅山南坡。一到南坡，海拔就开始逐渐降低，亚热带的植物芭蕉、棕榈、剑麻等也渐次出现，也温暖起来。“歇一会儿”，一路沉默的司机开腔了，他语调轻松，说的还是四川话。在西藏，四川司机很多。大家都下车溜达，都想问问离国境线还有多远。公路上没几个行人，藏民们也听不懂我们说的话。正无奈之间，一位藏族警察就停车走到我们面前，他的胸前还戴着一枚党徽，看到党徽我们就像找到了组织一样，相互一打招呼，谈话立即就热络起来。那位魁梧的藏族警察三十来岁，半年前还在北京公安大学学习。他告诉我们边境没有多远了，还仔细地给我们指了路。果然，上车后没走多久，边境城市聂拉木就到了，再走一两小时，国境口岸樟木关到了。海关人很多，尼泊尔的倒爷背着大包小包过关回国。过了海关继续前行，印度风情的花车渐多，一路都是穿衬衣甚至短袖 T 恤的人。傍晚，我们到了尼泊尔首都加德满都，高山带着我们入住泰米尔区 (Thamel) 宾馆（Trekkers’ home），找到一家名叫“成都饭馆”的中餐厅吃上了晚餐。就在饭桌上，功课准备不足的我才明白，在我们十四天的徒步旅程中，前两天都是预备，只有今天，到达加都的第一天才算正式开始；我们还反应了过来，这天正是国庆节。

第二天早早起来，天气暖和，我们也换上夏装，依次游览了加都的“烧尸庙”、“猴庙”(斯瓦扬布拉特寺)、大佛塔和杜巴广场。无论在哪一座寺庙里我都虔诚地礼拜，这也是对异域文化的一种尊重。古老的杜巴广场是世界级文物，始建于公元 12—18 世纪，是古代尼泊尔王室居所。宽阔的广场上有数十座古老的庙宇和宫殿，它们多由条形巨石砌就，呈阶梯状塔形，红白相间，虽略显粗糙但却高大雄伟。有的佛塔里面还供有佛像，带有浓重的印度痕迹，却凝聚着古老尼泊尔人宗教与文化生活的缩影。广场上，各种肤色的游人如织，用鲜花、彩绘装饰的三轮人力车特色鲜明。在曾经的王宫门口，有身穿军装、以英勇善战闻名于世的廓尔喀士兵守卫，近前一看，那些士兵手中的廓尔喀弯刀寒光闪闪。游览以后，我、贺佳和来过多次的领队高山走进了广场旁边一家三层楼的木建筑咖啡馆，略犯困意的我们靠在二楼的栏杆上，半睡半醒地凭栏下望：广场上那些红棕色的圆柱体，或菱形、八角形的柱状寺庙一般在八九层高，寺庙的石台阶上坐或站满了加都的市民和游人，其中以年轻人居多，有穿纱丽服饰的，也有穿便装、西装的，样子十分悠闲，或三五聊天，或谈情说爱。高山慢腾腾地对我和贺佳说，当地人笃信印度教或佛教，性情温厚散淡，与世无争。他还指着广场边的摩托车停车场说，当地人都会把摩托车依次放进停车场的车位里，不锁车就潇洒离去。贺佳和我往下一看，果然如此。

一会儿，高山去寻找其他队员了，我和贺佳就趴在咖啡店的栏杆上有一搭无一搭地聊着天。至上次鳌山之行后，我们虽说一直保持联系，但如这样悠闲的共处时光还没有过。寺庙和佛塔上的鸽子不时安静地四处飞翔，善男信女手中和脖子上的鲜花花环忽明忽暗。贺佳看着这些宗教气息浓重的景物却对我说道，他不太信佛了：“我这几年走到哪儿都会拜佛，但命运对我却好像依然如故，我摆脱不了悲伤。”

我半眯着眼睛，听着贺佳的诉说，中午习惯眯一会儿，睡意涌来的我听得断断续续。贺佳在我的耳边继续说着，我抬起头来，看着天空中还在盘旋的鸽群，眼睛开始湿润。贺佳的妻子是他小学的同班同学，他们还是县城里一条街道上的邻居，两人是名副其实的青梅竹马，一起上小学，一起上中学，一起报考同一所大学。大学毕业后他们就结婚，生了一个儿子。他妻子是家里的主心骨，大事小情都是他妻子拿主意，贺佳也养成了依赖的习惯，从他们俩认识就是这样。但是，在两年以前，他的妻子却突然病倒，很快就离开人世了。贺佳痛不欲生，他的痛苦如天降大灾、生死别离，久不适应，过去的岁月历历在目，他至今仍不敢正视事实。他的讲述结束了，竟然惹得两个因登山相识的男人凄然相向。从那天以后，我的心理发生了变化，我明白贺佳此行在于自我救赎，我开始对待贺佳如亲兄弟般地照顾。

第三天，乘了一天的大巴车，全队来到了博卡拉镇。博卡拉镇被誉为南亚小瑞士，它依湖而建，风光十分秀美。湖光山色处，有不少红、白、蓝色的游船与别墅，清清的碧水倒映着不远处的座座雪山。紧挨湖边就有一条不算宽但很热闹的大街，街道熙熙攘攘，街中间有一棵树冠巨大的榕树，两边的咖啡馆坐得满满当当。然而，我们来此的目的不是观光，而是徒步登山，这里海拔七百多米，是徒步安娜普尔纳的起点。

第四天，这一天是 10 月 3 日，从这一天起，我们才开始了真正的徒步。一早起来，贺佳和我迅速地把户外衣裤穿戴利索，吃完早饭、灌满水壶，然后就在高山的率领下包车前往南丫浦，开始了我们的安娜普尔纳环山之旅。也就是说，我们不是从南丫浦中线直接上行向安娜普尔纳峰进发，而是先向东行，再向西绕行，经过布恩山，走半个圆环后再回到中线上行，抵达鱼尾峰卫峰大本营，再冲刺到 ABC 营地，待与安娜普尔纳峰亲密接触后下撤，仍依中线行至东半环与中线的交点，然后西行，走完西半环，最后回到南丫浦。

南丫浦的泥地上停满了“大篷车”，就是改革开放之初，我们看的印度电影里上下左右都站满了人的彩色卡车。在那里挤满了背着登山包的亚洲人、本地人、黑人、白人，但以白人居多。每年的八、九、十月份，是这条线人最多的季节。从南丫浦出发，我们先跟随人流穿过一个小场镇，在镇里办好进山许可证，又继续往前。通过一座大铁桥后，路就分东西了，也就是说，大铁桥是东半环和西半环的山脚交会处。我们一行按照预定的计划开始向东。

我们行走在安娜普尔纳群山里，正前方就是安娜普尔纳峰之巅。这一天的目的地是乌乐力（Ulleri）客栈。一开始路非常宽，是泥土石子路，就像以前国内农村里能走拖拉机的机耕道；随后，上山的路开始变窄，而路旁的山谷也越来越深，深谷中的河流奔腾不息，衬得连绵的山体高大雄宏。翠绿的山体里面会露出一块一块的金黄，那是层层梯田中的水稻或者咖喱，黄绿相间煞是赏心悦目。陪伴我们的尼泊尔背工说起来也是满脸自豪。

每一位登山者都配有一位背工，他们多为尼泊尔的夏尔巴人。背工是登山者的需要，也是尼泊尔的一项产业。高山说，尼泊尔最大的产业就是旅游。一般来说，背工背七八十升左右的大包，徒步者背三四十升左右的小包。我的背工叫拉杜，是一名在校的大学生，能说流利的英语。尼泊尔原是大英帝国的殖民地。在路上，我们见到了无数的背工，有些背工背的包比我们的要大一倍。拉杜说，那些大包多是韩国人的。里面装的什么呢？到了中午我们就明白了，韩国人纷纷从他们的背包里拿出了泡菜和泡面。

中午时分，好多登山者都会在路旁的客栈里吃饭。那些客栈似乎是经过统一规划的，全是蓝顶白墙，在苍翠的大山中十分醒目。不像在国内攀登野山，安娜普尔纳峰的徒步路线非常成熟，一般走两个小时左右总会见到一家客栈。一到客栈，登山客们就会往塑料白椅子或者木质椅子上一靠，面对着铺着干净桌布的长条桌吃饭休息，吃完之后，有的眺望远处的群山，有的抿着杯子里的咖啡若有所思，还有的喝着可乐或低度酒聊天，更有甚者自顾自睡去。世界著名徒步线路名不虚传，它不像在国内登山那样一味拼命地攀登，而是一路走一路享受风景，在怡然中陶冶自己。其实，每一次登山都是修行，一路上去除杂念，开阔胸怀，凝心聚力，破除无明与我执，交融内心与自然，万物随之了然于胸。或俯瞰世界，以心证物，以物映心；或心物一体，悲悯天下；而不管是艰难还是顺利，它们都会起到空乏其身、宁静致远的作用。

下午没走多久，我们就见到一座长长的铁索桥，桥下河流咆哮汹涌、很有气势。过了桥不远就看见一个设在路边的捐赠点，边走边摆弄 2G 手机的拉杜告诉我们，捐了款以后，前额上就会被深深地按上一个红红的朱砂印。贺佳和我都去捐赠点按上了朱砂印，就连一位与我们前后脚同行的老背工也捐献了一张红色纸币。那位老背工背着一扇厚厚的门板，两手在身体两侧扶着，大概是为了借力，他的头上还紧紧勒着一条汗水浸透了的脏布带、艰难地上着石台阶。

此时的路已从泥土石子路变成了石台阶路，路上那些条石看似随意，实则精心，一路上我们遇见很多男女山民在用镰刀等简单工具认真地修着路。他们除去路边路上的杂草，加固石块，填上新土，行走在上面的贺佳和我能感受到脚下的辛劳。自上山以后，贺佳和我一直结伴而行，彼此照顾的情愫让我们的心好像靠得近了。山路上除人之外，还不时地出现马帮，这些马帮驮着煤气罐，驮着啤酒和可乐，驮着徒步者需要的一切物品向上走。碎碎的马蹄声和铃铛声给大山里的登山者增添了乐趣。而当马队走过之后，却又带来一种万籁俱寂的感觉，真是妙不可言！那天，才下午三四点钟，目的地乌乐力就到了，那是一栋蓝白相间的两层楼客栈，顶层有一观景平台。等安顿下来后，全队人员都不约而同地到那平台上找椅子坐下，对着远方的高山、云海拍照。对于在国内习惯于每天行走八九个小时的驴友来说，这真是少有的时间奢侈。贺佳和我并排坐在一起，呆呆地向远处望去，翠绿的群山之中，远处有一座雪峰，应该就是安娜普尔纳峰，在浮云中忽隐忽现。我们呆望了很久，那位开始与我们一路同行，背负着有三个我身体大小厚重门板的老背工，才一步一步地踩着石条走了上来。等他一上来，天色就阴下来了。

第五天，这一天的目的地是海拔 2860 米的果内帕尼，也就是说，我们要一路爬升一千多米。果然，出发后我们就沿着山间小路不停地往上走。裸露的石台阶，密林中的泥水路，下小山头，上大山头，一身湿汗淋淋。这次我只带了四件速干 T 恤，出发前更多的是想到了喜马拉雅的寒冷，却没有认识到南坡安娜普尔纳峰的炎热，哪知 T 恤一会儿就湿透了，恨不能半天换一件，而最要命的是白天烈日当空，到晚上住客栈就是阴天，有时还有雨水，洗过的衣服根本无法晾干。这天中午，大家在客栈一聚，每个人身上的衣服都湿淋淋的。

汗水浸泡着身体，大家呆呆地坐在餐桌旁等着客栈的食物。等餐的驴友们太多，英语韩语汉语日语此起彼伏，那食物久久不能送上来，我们只好傻傻地等着。没有信号，智能手机是无法玩了，同在餐桌旁边的小代在看书。小代带了两本书，一本叫《尼泊尔的香气》，另一本为《走出荒野》。小代是一位户外运动的专家，三十五六岁的他“像玩似的就上了四姑娘山”，在这个队里，走在第一的一般都是他。他看过许多户外运动的书，《登山圣经》他早已翻了几遍，还能背上那么几段。

下午的路几乎都是石台阶，单调徒步的我，觉得这种路上主要有两种味道：有些路段是蜂蜜花香，有些路段则是马粪泥土味——那一定是马帮刚过，还留下冒着热气的新鲜马粪，马粪里植物残渣清楚可见。这些都是自然的味道，自然的香气，我们呼吸着，看着微风中抖动的树叶，竟没有觉得时间的漫长。才下午四点钟，果内帕尼就到了，有一些凉。一接近傍晚，山里的天气就开始变凉。

客栈就在小村子里羊肠小路的旁边，一掀开厚门帘就是一个大屋子。在屋子的中央，有一个生着火的大铁炉子，旁边摆有几张铺上桌布的餐桌，这里既是餐厅，又是徒步者的休息室。在这个大屋子的侧面，有一个小小的洗澡间，可以付 150 卢比享受热水洗澡，约 9 元人民币。先到的人忙不迭地要先冲凉，把这两天在汗水中浸透了的身体好好冲一冲。冲过之后，我把昨天和今天的湿衣服都赶紧挂在那个火炉子上面的铁丝上。人们都在炉子边守着，烤着火，聊着天，看着书。一位年轻的北欧金发姑娘一直在餐桌的一头写着什么，连头也不抬。

天色有些暗了，队伍里的其他人也上来了，晚饭就开始了。这两天我们已经习惯，随便你点什么都是一盘子，每个人都会吃得精光，用过的盘子光可鉴人。当然，有些人可能带了一点私粮，但那是备登山之急需，而且谁也没有“煤老板”老杜带得丰富。老杜其实不是真正意义上的煤老板，而是在铁路段里管理运煤火车皮的科长。在他那个 90 升的大背包里，总是像变戏法一样能变出很多奢侈品来，嘴里还总是念念有词：“不能白活一世。”他是换着法出来享受的，在今天在客栈里，他就让他的背工丹增帮忙，先支上煤气炉，再在气炉上烧水，然后拿出浓缩鲍鱼汁煮成香气四溢的“鱼翅汤”引得大家侧目。

明天必须早起，往布恩山山顶上爬，高山说，那里能看见四座高耸的雪峰。

第六天，每一个从这个世界各个角落来到这里的登山客，都渴望爬上海拔 3210 米的布恩山，但不是每一个徒步者都能看到近在咫尺的四座雪山！山里的天气叫人捉摸不透，云团和雨水像变脸的孩子一样变幻莫测。领队高山告诉队员，晚上往往会下小雨，以前不少人都失望而归。然而，徒步的乐趣有时就在险中取胜，就在不可预测中能别开生面。那天晚上，果然下起了小雨。

为了那个出发的早晨，贺佳做了充分的准备，鞋、登山杖、厚厚的帽子与手套，头灯、相机等检查了一遍又一遍。然而，意外还是出现了，那头天晚上还好好的头灯，在早晨漆黑一团的山道上就是不亮！贺佳跌跌撞撞地攀爬。山路崎岖曲折，行至一小半路程，在前面的他一失手就哗啦啦地从上面往下翻滚。那是一个急拐弯处，我的头灯没法给他照亮，听见他滚落的声音，我赶忙扑向前去堵住他下滚的身体，然而，被雨水打湿的路很滑，强抱住贺佳的我也摔倒下滑，滑了好几步，才终于在缓坡处被我们后面的人拉住了。

还好，我们终于在五点半之前赶到了山顶，二三十分钟后，道拉吉利、妙吉里、安娜普尔纳南峰和鱼尾峰四座雪山的轮廓出现，而且就环绕在我们身边。晨曦中，那些雪山是越来越清晰，那厚厚的雪从灰白到银白再变到雪白，连雪峰的寒气都好像袭在了我们的身上。眼见它们渐次出现，一种崇拜感立马涌上心头、摄人心魄。那是对高度或者生命之源的敬畏还是尊重？我不由闭上眼睛，为苍生万物祈祷，为正在翻越的艰难祈祷！安娜普尔纳和道拉吉利两座海拔在 8000 米以上，是尼泊尔人膜拜的神山。山顶上，观景的登山者群情激动，跳跃、喊叫、拍摄雪山，与雪峰合影，与身旁的背工合影，拉来不认识的不同肤色的人合影。三位尼泊尔小伙拉着我，还一定要我站在中间一起照相，并对我竖起了大拇指。

一大片云雾说来就来！四座雪峰忽隐忽现。大家陆续往下撤了，但年轻的小虞非常执着，他还想再等一会儿，也想留下的我也就顺势陪他留了下来。小虞是华能公司某分公司的职员，执着的背包客，他这次是攒了很多休息日在一起才出来的，而且回公司的当天就要上班。他身材高大，脸上的五官棱角分明，话虽不多，却抓住一切机会拍照。他是在认真地玩相机玩登山，他给我看了不少他相机里以前拍的照片，特别是一些鸟儿飞翔的特写，清晰唯美。他说："生命就是一段经历，一段风景一样的记忆。"在布恩山山头，他说，有云雾环绕的山峰最美。我们真拍到了，等了好一会儿，一片云彩就像龙卷风似绕着道拉吉利雪峰，真美！

从布恩山下来后，吃过早饭我们又重新出发。上了一个山头，又下了一个山头，好像连着翻了几个山头。身上的汗水一阵阵地出，脚步也变得有些沉重，前面的山头一个接一个，分布在山间的徒步者也星星点点，往前望去，不是上就是下，与那几句熟稔的李健歌词竟有些契合：“路还有多远／哪里是终点／能怎样／体会那起起落落的心／和不得已的坚强。”往后一看，我们已经走过了那么长远的路，逶迤盘旋不见起点。但往前一看，我们却又是那么渺小，山高路远，山重水复何处是终点？然而我的内心仍是平静，爱登山的人总是有梦，也总是在寻梦。我不会太在乎是上山还是下山，只要往前走，不停地走，就能够到达自己的目标。而且，我在路途上逐渐体会到，不管是黄头发还是黑头发，个子高大还是矮小，谁也不比谁强多少，只要走，只要自强，你就能超越前人或者攀到自己的新高度。

我们已经进入喜马拉雅山南坡的大山深处，开始是泥土路和被雨水浸润过的泥浆路，然后又是石台阶路。蜿蜒曲折的山路上，徒步者已经渐渐稀少，早已摆脱了前两天人来人往的景象，许多玩小环线的徒步者看完布恩山的四座雪山后就开始返程了。越往深处走，我们遇到的人就越少。在静静的山路上，我和贺佳走得十分惬意，身边的山、植物、流水、花草、森林融为一体；那是真正的心旷神怡，比小时候父亲带我去的那座香樟楠木林广大得太多，也丰富得太多。山泉水四处可见，有竹槽或者塑料管引导，渴了，你就可以用嘴对着管子尽情享受。苔藓葛藤随处可触，绿色的藓毛让所有树木都毛茸可爱起来。如果高大的树冠再透过一束阳光，再来一阵微风，毛茸茸的树上竟会金灿灿地抖动。不时要涉过浅水或者跳过水面上的石块，也不时要走过溪流上的小木桥或者遇到很多断桥。走到山口，又会看到远处的雪山和山间奔腾不息的河流，它们都是雪山融化之水啊，是真正的冰清玉洁。或许，一个人的内心，就应像一捧清澈的水，风来只是一阵一道道的涟漪，终归会汇于平静。雨落只是一些涌动，也会落幕成寂；云动更是一道道风景，终究成为记忆。然而无论何时，你得守候住一片自己的清净，无关尘世，无关风月，求的就是一种淡然和善良，这该是一种纯粹的幸福。如此想来，这些年的户外登山已经去掉了我身上的一些戾气与傲慢，增添了几分平淡与内敛！忽然间我就悟道，难怪这条山路是全世界徒步第一线，在这里徒步几乎能“忘我”，能与自然界零距离接触，并且相互私语，相互感应，相互抚摸，体会到难以言状的心理快感！不，不只是心理的快感，而且是物质上的兴奋。人是化学的，是运动时体内生成的内啡肽、血清与多巴胺等化学物质产生的兴奋与快乐的感觉。那几位尼泊尔背工已经兴奋得大叫一声，还在山路上扭动了起来，夏尔巴人的舞蹈是真正的森林之舞，就像风中树叶和蝴蝶的姿态，而他们的歌声，那就是活脱脱的天籁之音。

这一天，徒步六七个小时后，大家都陆续到达了海拔 2630 米的目的地塔达帕里，心情愉快的我们放下行李后都陆续聚在客栈的露天阳台上。夕阳西照，大家你一言我一语各自介绍起了自己的职业。有像老孙、小代、老杜那样的公司老板，有像老铁、小虞一样的公司职员，还有唐古娜一样的自由职业者。贺佳老老实实地报了自己的公司名号，而我依旧是“老师”。我一心只想徒步，不想破坏了这种我喜欢的随意气氛。谈着谈着，大家又不约而同地排起了徒步的“位次”：小代是当然的第一，他的体力和技术碾压所有路遇的徒步者，无论你的肤色为何；小虞第二，他体健腿长、畅行无碍；我和贺佳第三，以文弱之躯亦算聊以自慰；老孙和老铁第四，唐古娜第五，老杜殿后，领队高山“上蹿下跳”照顾我们所有的人。

的设施却十分干净，主人勤去冲洗，客人也会用铁勺盛上旁边桶里的水把厕所冲净。再穷的山上，也没有见到下不去脚的厕所。

第八天，前往登山大本营，海拔为3700米，也就是说，我们要在七八个小时内拔高近1400米。从早晨一开始，我们的脚下已不是泥土路或石台阶路，而是就地取材的不规则石板路。没走多远，我们竟然看到一幢写着中文招牌的客栈——“绿野仙踪青年旅社”，好不亲切！这是我们在徒步安峰中看到的唯一一块中文招牌。

不久，在山路旁竟然出现了一条大河，水流湍急的大河。抬眼望去，远处是一座雪山——安娜普尔纳山。它藏在层层山峰之后露出洁白的真容，令徒步者神往！所有人都开始奋勇直上，小代和小虞自不必说，老铁、老孙、小唐也争先恐后。那条汹涌奔腾的河流始终伴随着我们，不是高声咆哮就是低声吟唱，时而拐弯时而一泻千里。河中间的巨石激起阵阵浪花，仿佛正敲着激越的鼓点。在大河两旁，还有很多支流或细流不断汇入。我们一会儿踩过那些支流上的大小木桥，享受着山谷间无比的豁然开朗，一会儿进入浓密的森林与高大的树木或竹子为伴，呼吸着无比新鲜的空气再被新鲜湿润的空气所抚摸。在这样的环境里，只有“美妙”二字可以形容。在美妙的仙境里，上山或下山的徒步者忽然就多了起来，我们由各条上山的路径会聚到最后的路途，十分显眼的是那些以家庭为单位的登山客，其中一家爷爷奶奶还带着一位十来岁的小姑娘，她满头漂亮的金发，两只大眼睛如蓝宝石一般，穿着一身黑色速干衣戴着红色登山帽、还拄着一根竹竿，满脸骄傲的微笑。和我们相遇时，她已经成功地从ABC大本营下来了！

中午时分，我们到了一家叫作喜马拉雅的客栈，白墙上的Welcome to Himalaya Guest House（欢迎光临喜马拉雅客栈）的橙色大字非常显眼。高山在这里让大家吃午餐，也好让前后人马集合一下。似乎胜利在望，大家都使出了浑身的劲，在上山路上也走得轻快起来。

吃过午饭继续上山，那条大河依旧不离左右。河水旁边的山体变得石壁万仞，在那些垂直的石壁之上，竟然挂着许多银练般的瀑布。它们有的凌空而下，有的成组成群银河九天，看来，雪峰真的是近了。确实，在宛若薄纱、高低飘浮的云彩之中，一座座雪山依次出现又倏尔隐去。青山、白水、山谷、雪峰、蓝天，置身于此，顿觉天地皆小。

已经能看见目的地了，我和贺佳信心倍增，加快了脚步。路遇一位来自澳大利亚的栗发哥们儿，贺佳笑着问他："还远吗？"那洋哥们儿情绪高涨地用中文鼓励说："快了！快了！"

二十多分钟后，我们真的爬上了蓝白相间的MBC客栈，这一天我们整整徒步了八小时。

爬上客栈，体力好的小代已经在客栈前的水泥平台上静静地看起了书，而小虞正忙着四处拍照。在两排客房的四周，平展的土石地面上长满低矮的牧草，几群白色的绵羊悄无声息地低头吃草，恍若田园牧歌。在草地向上延伸的远处，是安峰等一众雪山，天上的白云飘来飘去，让雪峰一会儿消失一会儿又出来。阳光下的白云特别地白，蓝色的天也特别地纯，竟然是没有一丝杂质！我们赶紧在海拔3700米营地牌子旁边拍照留念，在客栈的四周也拍摄起来。片刻之后，夕阳不待察觉就染红了刚才还色彩分明的蓝天白云，山顶已如火团一般燃烧起来，燃烧的云团还在天空上飘游簇拥。

恰好此时几只雄鹰凌空盘旋，仿佛在火苗之中翻飞，天际已形成了一幅绝美的图案，我的眼睛忍不住在火苗与黑色的飞鹰中穿梭，思绪也已被云彩烧成片断。我坐在一张白色塑料椅子上，在3700米海拔的高山上，写下一首《徒步断想》：

也许
森林里的瀑布流水
孕育了喜马拉雅南的苍翠
无论抬头与低头都是
勃勃的生命

也许
安娜普尔纳的云雾
蒸蔚了久已消失的温存
云散去又聚起内心的
柔软与湿润

也许
安娜普尔纳的雪山
苏醒了我们内心的洁净
思维的清澈与空灵
又开始倾泻

也许

群山里不停息的脚步

不停息地叩击彼此的心门

纵使足迹远去也留下了

这一段经历

第九天。这一天是一段血脉偾张、神采飞扬的经历。

这天早上天还漆黑一团，我们已经在攀登三个小时后到了本次徒步的最高处，海拔 4130 米的安娜普尔纳大本营，我们展开印有赞助商“紫牛”标志的队旗，站在还处在朦胧天色之中，写有“Welcome to Annapurna Base Camp”（欢迎光临安娜普尔纳大本营）的木质标牌前合影留念。“人生或是一次勇敢的探险，或是虚掷光阴！”这是那面旗帜上赞助商的话，此刻也就是我们想说的。

天气很冷，天色朦胧，我们裹紧身上的羽绒衣，等待着近在眼前的雪山出现。天慢慢地变得清亮，雪山出现在眼前——原来雪山就环绕在我们四周！那是无数座的雪山，我们就置身于座座银色大山的包围之中！天色还在放亮，黑色的天际已经扯出了色彩浓厚的“黎明蓝”。“黎明蓝”在扩大，我们等来了“金山”——先是太阳神在对面白色的雪山顶上刷了一笔金色，然后又再刷一笔，然后金色的染料盆泼洒，小半个山头被染得金黄，然后太阳神再干脆把金黄染料倾盆而下，大半个雪峰就变得金黄，最后金黄如泻，整个雪山已全是金光灿烂！这就是传说中的“金山”！上天太眷顾我们了，大本营上的守山人说，昨日早上还是阴天小雨，今天却是晴天，碧空如洗的晴天！我们赶紧拜谢。此刻的山上，没有人吝啬镜头，没有人吝啬表情，没有人不血脉偾张、激情飞扬！大家对着安娜普尔纳北峰，对着光明中群山簇拥的喜马拉雅雪峰拍了个够。直到回到北京，我也舍不得删除其中任何一张。

连绵的金山正渐渐地变成银山，白白的太阳从山顶上出来了，我近乎痴呆地凝望，近乎痴癫地祈祷！我们不得不下山了，然而就在下山途中，我们所有的攀登者还时不时地回首凝望，一次又一次地拍摄。好久，我们才回到了 MBC 营地，稍事休息后就开始返程。

这一天我们要下撤到海拔 2920 米的喜马拉雅客栈，也就是说要徒步 12 小时。但是我们清楚，就是从此刻起，徒步的主动权已经掌握在我们自己的手中。这是凯旋之旅啊！沿途大山之间、河谷之中，分布各个山峰的徒步者穿着各色衣服如山花一般，峭壁上悬挂的瀑布也似给我们打着招呼，那路边的鲜花也胜于往日的娇美。下山的路上我们脚步轻捷，似乎印证了美日学者研究归纳的“回程效应”。时光如梭，在不知不觉的黄昏时，喜马拉雅客栈就到了。

高山早已分配好客栈的房间，我、贺佳和唐古娜三人一间。在徒步的整个过程中，因为房间有限，客栈的房间都是三至五人一间，不分男女。唐古娜自嘲说，她和全队的每个男人都“同居”过。

第十天，也就是阳历的十月九日。这一天的目的地是海拔 2000 米的 Hot Spring。顾名思义，那儿有温泉，这对好多天都没有洗个痛快澡的我们来说，是个很大的诱惑。

下山与上山有很多不同，比如，上山是一件一件地加衣服，从 T

恤到羽绒衣，下山是一件一件地减衣服。而最大的不同却是居高临下看风景，视野之下层峦叠嶂、山峰连绵、漫无边际！一层层金黄色的稻田和咖喱田，还有镶嵌其中的蓝顶白墙客栈，尽览无余。又走到上山时遇到的那座铁索桥了，阳光下金属的光泽更加显眼；好似两座苍翠大山之间一条明晃晃的银链。阳光灿烂的下山路上，我们遇到不少下山或者上山的徒步者，相互都笑脸相迎，相互对自己取得的成就感不加掩饰。

一路轻快，我们已路过中线与西环线的交会点，上了西环线。拐过几个弯，我和贺佳见到了老杜的背工丹增，他正蹲在路边玩呢。我们问他，老杜呢？丹增往下努了努嘴，老杜就在下面的一个拐弯处。昨天老杜快到顶峰时就不行了，上到离山顶还有两三百米远时，与已经下山的我们相遇，脸色煞白，连全画幅单反及大三元镜头都背不动了，我们和他擦肩而过没有言语。已错身下去十来米远的我听见他如哮喘般的喘息，实在于心不忍，又返回去帮他背下相机，他感激得那双累得歪斜的眼睛里的泪水都快滴下来了，赶忙从肩头卸下相机，再指了指他腰间尚可以拍照的手机。不知谁说了一句："死相那么难看。"唐古娜也不避讳地哼了一声："众人吊打煤老板。"此时，下山的他就更不行了，把两个包全部给了丹增，自己雇了一匹马驮他下山，丹增背着老杜一大一小的两个包在他后面慢慢走着，不时还在路上歇一会儿，再起身往前赶。高山也赶过来了，看着丹增，赶上去对老杜说，其他队员不能破坏规矩多给背工小费，但老杜你得多给，最少多给50%。老杜一口答应。

憨笑的丹增在路边采了一朵漂亮的山花递给贺佳，然后兴高采烈地告诉我们，他就要结婚了。他的新娘很漂亮，漂亮新娘的名字就是这朵花的名称。他还急切地掏出新娘的照片给我们看，照片上红色的纱丽缠绕在那位准新娘的头上。我们都为他祝福，她真的是一位非常漂亮的尼泊尔姑娘！

漂亮的花园小洋房出现了，就是今天的终点 Hot Spring。在它的石台阶路边、门厅前、楼面轮廓和栏杆都刷上了不同于其他客栈的粉红色，楼上客房门口还摆放着盆栽的鲜花，让人看着十分温馨。住进客栈，一看时间才下午三点多，大家收拾好就往温泉跑。那温泉离客栈步行约要三十分钟。老铁半途离队，躲进了路旁的草丛中，想来一个多少天未有的“从容如厕”，才蹲下一两分钟，只觉得脚痒——低头一看，妈呀！黑压压十多条蚂蟥已经在他的脚踝上、屁股蛋上开始了钻探，还有更多的蚂蟥赶来聚结。老铁提起裤子，赶紧落荒而逃般地追赶队伍。这不奇怪，昨天下午老孙、唐古娜就被蚂蟥咬得背上、胳膊上都是血。小虞、小代看着眼泪汪汪的唐古娜直乐，说唐古娜“不球行！”，泼辣的唐古娜也不甘示弱：“你们才不球行！球不行！”

到温泉了，两个大池子里塞满了人，几位德国姑娘还在温泉里犹如击鼓传花似的传递着灰黑色的啤酒罐，输家笑着喊着一饮而尽。那一池子的人都在喧嚣打闹，庆贺着自己从安娜普尔纳 ABC 环线归来！这毕竟是一次从海拔 700 米，再到四千多米海拔、长达八天的越域之旅啊，途中还经过了一个海拔五千米以上的垭口。走得浑身燥热的我，站在山口，赤裸上身背对雪山又拍了一张照片，让身体无拘无束地吸收日月精华天地灵气。此行虽没有出发前想象的、如国内登山般的艰难困苦，但是，我们毕竟经历了疲惫、劳累和伤痛，每人身上都有伤痕；看到了鲜花、河谷、雪山、云海，毕竟体验了心灵的飞扬还有热血的沸腾！

第十一天，离开了 Hot Spring，高山说这一天会是最美的一天。

果然，一路上三角梅等鲜花怒放，林中幽静、泉水淙淙，还有蹁跹翻飞的蝴蝶和林中飞翔的小鸟。路边的泉水无比清冽，我和贺佳不时俯下身子去喝两口这些免费的雪山泉水。在路上，我们还不时地与马帮相遇，那些马帮的头马，马头上都会戴着精美的彩色绣套，脑门上还顶着手绣的、高高挺立的、犹如独辫子耸立的多色风标；一抬头，还能极目远处的几座雪山，真是享受无限、浮想无限。路边小憩之时，还可以和也很轻松的外国背包客随便聊聊，了解了解他们的那方天地，也算是接地气了。高兴的贺佳甚至还和路边农家的小黑狗逗玩起来，那只黑狗妈妈和它的三个儿女不怎么叫唤，却十分黏人，偏要扑在贺佳的怀里玩。

到大路上了，看到有接客的花车了，那些花车基本都是吉普或者小卡车改装的，都被漆得花枝招展。要坐花车到山脚下的，可以自己花钱坐车，不想坐车的还要徒步两个小时。老杜迫不及待地爬上了车，还坐在车顶上嗷嗷直叫，叫唤着让我帮他拍照；老孙、老铁、唐古娜也选择坐车。其他人仍要徒步，要坚持走完，落得个心里圆满！真的两个小时后，那座出发时经过的大铁桥出现在了我们的面前，这标志着我们西半圆的环线徒步完成了，我们已经用脚为此行画了一个圆满的句号！背靠那座大桥，徒步下山的小代、小虞、贺佳、我和高山，勾肩搭背地站在一起合了影。

别了，南丫浦。别了，尼泊尔的夏尔巴背工们。八天的同甘共苦，我们多想多给背工一些小费，但高山说规矩就是规矩，我们不能破了所有徒步登山队共同遵守的规矩。那位老杜却破坏了规矩——不是多给，而是少给了丹增小费，还美其名曰：“不能惯坏了他！”大家不由憎恶，劝道“做人要厚道”。“煤老板就是煤老板！”唐古娜亮开声音朝老杜那个方向骂道。老孙也笑说：“比黄世仁还周扒皮。”

走出群山，一个小时后我们就坐车回到了博卡拉。背包一丢到宾馆，我们就急着赶场。走在那条亚热带炎热而繁华的街道上，我第一要紧的就是想脱掉被反复汗湿的衣服。贺佳陪着我出入于琳琅满目的服装店。我里外衣服都买，一件 T 恤、一件速干长裤共 1000 卢比，也就是 60 元人民币。回到宾馆，我洗过澡，换了衣服，舒服极了。

临睡前，我扭头给还坐在床边若有所思的贺佳道了一声晚安，很快就翻过身子睡着了。香甜的睡梦里，我在山路上走得汗水直流，而从山峰上飘下的冰粒雪花洒散在我的身上，凉爽无比。目不暇接的金山、溪流、小桥、鲜花、飞舞的蜂蝶让我回到了童年，回到了童年的那座和父亲一起玩耍的香樟楠木树林。

第二天早晨，贺佳垂着头，双眼红红的。我走到他的身旁，轻轻地拍了拍他的肩，然后和他一起去了餐厅。自助餐厅里，我们的队友都到了，零散坐着吃面包喝牛奶。见我们进来，小代站起来向我们招起手。我和贺佳取食后向小代那桌走了过去。小代看着我，笑容可掬地把他那本《走出荒野》的书递给了我。我接过书来，心里一热。那是一本美国姑娘谢莉尔 · 斯特雷德的自传体小说，是她在母亲去世、养父离去，姐弟骨肉分离，自己家庭破裂精神将要崩溃时只身一人开始的一段徒步经历，她独自一人走过了太平洋西海岸屋脊步道的经历。她走完了那条步道，也走出了自己的人生荒野！而我们这一队徒步者，又有多少不是带着内心的荒野与伤痕，渴望走出荒野，找回自己的信心与人生呢！我感激地对小代一笑，连道谢谢！早餐后小代一离开餐厅，我就把那本书送给了贺佳："哥们儿，要有信心，走出荒野，你能！"

那一天，就是我们的休整日。老杜独自租用摆渡船，去了博卡拉的那个美丽的费娃湖，然后上岸去湖中心岛上的那家最豪华宾馆。"不能白活一世"；而大多数人则又是拥进了那条不大但繁华的街道，这里面的运动服装与器材，名牌汇聚却也真假不一。唐古娜、老铁给各自的伴侣买了火狐狸的登山服和其他纪念品。唐古娜性格独立坚强，一路上没有让同伴们给她特殊照顾。给她的将军公公买了一把正宗的廓尔喀弯刀。小代给儿子买了一双黑鹰牌子的登山靴——据说他刚离婚不久，跟他一起生活的儿子也想成为他老爸一样的登山英雄。那孩子十来岁，小代在他心里就是登山家，而小代也想给儿子树立一个男子汉形象："生当作人杰！"小虞、老孙主要是给同事买礼品，而常来这里的高山却真的要去文身，他介绍说，这里文身两处才花三千卢比。上次来这里，他的左胳膊上文了一个西雅图酋长，这次要在右胳膊上文上达·芬奇人体像，还要写上"I Love My Family!"。他是要文给他的新婚妻子看的，而且是上次来就交了预付款的。其实，不管是文身还是留胡须，那都是内心情绪渴望在身体上的体现。在一个摊位前，贺佳要送我一把剃须刀，他说我下巴上留胡须显老。而我则送了贺佳一对登山杖，把他已经用坏了的那对替换下来。

买完东西，小代、小虞、我和贺佳，还有唐古娜，就搭车去了博卡拉镇旁边最高的山顶，准备玩滑翔伞。高山告诉队员们，这里玩滑翔伞全世界最便宜，在欧洲要1000欧元左右，这里只用七八千卢比，也就是500元人民币，高山滑翔加录像全部搞定。“有胆的就在这里玩吧！”来到山顶，贺佳看行李，我们其余四人都在教练的指导下穿好滑翔伞，站在山顶等待。美国教练员告诉我们，等风来了就可以起飞。

树叶开始晃动，起风了，我在教练员的带领下往前猛冲，冲到山崖边。我们飞起来了，一半橙色一半蓝色的巨大圆弧形伞面打开，我和我的教练员融入了天空，气流吹拂我们这些“飞人”的脸庞，座座青山还有绿树在我们身体下快速掠动，碧蓝的费娃湖水波光在下面闪耀，远处耀眼的雪山连绵巍峨，天在旋、地在动、我们的无动力装置飞出了高山，盘旋翱翔在空中。近三十分钟的时间里，我们拉动操纵绳，在无垠的空中升降移动，教练还允许了我单独操纵一会儿。我们像鸟、像雄鹰，呼吸流动的风，感受刺激与浪漫，祝福万物苍生！历历在目，难以忘记！然后，我们像伞兵一样从天而降，落在了费娃湖湖岸。

第二天，我们早早出发，乘坐着中巴车，下午三四点钟就回到了加德满都。

住了一晚，十月十三日中午，我们来到了加德满都特里布万机场，办理登机手续和托运行李。开始安检，唐古娜包里的那把廓尔喀弯刀被搜了出来。唐小姐一点没有犹豫，在那位安检员还来不及开口询问她的时候，她手里一张崭新的20元人民币就塞进了那位安检员的上衣兜里。于是，她收获了对方的笑脸，弯刀也被放回了原处。下午 4 点 5 分，东方航空 MU758 航班从加德满都特里布万机场拔地而起，向着我们的祖国飞去。不一会儿，飞机机翼下青藏高原的“雪山莲花座”闪着金光出现。我侧头一看，一路同行的八位伙伴却都在各自的座位上静默沉思，我也闭上了双眼。这些伙伴们虽然各有各的生活方式，各有各的性格和爱好，但却都有一个共同的名字——“驴友”，都有共同的品质——目标坚定！他们一旦确定了自己的目标，就会坚决地，甚至不择手段地去实现。他们意志坚强，一路上的疲劳伤痛汗水寒冷炎热阴雨高反无法阻止他们。他们思维缜密，无论是装备起居徒步障碍还是突发事件都无法阻止他们。有一篇题为“我为什么害怕玩户外的人”的文章里写道：“当我们还在为周末是睡一天还是睡两天而纠结的时候，他们已经背上行囊踏上了远足的旅程。在他们眼里，光阴不容虚度；在他们眼里，困难只是成功的垫脚石；在他们眼里，技能是必备的存在；在他们眼里，健康只是户外运动的附加品；在他们眼里，生活就是一本读不尽的书；在他们眼里，户外就是一次心的磨砺。我害怕玩户外的人，他们的前方总是充满阳光；我害怕玩户外的人，他们拓展了生命的宽度，他们的一小时就精彩过我的一生。”或许贺佳也曾怯懦绝望，或许老杜也曾吝啬贪婪，但户外人确是一群不甘平凡的攀登者，一群智慧的探索者，一群怀揣梦想的行动者，在他们的前方，永远有梦的召唤。这些个人的梦将凝聚成群体的梦，群体的梦或许就是一小片民族的梦，一小片中国梦！

过了好一会儿，我睁开了眼睛，我望了望机窗外，飞机早已飞越世界屋脊，从喜马拉雅山南飞到喜马拉雅山北，机翼下的雪山也已经依稀远去，我的同伴也大多还未睁开眼睛。我相信，我的同伴们无论是睡着还是醒来，我们的身上都曾经激情燃烧。

燕山支脉·丫髻山

——不负韶华，活出真我

这是一个激情澎湃、奋力拼搏的时代，这是一个燃爆自己、活出真我的时代。在这一年里民间登山家张梁登上干城章嘉峰，而在这之前他以每年登上一两座8000米以上高峰的速度已经登山八座；看似柔弱的女子罗静则在一周之内连登迦舒布鲁姆II和迦舒布鲁姆I两座8000米以上高峰。美好生活是靠奋斗出来的，不负韶华，每一个人都应该在这个时代发出自己的光和热。

街道的康主任找到我。他上次评优秀党员时和我相识，彼此趣味相投。他工作之余酷爱户外运动，骑自行车、竞走、长跑是他的强项，北京市的马拉松是他每年必参加的活动，时不时还来一个徒步北京三环、四环、五环。一天，康主任上户外网浏览，看到我在陕西太白山和尼泊尔安娜普尔纳的照片，作为户外运动爱好者的他，抱怨我竟不跟他说一声。

他来到我的办公室，找到我说起了这件事，强烈要求我去给本街道的登山协会会员们讲一次课，并邀请我一定要加入由他任会长的登山协会。

该怎么讲呢？我拿不定主意。一到下一个周末，康主任带领街道登山协会五六十号人浩浩荡荡地坐着大巴车，开进了北京平谷区丫髻山下的一个小村庄。待大家安顿好，马上召开了全体大会，对一年的工作进行总结，对登山积极分子进行表彰。之后，康主任请我走上讲台，我不由激动起来，我讲得如瀑布倾泻，一泻到底，并溅起层层水珠。

我先以“人，必须经常变幻自身的时空，才能充分地认识自己，才能使自己活得新鲜、有意义”作为开场，然后马上进入正题，对着PPT给大家讲起了秦岭之行。

在会员们专注、惊愕的眼神中我充满力量，语调竟变得激昂起来：“那山顶上已经没有雪，没有草，没有树，全部是巨石叠垒。每块石头摸上去都是冰冷，但远处的天却是那么蓝，不远处的雪也显得格外的白，天地辉映犹如仙境！在那种环境里，你不由激情飞扬，觉得自己的情感在融化，在绽开，在升腾，直到融于纯蓝的天！”

看着讲台下的大家为眼前不断变化的泥水路、石海、箭竹、雪原、怪松等高山风景着迷，久违的自信席卷了我的全身。

那天吃过中午饭以后，我多年以来第一次参加了街道登山协会的登山比赛，目标——丫髻山顶紫霄宫。丫髻山是中国北方道教圣地，康熙帝盛赞：“自元明以来，号为近畿福地。”其时已值秋末冬初，北风已至，天高云淡，远山近处红叶深红，沿途树上挂满柿了。上山途中，我感觉到了与街坊们互帮互助、谈笑风生的团体氛围。我在那个登山的团队中随缘竞争，不知不觉到了山顶的一座法相庄严的建筑物，环视四周，大家陆续上到山顶紫霄宫。

在紫霄宫后院，街道主管党建的郑副书记告诉我，过几周街道党办将组织我们去进行一次“红色旅行”。他们党总支办公室每两年组织一次红色教育活动，参加人员为年度优秀党务工作者和优秀党员。本来，应该是下周一下发通知的，但郑副书记高兴，今天就先告诉我，还让我配合她担任这支队伍的副领队。

12 月下旬，我们向目的地进发——四川省泸定县的泸定桥和摩西小镇。

我们先到了泸定桥。位于夹金山脉、大渡河的泸定桥，是当年中国工农红军长征的必经之地。踱步铁桥，云首低垂，河水滔滔，“大渡桥横铁索寒”——当年红军将士的喊杀声犹在耳旁。接着我们又去了摩西小镇，在那个镇子里，我们步入了一座青砖黛瓦的天主教堂。教堂里面早已没有了传教士，而是陈列着几张桌子几张床。那是无神论者毛泽东、周恩来、朱德等红军的领导人用过的，那是近八十年前他们率领着红军队伍经过此地时的住处。在这里，他们谋划用兵，指点江山，坚守理想。

摩西小镇，也是海螺沟冰川森林公园的入口处。海螺沟位于贡嘎雪峰脚下，属低海拔现代冰川，晶莹的现代冰川从高峻的山谷铺泻而下，形成巨大的冰洞、险峻的冰桥，如同神话中的水晶宫。

入住摩西小镇的第二天早晨，我先于同伴们起床。从阳台往外看，天际之处一道奇特的景观让我目瞪口呆。我赶紧跑到房顶，越过宾馆的楼群，远处的贡嘎雪山火红一片，那是被初升的旭日烧红的，是贡嘎雪山的“日照金山”，冉冉上升的太阳烧得峥嵘的雪山如此瑰丽。我端起手机狂拍起来，并赶忙呼喊同伴。

壮美的景观转瞬即逝，好几位同伴都没有看到，只好悻悻下楼去吃早餐。早餐之后，我们开始乘坐公园的旅游车上山了。上到冰川起点，我们在脚上套上冰爪，开始了徒步，作为副领队的我，带着少数几位平时就酷爱户外的同事登上了“一号冰川”。一号冰川地带冰板相接无际，玉叠翠连蔽日，我在冰川上拂去浮尘，用手触摸晶莹的冰体，再穿越冰桥、冰坡、冰沟、冰洞，我触到了彻骨般的冰凉，还看到了巨大透明冰体里折射出的一道彩虹。这条彩虹好似吉兆照得我内心灿烂。冰川上的游览结束，我怀揣着灿烂的心情离开冰川，重新回到山道，开始和大伙一起下山。下山很轻松，刚才在冰川巨石上辗转腾挪、运动折腾了一个多小时，我们一点也不觉得累，反而更加兴奋。我一手端相机，一手拿手机，边走边拍，拍下了同伴们的嬉戏，拍下了山道旁猴子们的跳跃袭扰，还有山坡上满眼的雾凇，再用近摄镜头拍下了树叶上凝固的冰凌。我没有想到，就在那条山道之上我先后接到两个电话。女儿的电话先到，她告诉我，她已研究生毕业，她要在悉尼参加澳大利亚的PR（绿卡）考试。我不想女儿留在澳大利亚，想她回到北京陪她这位孤独的老爸，但有个性的女儿心意已决：“你就同意好吗？再说，拿到PR也照样可以回国工作。”我不能勉强，只是要求女儿一年之内拿下PR，否则就打道回府，回来陪她老爸吧。女儿答应了。第二个电话是艺泓打来的，她告诉我下个月——也就是春节前她将结束援建回国。

库布齐沙漠

——一粒砂中看世界

艺泓是在春节前三天回来的，那年的春节在二月初。那天，我抱着两束鲜花早早地到了首都机场三号航站楼，因为我要迎接两拨亲人——9 点 30 分艺泓乘坐国际航班降落，12 点父母、弟弟和弟媳从成都飞来。

爱花的艺泓，一出接站口看到我递给她的那束玫瑰花就激动万分。三年了，她终于回家了。她看起来没变，只是晒黑了一些。父亲是被弟弟和弟媳用轮椅推出接站口的。父亲 86 岁了，虽头脑清楚、精神矍铄，但腿脚已经不太方便。他和母亲看到我和艺泓递给他们的那束合欢花，都高兴得露出孩童般的笑容，轮番抱了好一会儿，才递给弟媳。这些年，弟弟和弟媳一直照顾父母，没有时间像其他人一样去国内外旅游，趁父母身体还可以，这次专门安排他们到北京来过春节。北京的春节不寂寞，虽是冰天雪地，但奥林匹克森林公园的冬景，地坛的庙会，蓝色港湾的热闹，国家大剧院的演出一样让他们开心。看到我们三室一厅的住房，弟弟也高兴地告诉我，一开春，他们也会搬进新的改善性住房了——一套复式住房。

过完元宵节，弟弟、弟媳带着父母回四川去迎接他们的新住宅了，我们也准备迎接北京的早春。春天的树枝逐渐冒出新芽，开出新花。我的街坊，一帮全国知名企业的小伙伴和我联系了。自从上次在街道登山协会我讲了攀登冰晶顶的经历后，一帮年轻人都来和我交朋友了。通瑞科技有限公司的小喻、向日葵投资公司的晁莉莎，还有刘赵亦舒、晏雅龙、安碧洁等等。我组织一次户外活动，时间定在“五一”长假，地点由他们选择。

寻找活动目的地的事就交给小喻了，因为他喜爱户外且对各种户外门户网站都熟。他预选了很多地方，如云南的雨崩村、北京的小五台、山西的南太行，还有新疆的慕士塔格峰等等。他跑来征求我的意见，说大家分歧比较大。我无所谓，只要他们统一就好。

小喻又来找我了，这些天他查资料累得够呛，还是感叹众口难调。想来也是，各人体力、经验和爱好不一样，对于宝贵的长假也各有打算，不能勉强。我问，大致能统一的地方是哪儿呢？小喻说：“库布其沙漠。”啊！这个地方我没有想到。好，那就沙漠！

确定去沙漠的那个晚上，宗总带了一瓶好酒约我去了一家小饭馆。他说，我们策划制作的节目很受电视台、网络、分众媒体和其他移动终端的欢迎，他有一个想法，问能否和我单独成立一个策划制作公司——资金投入他想办法，我要能找一些更好——名字他都想好了，就叫“红马内容制作”，为电视台和众多新媒体提供节目内容。我没有异议。酒桌上，我们谈得痛快，“把酒祝东风，且共从容”，何况多年相识相知。

那晚喝得雾里看花，模模糊糊如尘暴接天。沙漠漫无边际，沙漠沙丘连绵，沙漠绿洲点点，脑海里的沙海、蓝天、绿洲、白云、晚霞连成一片，思维慢慢湿润起来，湿润被酒精火苗一烤，就在头脑里起雾了，生霞了，闪霓了。林深雾重、电闪雷鸣，在头脑里卷模糊了，起风暴了，我仿佛又走进了儿时父亲常带我去的那片香樟楠木林。

那片香樟楠木林里遮天蔽日，了无人迹，一棵棵大树树干苍老粗大，犹如一排排错落有致的石柱子撑起了那无边无际的森林。年少的我，把自己单薄的身影丢在树林里，好似一片落叶。我从这一棵树下漂移到另一棵树下，再漂移到又一棵树下，目光却始终不离开地面。地面上间或出现的香樟蚕身体已显肥硕，肥硕的胴体甚至发出了些许亮光，而且吃叶和爬行的动作也变得缓慢起来。忽然间，我悟到，这是它们到了快要结茧的时候了，就像童话里所说：“经过了漫长的春季和夏日，这些蚕们要造房子了。”

我抬起头来，树叶树梢窸窸窣窣，此起彼伏，还似相互呼应，恰如一片波动的海。这片海里没有鱼，鸟也很少，不容易看见的知了却叫个不停。它们藏在哪儿呢？我不断地循着声音追踪，想发现它们的身影，但知了的身体总是消失在我目光的终点，就连先前响亮的叫声也消失了。我十分不解，我死死地盯住连蝉鸣都消失的地方，那种地方不是高不可及的树杈就是相互掩映的叶子，而且上面总会有晃动的光斑，刚还是明亮的，眨眼间又暗了下来。我循着光斑仰头，使劲把身体倒弯成一张弓，几乎把头仰成与腰呈直角，霎时，我看见无数柄明晃晃的剑刺过浓密的树冠直达下面。那是下午的阳光，直刺得我把眼睛眯缝起来，我赶紧把“弓”松弛，把头放直，却见周围树叶上闪动着无数的十字光芒，无边无际，逐浪追波。我脑中灵光一闪，原来知了们都藏身在浪谷峰间，再从树海中发出它们的嘹亮叫声。我的眼睛离开了炫目的树叶，低头垂向地面。我开始吃惊，怎么刚才我就没有发现，铺着厚厚落叶的地面上竟也是光点无数、摇曳闪烁！我踩着那些地面的光点向前走，脚板在软软的光点上如踩云朵，更像是踩在沉浮不息的大海浪尖上，整个人也就漂浮了起来。

就这样一个人在这座树林里漂浮，直至看到一个大大的云朵落在我的脚前，那是天上的一朵浮云落在了我面前的一个水潭里面。我停下了脚步，看着水潭里的云朵，那云如一朵大棉花，又逐渐拉长变成了一只动物。猪？牛？大象？狮子？鲸鱼？但又不完全像，且还在演化。我坐在湿地上，靠在一棵开始腐坏的楠木树根上，继续看着这些演化。云朵的演化纠缠着水潭里大树枝叶的变化，在那潭水里组合得瞬息万变、气象万千。我看得入神。渐渐地，我的目光看似仍停留在水面上，但却已经游离于水面之外，脑子里闪现的是越来越多的画面和故事——外公给我讲的童话与经典故事，父亲讲的乡野趣事与战斗故事，还有我自己在书本上看到的故事。星星、宇宙、高山、大海、盐湖、戈壁、森林、沙漠；白人、黑人、黄皮肤、红皮肤，神仙、野鬼、狐狸、毒蛇，一幅幅具体或者抽象的画面带着温暖或者血腥从我脑海里飞驰而过，竟也带动得身上的皮肤一阵痉挛一阵松弛，脸上一阵抽搐一阵痴笑。我继续在自己的天地里沉醉：一只野狼腾空而起，已经跳过了我眼前的这潭水、向着远方逃窜的猎物追去。狼疯狂猛追、头也不回，直到跑出我的视界，但却在跑过我面前时把血红的眼神狠狠地甩下并留给了我。而一只狗忠实地坐在一户农家的门口，眼神怡然而满足，甚至还能从它的眸子里读到对狼的鄙夷。我诧异，这两只长相差不多的动物神情为何不同？

一阵风把平静的水面吹起波纹，原有的光斑随着水波四处散乱，水潭里的景物开始了混乱模糊。然而眼神游离的我根本就没有注意到水潭里的物体，我眼前的景物还在飞驰：川西盆地的农家院、油菜花、小河汊、回水湾、大水牛、蒸牛肉，有的色彩鲜艳，有的面容冷峻，有的还腾着热气。这些景物调动了我身上所有的感官，深受刺激又感觉到混乱无序。混乱之中的我开始了烦躁，继而开始了凝神聚气，不容许自己的感官或者意识出现混乱，我要掌控我能感知这个世界的一切。果然，我的神智变得清醒了，水面上的光斑也静止有序了，那个水潭底部的景物也清晰可见了。那是一座只有童话里才有的通体雪白的雪山！一座表面凹凸不平的雪山，它高高耸立，占据了整个水面！我猛然一抬头，头顶上的树冠之间透着一块不规则的蓝天，蓝天之上确实有一块山形的白云。而在此时，鸟儿出现了，它们或单只或成群，来回飞掠过那块山形的白云，有的往山上移动，有的往山下直落，还有的撞向山体。我的目光移上人们称之为神山的山顶，痴痴地看着，山顶的岩石上有一只鸟，它站立在那块巨石上发出了一声震撼的嘶鸣，声振四野，威风凛凛，群鸟噤声。

阳光沐浴下的大鸟，竟站在雪山之巅上抖动翅膀，一身金色、万道霞光。

我呆呆地仰视，在这座父亲常和我一起玩耍的树林里，我还从未见过如此奇异的天地一体之境！我痴迷得仿佛灵魂出窍，觉得金光也在抚着我的头顶，并催促着我向前穿行。

树林空灵，四周静极了，寂静得无声无息，刚还有的蝉鸣竟也不知所终，树叶也定住一般不再晃动。我唯一能感觉到的就是我的心跳，以及我面前一条向前延伸的路，那条路往树林深处伸展。路旁的树枝如手臂伸展，如手臂的树枝青筋凸起、暴露又生满树叶，树叶上布满水珠，水珠反射着还算柔和的阳光，似乎让整个树林在或有或无的温馨中挣扎。树干上还湿乎乎的，长有很多绿色甚至杂色的苔藓。有的地方苔藓还积得很厚，用手指按上去就能有一个小坑，刚形成的小坑里却能马上积蕴四周流过来的细水。而脚下的路也开始湿滑，湿滑的泥粘得我的鞋越发沉重，我不得不不时地把脚放在路径旁的小草上揩揩，使劲揩掉沉重的泥土再往前走。前面的路也时常消失，消失得我不由怀疑我还能否找到继续向前的路。然而，我总能在消失的路尽头找到一条新的路。路的尽头，或被浓密的树枝遮住，或者拐向另一个方向，但是在每一个拐点我都能找到一棵大树，大树树干上总会反射出一束格外明亮的光，旁边还站着一位白胡子老人。白胡子老人睿智威严，却可视不可触，我几次的触摸都被无形的力量挡住。我向前走，林间透露的阳光不断注入我的心脏和躯体，驱使我不断迈动双脚，在路上寻求解脱。我已陷入执着与痴迷之境，脚步停不下来。然而，路上坎坷太多，一会儿是水坑，一会儿是巨石，还有带刺的藤蔓，藏毒的毛毛虫。我滑倒了，我的脚肿了，我找不到前方的路了，反反复复，折腾得我快要走不动了。往往就在那一刻，带亮光的树干就又出现了，白胡子老人又来注视我了，我又有了力量，我又朝前走了。路旁的草丛里还杂生着五彩的花，每一朵花都盯住我的眼睛。我走了好久，走得路旁白蘑菇染上些红润，走得树影在暗淡中开始颤抖，一条大河忽地就在前面出现。倒影晃动使岸上的树枝在水里折断，折断的树枝在水体里随波逐流，还露出白生生的树杈，透明的血从茬口上流出，让我心生万分悲切。我不忍再看，把目光看向河对面。岸对面是什么？燃烧的心和停不下的脚步告诉我一定要过河。水流湍急，但我相信自己的力量，我不顾左右扑向河水。河水不深但却冷，冷得我四肢僵硬，我疯狂地手游足蹬，脚还踢到了断裂的树枝，疼得我龇牙咧嘴。我游啊游，快游不动了，几只小鸟飞来了，它们飞到河中间，掠过水面，溅起细小的水花。水花不大，但却足以让我触景生情、心生感动，鼓舞我游向对岸。我把那几只鸟看得真切，那是几只颈红腹白的燕子。我用力向前游，看到岸上的树林里有几只羊被人赶着向我迎来。我游过了水面，手抓树枝爬上了岸边，手和脚一样还在生生地疼，还有红色的液体混合着水流出。仔细一看，手抓住的那树枝上原来长着刺。我一点劲都没有了，趴倒在地，任身上长出绿色的苔藓，任迎着我走来的羊白白的身体上长出紫色的毛，任那几只燕子变成大鸟，还任四周赶羊人嘲笑的面孔笑得变形。就是在那种似是而非、颠倒黑白的状态中，我发现自己是倒卧在先前看到的那座雪山之上，我啜吸泉水，重生力量，聚集浑身之力发出心底的呐喊。气出丹田、一声嘶叫，嘶叫之后，手上的血水没有了，羊身上紫色的毛雪白了，燕子还以燕子的优雅飞走了，赶羊人消失了。我，懂了，再妖魔的境地也害怕正气之声。我回望了一下身后的路途，路上曾有疼痛，曾有胆怯，也曾有疲惫，但燃烧的心和停不下来的脚步让我给自己的选择做了主，让我看到了仅属于自己的精彩。我继续往前，过了河的地面上草更密了，花朵也更大了，还有了蝴蝶的翻飞；树木也更粗壮了，我却更看不到边际，看不到终点，但我只有走——我知道只有走才会有出路。一个个拐点又出现了，拐点的标志就是亮光，白胡子老人出现了，眼里闪着温和的光芒还有对我的喜爱。老人递给了我一个熟透了的金黄色果子，我咬了一口，如桃一般地香甜多汁。我向前走，一拐一拐地走，长时间的行走累得我眼睛都快睁不开了，合上睁开，再合上再睁开，昏沉欲睡，直到一股异香袭来。那是树体之香森林之香的来袭，似楠木香，似香樟香，似皂角香，是它们的混合。香味来得那么神秘，一浪比一浪浓烈，让我直怀疑自己的愚钝，然而，我的精神确实又在香气里振奋起来。我在黄昏中辨认着依稀的亮光前行，白胡子老人已经没有了，我惊奇地发现我自己不知何时竟然变成了那位指引路径的白胡子老人。我借着夕阳向前猛行，哪知不测再次来临——在我的脚下一道断崖突然出现，不，两道平行的断崖，那是一条鸿沟，一条深不见底、隐约还能看到无数尸骨的鸿沟，我猛地敛神静气、收住脚才没有滚落下去。面临深渊，我没有丝毫犹豫，快速地倒退几步，然后加速起跑，一声嘶吼腾空而起。声音振天，在鸿沟上空加倍地回响，我跃过去了，跃过了那条鸿沟！跃过鸿沟的我才发现，与我一起跃过那道鸿沟的还有早前那只睁着血红双眼的狼。那只狼欣赏地睃了一眼与它一起跃过深渊的我，嘴里吐出一句狼语：“咄，你若不坚强，没人替你勇敢。”而那条狗却还在忠实地守着门口，表情既警惕又不解，对着行色匆匆的狼说：“你怎么来回奔忙？”

狼不乐意地挤出三个字：“我愿意。”

“喂，你有房子票子车子吗？”狗问。

狼回答：“没有。”

“你有三餐美食和饮料吗？”

“没有。”

狗又问：“有人给你做狗衣、狗帽吗？”

狼亮了亮自己的皮毛回答：“我不穿狼衣不戴狼帽。”

“那有人带你坐轿车，带你逛街，带你旅游吗？”

“没有。”

狗笑了，语带轻蔑：“那你穷忙什么，到头来什么都没有！”

狼大笑：“咱们不是同类，我天生追逐我的目标猎物，我虽然流着孤寂的血液，但我却是一只自由的狼。而你，只是一只依附于人、狗仗人势还扬扬自得的看家犬！”受到狼斥责的狗在树林中隐去了它的身影，模样羞愧。一旁的我却听得真切。狼说对了一句话，它们不是同类，狼为追逐目标而迈动永不停息的脚步是天生的秉性；狗忠实于东家而不离不弃也是源自天性。就和外貌相差无几的人一样，有的人内心有一团天生的火，一团烧尽一切敢于横陈在他面前的障碍和困难的火。尽管障碍和困难一个又一个，但这团火在他内心会永远燃烧，永远驱使他的脚步不停息地向前，去踏平障碍和困难到达目标。永不停息的火和脚步更多的是精神层面的，是为心灵的充实和荣誉而战的。另一些人则有所不同，他们更多的是为了锦衣玉食和肉体享乐而生。思考着的我环顾一看，林子里不知什么时候已经完全黑了下来，黄昏已过，曾经在拐点处树干上的明亮已被黑暗遮住，但仍在林中的我还在寻找终点。我屡屡滑倒摔跤，身上的泥水已脏得我浑身不成样子，轻度的迷茫与抑郁在侵袭。我在无月的地带穿行，我担心，甚至恐惧、彷徨、筋疲力尽，还有莫名自由的感觉。黑夜已让我找不到希望，我甚至怀疑是否有希望或者终点，但那颗燃烧的心却让我焦灼四顾，却又陷入执着与痴迷，忘掉了白天黑夜树林母亲父亲甚至我自己的痴迷，也就是父亲常说我的“一根筋”，唯有执拗痴狂地去追寻自己的目标，并驱使自己沉重的双脚停不下来地交替前进。渺小的我已完全被黑夜吞噬，茫然四顾而又不知所措，我恐惧地发出一声似乎带有哭腔的叫喊。我的身体犹似空了，我就要失掉希望只剩下绝望了。

睁开双眼的我仍然靠在那棵开始腐烂的楠木树桩上，身体早已寒意浸肌且与黑夜一体，但却有无数只萤火虫在我的眼前来回飞舞，让眼前的景物模糊如影。头已低垂太久，我不禁举头望向苍穹，漆黑的天幕上却原来满是星斗！那片能清晰地分辨出北斗七星、小熊星座、大熊星座的星空亮成一片！噢，上天的慧眼一直睁着，一直在给黑暗中的我指引着前方！前方有声音响起，是弱小的蝉鸣，继而是虫鸣、蛙叫、远处的犬吠、还有林中树枝断裂发出的声响，这些声音渐渐注入我的耳里继而响成一片，我浑身战栗，倾身体会，体会感知这黑夜里除了我的身体之外的自然之音奏鸣，如梦似幻。黑暗的世界也是那么丰富多彩而深不可测。那么，人生呢？也许少年的我还不配谈论人生，然而人生的魅力也许真的就和这黑夜一样，就是因为不可预测，因为有神秘的白胡子老人而令人执着、痴迷、心驰神往。

我意识到了自己的存在，扶着那棵楠木树站了起来，想起了父亲和母亲。我要回家，我要回家去找到我焦急的父亲母亲。然而，现在的我是切切实实地陷入了夜晚的黑暗，目视前方，我没有胆怯，我一定要回家！我判断方向，迈动脚步，就在迈动不听使唤的双脚的同时，我看到了光亮。光亮在树影里窜动，先是几束，然后多了起来，最后是一片亮光。越来越多的光柱接近我，无数的光柱连成了一片，晃得我睁不开双眼——还有声音，呼唤我的声音。我拼命睁开眼睛，我看到了好多树影和人影，人影走近了，走在最前面的是我的父亲，急得嘴唇颤抖，手上还高举着手电筒的父亲。

我清醒了，但是我还是想在深邃的茫然中穿越。

去穿越沙漠的日子邻近，晁莉莎、小荣、小喻、刘赵亦舒、晏雅龙、安碧洁就推开了我办公室的门，让小小的空间一下子热闹起来。尽管确定的沙漠之行他们不一定参加，但他们还是高兴，相聚一块聊聊户外也是高兴的事。

四月三十日傍晚，我背上事先按照领队要求准备的装备与食物，“红狐狸”“紫狐狸”鼓鼓囊囊的，赶到地铁十号线惠新西街北口。在那里，我将与同去沙漠的小伙伴们会合，开始我们全程四天的重装穿越沙漠。

此次沙漠之行，目的地是内蒙古的库布其沙漠。这个沙漠以前是全国第六大沙漠，因为防沙绿化工作做得不错，现在已降为全国第七大沙漠了。此次说的是全程重装穿越，但随行的大巴车会在三个停车点等待，也就是说全程有三个下撤点，如果体力不佳，可以随时下撤。为了这次穿越，我去那家户外用品连锁店添置了防雪套、防晒霜等，还花了七百块钱更换了两根崭新的登山杖。我许多哥们儿都以为户外登山活动非常昂贵，小荣、晏雅龙等也多次问过我登一次山要花多少钱，以为它是富人的运动，而我总回答“花不了多少”，让他们半信半疑。但这是真的，装备不会太贵，况且不用一次购齐；而总的费用，也廉价得惊人，如这次沙漠之行，跨四天的行程总费用为360元，让小哥们儿们吃惊不已。你把宾馆和餐厅都背在自己的背上还能有多贵？

在惠新西街北口站，我见到了同去穿越的哥们儿。出于各种原因，最后成行的为我、小荣、小喻、“女侠”晁莉莎三男一女。但同行的队伍却要庞大得多，我们这次参加的是一支名为“江湖户外”的探险旅游队，领队的名字很酷，叫“爷在江湖”。“爷”个子虽不高，但骨架结实，是个老户外。上车后，戴着红底金星臂章的“爷”和副领队就开始点名收费，足足五十一人。坐了一夜车，第二天中午到达穿越沙漠的起点恩格贝。

下车一看，一座座黄色的沙丘突然横亘在我们面前，高耸连绵、宽广无垠。所有的队员都情绪汹涌，恨不能立即迈步扑向黄沙戈壁。然而，一条水不深但宽阔的河却横在我们队伍的前面，我们在脚上穿上防雪套防沙。收拾停当者开始渡河，踏上彼岸的沙漠。初上沙漠的队员们群情高昂，身处茫茫沙海，背对湛蓝的天洁白的云，身背重装，不用领队招呼，摆出各种姿势开始拍照，然后，向着起伏的沙丘深处迈进。

库布其沙漠的沙丘，逶迤连绵而有动感，被大风雕塑得曲线流畅且身躯丰满，沙丘们彼此相衔又呈金黄色铺展，待铺展到尽头时就与远处的蓝天白云黏合在一起，蔚为壮观。天，蓝得如海水却又深不可测；云，白得如羊羔却又凝固不动，让“爷”和他的队员们都不由得心生向往。队员们在沙丘上排成一线行走，跟着“爷”忽上忽下，忽左忽右。我走在队伍中间靠前，脚下的沙似乎也比登山时的土石路更

有弹性。沙漠上长长的队伍，五颜六色的户外服装与装备，被金色的沙粒衬得竟有些眩目，我想，这是在影视片里才应该有的镜头啊！沙漠无尽地伸向远处，沙丘与沙丘之间重叠环绕，或呈“之”字形组合，忽高忽低，被一队队大漠之上的探险队伍点缀得色彩艳丽、层次分明、丰富多彩；停下脚来，捧起一撮沙粒，粒粒金黄温润，似闪着玉的光泽。然而，三四个小时之后，队伍出现了分化，那条沙丘之上的散兵线变得比一开始长多了，这是队员们体力上出现了分化，一位被一些人尊称为“掌门师姐”的队员，戴着魔术巾也在帮着领队前后照应着。确实，在沙漠上行走不同于土石路面，沙地上的阻力很大，“爷”说，在沙漠上的行进时速只有三千米左右，难怪队伍变长而且慢了下来！加之炎炎烈日下的沙炙日烤，早已让每一位队员都快喝光了自带的水，都用魔术巾把头部蒙得只剩两只眼睛。我们四个也是如此。“女侠”晁莉莎也戴上了墨镜、手套，把全身护卫得严严实实。日头逐渐偏西，队伍已前队不见后队，终于，我们在日落前赶到了第二个晚上的宿营地召西牧场。

召西牧场是一大片有铁丝网围着的大空地，大空地上有几座建在一起的固定帐篷，还有瓶装水卖。由于先后来了多支不同的队伍，那场地显得凌乱而紧张。一支豪华的队伍不但有高大的制式帐篷，而且还开来了餐车，做起了热菜热饭，喝着啤酒，听着大喇叭里的音乐跳起了舞。“江湖”队先到的队员也抢到平地和上风口搭起了帐篷。五月初的天气，那草地上还有冰碴，冻得大家拉扯帐篷的手都伸不直，大家相互帮助，我、小荣、小喻的帐篷算是搭好了，转眼一看，晁莉莎还对着她散落地上的帐篷零件一筹莫展。环境确实比较苦，地上的土冻得几乎砸不进钉子，喝的水吃的饭冰凉；夜幕笼罩，远处的草原上似还有狼叫。我们三人赶紧过去，把晁莉莎的帐篷放在我们仨帐篷的中间，七手八脚地帮她搭好，然后一起从登山包里取出各人自带的水和食物吃了起来，边吃边数黑夜里明亮的星星。

第二天“江湖户外”的队员就发生了分化，有十多位队员放弃徒步随车而行了。余下的三十多位队员跟着“爷”继续行走。那天上午，我们基本走的是草地、树林和芦苇地，那是一片沙漠中的绿洲。初春的植物发着嫩绿，似乎还飘着嫩叶的清香，那些在春风中摇晃着的芦苇也给行程增添了不少情趣和浪漫。经过四个小时不间断的徒步后，我们到达了中午的休息营地“包头人家”。包头人家真的有几户人家，还有几间只剩下残垣断壁的红砖房和一片小树林。背靠小树林，吃过路餐后我们就立即开始跋涉，跟着“爷”进入沙漠腹地。

那天天气特别好，头顶上天蓝云白格外分明，黄沙也在阳光照耀下处处闪着金光，面前的沙丘很显然比昨天升高了，沟壑也就显得更深了，站在丘顶一眼望去，真是一片翻着金色巨浪的沙海，一望无际。队员们情绪再次高涨，不停地往前冲，不时停下拍照。

在沙漠上虽然行走速度不能快，但摔倒了也不怎么疼，爬起来就是了，而拍起照来却比较麻烦，我们的衣领里、袖口里、耳朵眼里等一切“眼”里早已是钻满沙子。对自己可以不那么在乎，但相机是金贵物件，每个人都会保护自己的相机，有用皮套保护的，有用魔术巾或者塑料袋套上的，但无论怎样保护，那相机里都像进了沙子似的，转动起镜头来摩擦增大，怎么也干净不了。“爷”权威地向大家声称，“走过一趟沙漠就毁掉一架相机”，说得大家对手里的相机怜惜不已。我握着相机走着，走着走着，我的脚下出现一棵草，那草长得绿茵茵且肉质肥厚；走着走着，我又发现了一只昆虫，一只黑色的甲壳虫，那甲壳虫竟在沙漠上爬行留下了一串长长的足迹。在干燥无水的黄沙之上能看到这样的动植物也算难得，我毫不犹豫地对着它们举起了相机，调成近摄模式拍摄起来。再往前走，这一天的队伍又被分成了几段，最前边一队也就八九个人了。小荣和我也在这一队里，“女侠”晁莉莎和小喻有些体力不支，已经落在后面的队伍里了。再往前走，我们遇到了一座大沙山，“爷”为了拍照效果，也为了等后面的队伍，让前队在沙山顶上等候，等到后面的队伍聚集在一起之后，“爷”一声令下，我们一起从五十米高的沙山顶上欢呼着、举着手里的登山杖等物件往下冲锋，翻滚跌倒、爬行向下花样百出。那位早已等在山脚下的副领队，举着相机采用连拍模式拍个不停，有一张我在画面前面的中间。再往前走，我们徒步的沙丘忽然成了一处断崖，百仞断崖之下竟是一片河滩，河滩的远处好似还停着几辆越野车。我们不顾悬崖峭壁，直愣愣地往下冲，冲到河滩，涉过沼泽湿地，忽然就出现在那几辆吉普车面前。吉普车旁边的七八个年轻男女大吃一惊，急问我们是“何方神圣”。我们指指背后远处的沙山。那些年轻人都是当地开车到河滩来玩的游客，看到我们一个个沙尘垢面、唇裂脸皱，热情地打开了越野车的后备厢，拿出了矿泉水，一人送了我们一瓶。再往前走，我们就到达了第三个晚上的宿营地龙头拐。

龙头拐位于黄河的一条支流西柳沟中段，西柳沟是一条季节性的河流，鸟瞰就宛如镶嵌在库布其沙漠上的一条玉带。龙头拐散落着一些季节性住户，也是一个大型户外聚集地，二三十支探险旅游队伍都在这里汇集扎营。“江湖户外”队的人来得不算早，好地方都被别人先占领了，我们只好找到一家土屋的屋后，搭起了自己的帐篷。沙漠上的帐篷很难扎牢，“爷”说：“明天早上要起沙暴。”队员们只好各处去寻来大石块把帐篷的地钉压牢。“爷”还说，明天早上开始冲击沙漠腹地，愿意去的听他号令，四点钟起床收拾帐篷，徒步穿越六七个小时后到达终点响沙湾；不愿意穿越的可以多睡会儿，迟些起床收拾帐篷，到 70 米沙山照相、玩滑沙，然后随车到达终点。

那天晚上，偌大的营地里唱歌声几乎能把寂静的天空掀翻，来自全国各地的队伍汇聚一起，不同的口音此起彼伏，美妙动人。我和小荣挤在一个帐篷里，我俩聊着天也和外面的帐篷搭着话，还夸奖“侠女”第一次参加户外就连续走了两天，劝说脚上已经有三个大血泡的她不要参加明天的穿越沙漠腹地了。晁莉莎却问了我们一个看似好玩实则严肃的问题："哥哥们，你们说说大佬们为什么也要登山？"这是一个好问题。这些年，大佬名人们登山的事儿不绝于耳，房地产商王石、郁亮上了珠峰，投资人黄怒波登上珠峰还要在山顶上念诗，网络大咖张朝阳等也热衷登山。小喻脱口而出："当然啊，不甘于平凡的人总想往高处走。"其实不甘平凡的人也个个不同，有的是天生具有浪漫情怀，有的觉得登山是一种生活态度，有的还有商业目的，不管怎样，他们已经走上人生巅峰，却没有沉湎于享乐而是往上攀登，值得敬佩！而对我接触得更多的普通登山者来说，好些人是为了获得自由的感觉，为了人生新的起点、挣脱痛苦、拓展人生、追求不凡，这是芸芸众生中最宝贵的向美、向善、向上之人性。而我个人更为佩服的还有民间的登山者张梁、罗静等，他们似乎是为攀登而生，他们永不知道停息，仅凭自己的力量就誓将 14 座 8000 米 + 挑战到底。隔着帐篷，我们四人聊得兴致勃勃，伴着帐篷四周的嘈杂声，小荣问大家："你们说，为什么那么多人不怕辛苦跑出来翻沙漠爬大山？"对户外登山的人来说，这个问题太容易也太难回答。我沉默片刻，说出了平日所想："因为我们不知道未来会发生什么。这些年地震、洪水、火山喷发、泥石流等自然灾害层出不穷，谁又知道我们还会面临什么？但是登山走沙漠却能给我们强健的体魄，坚定的意志，敏锐的思维和肢体反应能力。说到底，人在灾难面前只能靠自己。"小荣说："对，先强大自己！"晁莉莎说："说不定还会爆发战争，暴发瘟疫、SARS、埃博拉，没准的事。"小喻补充道："就是说我们自己先抢占 C 位，蓄势待发，增加应变能力。"话题一打开就什么都聊——登山家马洛里的遗体、张京川的劫后余生、余纯顺的罹难、杨柳松的可可西里、雷殿生的《十年徒步中国》等等，都是那晚的话题。我不知道是什么时候睡着的，好像刚睡着没多久，就听见“爷”在外面叫：“要穿越的，起床了！”不知什么时候，沙暴之前的风已在帐篷外呼啸，吹得我们的帐篷都颤抖不已，我睁眼说一声：“起吧？”小荣拖了好一会儿才答道：“听——你——的——”尾音拖得老长。我坚决地说：“起！”小荣终于起来了，我们收拾好帐篷，叮嘱小喻照顾好晁莉莎，小喻答应着：“好的，我也好试试上网。”小荣和我与同去穿越的人一起，去前面的小屋里吃早餐了。进屋一看，连“爷”在内，共只有五人，其中包括那位一直未曾看见摘下面纱的“掌门师姐”——她已经吃完戴上魔术巾了。吃过早餐，天色还很黑，我们就开始出发了。走不多远就遇到西柳沟，涉过宽阔的西柳沟，抬头一看，一座70米高的大沙山矗立在面前。我们六人不顾渡河时刺骨的冰凉，奋力爬了上去，站在了沙山顶峰之上。恰好，一抹瑰丽的景色就出现在我们面前，沙漠上的旭日已经把漆黑的夜空撕破一个洞，携带着黎明蓝出现在我们的面前。几年的户外活动让我观察到，晨曦的美景不是红日撕破了黑暗，于是就阳光普照大地那么简单，而是红日喷薄而出的同时带出了一片与它紧紧相连的瓦蓝天色，在蓝色的天光之外才是黑色的天幕——也就是说旭日升起的那一刻是红蓝黑三色，第一次见到那蓝色我就叫它“黎明蓝”。旭日东升，橘红色的阳光照得眼前起伏的沙山橙红一片，如酒满遍地的玫瑰红，恍若一切停止一切消失，唯有童话。我们赶忙用相机记录下这一刻，这一刻沙漠上的旭日朝阳。然后穿过几座沙山，越过穿沙公路，扑向前面无边的沙海。

起大风了，脚下的沙粒开始流动、逐渐飞了起来，旋转了起来。

六名队员谁也不敢掉队，紧跟着“爷”奔走。风大了，吹得四周天昏地暗，根本看不清方向，“爷”不时叮嘱大家千万别掉队。恐惧催生强大的动力，大家全都循声而行，相互呼喊着踩着流沙前进。“掌门师姐”一直在我的前面，她的声音就是我的指南，她还喊叫着告诉我们，沙漠里没有标志物，就是昨日的沙山遇到沙暴都可能消失。我们对她敬佩不已，相互呼叫着，搀扶推拉着，不敢停息地迈着步子向前。高高的沙峰之间是深深的沙谷，无垠的沙海浪卷风狂，把我们一次又一次地抛向谷底，又一次次地推向峰尖，最大的一个沙丘足有六七十米高。连续几天的穿越，已让所有人肌肉里乳酸大量累积，疲劳过度让我们几乎迈不开步子。但没有人叫苦，没有人后退，在沙海可能瞬间搬移的大漠之中，谁都知道后退和犹豫就意味着死亡，只有向前。四个小时后，我们打破了自己的极限，以每小时五千米的速度冲出了二十二千米长的大漠沙暴。冲出沙暴之后的我们勇气倍增，来到了一块长着两三棵树的平地，六名穿越沙漠的队员紧靠在一起，在一棵大树的前面照了一张合影。合影之中，我们都高昂着头，自豪地庆祝我们自己创造的奇迹。

到达终点后我们稍事休息，“爷”立即告诉我们说，大部队已经比我们先到了。大部队到达停车场一知道我们已走出沙漠，所有队员马上跑出了一千米之外迎接我们参加穿越的五个人。一见面他们就抢过我们身上的重装背包，相互拍打、拥抱，小喻和晁莉莎也向我们跑来。那位“掌门师姐”也已摘下花头巾，露出了她美丽的容颜。有人说，她是第二次跟队穿越沙漠。走在后面的小荣也赶上来了，他说：“没有秦哥那声‘起！’，我是绝对不会从床上起来的。”顿了一下又说，“我算是知道什么叫作重装穿越了！”蓝天在上金沙在下，我们相拥蓝天，相拥沙漠。

沙漠给我的印象是如此深刻，脸上有沙拂面，脚下有沙的摩擦，手臂上有沙粒叩击，浑身上下都似有沙粒藏身，就连头发丝里都似总有沙的隐藏——那种洗不净，抹不掉，抖不完的感觉，是一种“余音绕梁，三日不绝”般的肌肉记忆。伴随着这种身体记忆的还有兴奋感，和登山一样久不消失的身体兴奋感。我久久地处于兴奋状态之中，兴奋的我把往事回忆得更加清楚，也回想得心潮澎湃，于是坐在桌前、打开电脑，写成了这首《轻轻的梦想》：

轻轻地 如蝴蝶的翅膀

把编织了好久的梦想

打上了一个结

我来了

在你迎来的眸子里发现

爱人的热烈还是浓情水长

热热地 如冬天的暖阳

把存储了青春的相思

煮了个滚烫

话短情长

你（我）的眼角眉梢

带着火苗般的激情飞扬

痴痴地 如望穿秋水的鸳鸯

把水波溅起再落在

未知的岸上

烟波留痕

一夜相思生命悠长

你我真的是爱了一场

紧紧地 丢了宿命拣起梦想

把疲惫的心和泪水掩藏

跋涉攀登积蓄力量

天空魔镜

青丝华发还有坚定

地久天长梳短云鬓

皖南斜列山系·九华山

——慈航普度，为母亲祈祷

生活里有诗有远方，生活里不会只有诗与远方。艺泓在国外工作出色，回国后就得到公司的表彰和奖励，公司还兑现诺言，让她担任总公司副总，在管人力资源和技术开发之间选择。她选择了后者，因为技术与开发是她的长项。宗总也找我谈合作开公司的事，我同意了。至于投资资金，我想到了第一视讯集团公司的王董和张总，就是奥运会期间对我说“我们不会忘记你的”那两位老总。他们听我的意图后相当理解，积极支持。

“红马内容制作”公司开张了，我立马投入新的节目内容策划之中。如今，人们对节目的内容需求与品位都发生了巨大变化，短视频、vlog 铺天盖地，原有的《致富故事》在坚守“发家致富”与“改变命运”的核心定位同时，其内容的选择与侧重，表现与叙述等方面必须改革。我们的社会已经向着“生活更美好”的方向转化，人们的视点绝不仅盯着吃穿住行，必须从中挖掘出新的吸睛点。在美食节目遍地开花的当下，我们不能仅从美食的角度去表现农产品的特点与魅力，还应该从消费者的视角去探验食材的优劣。于是我们策划了《美食缘 · 源》节目。而《天天有喜》成为引领新时代婚恋观念和扶贫助创的宣传平台。终于，我们完成了样片制作，并且好评如潮。

在我工作正紧张之时，弟弟没有告诉我一件事——母亲住院做了大手术。从北京回成都后，母亲感到腹部的疼痛愈加严重。她原来也时有感觉，但这时的感觉让她有些不能忍受。到医院一看，她的腹部有个肿瘤，必须马上动手术，否则危及生命。还好，手术及时，肿瘤是良性的。

听完弟弟的叙述我好生难过。母亲在生活困难时期，每周都要带我去下馆子，买一份肉菜看着我吃，临走时还要带一份回家，放在最阴凉的地方留给我吃，说我正在长身体。母亲是临解放前上的不收学费的师专，那时家里已经没有多余的钱管她了，一天只能吃两顿饭。往往中午为了解饿，她会跑出学校去茶馆喝“加班茶”，也就是茶客喝剩下的茶水。茶客一走，她就端起来喝里面的水。

已经到了端午节的前夜，艺泓在外地出差，同事们已经准备回家过节了。我打通了一家叫六联旅行社的电话，打听并落实好具体的事项，然后立即去售票点买了一张站票，直接奔向火车站，准备前往九华山。

第二天天还没有亮我已经下了火车。二十分钟后，我在火车站对面找到了六联旅行社的旅行团，上了去九华山的旅游大巴。我到了九华山，在导游指定的“请香处”请了比别人贵一倍，但导游说“要灵验得多”的香。我比任何人都虔诚地跟着旅行团礼拜了化城寺、肉身宝殿、上禅堂、地藏禅寺。我在各处都捐了“随喜功德”，随喜时，我在心里念叨着母亲。

天上的小雨下个不停，淋了我一身，但我毫无知觉，我满心欢喜。我在“净洁精舍”里见到了据说是难得遇到，有缘之人才能遇到的高僧比丘师太。师太个子不太高，已经九十高龄了，但精神矍铄，面色红润，眼睛很亮，说起话来声音不大，很沉稳慈祥。

我进得门去，马上就被师太发亮的双眼吸引。让我激动的是，还未等我说话，师太就先于我笑吟吟地点头招呼着我，我心里一热，马上点头回应，还想先说几句我不求功名，不求富贵，我只求母亲……但我又是还未开口，师太就慈祥地一指地上的蒲团。我赶紧跪在她指的蒲团上，双手合十，在拜垫上磕起头来，待磕头一结束，我又想给师太说明我来的原委，我的唯一所求……哪知师太已双手合十，抢先向我贺喜道：“全家福，全家福。”她连说了两遍，样子十分慈祥庄严。在师太端详着我说话的同时，我就想起“普度慈航”四个字。

师太一指案子上的签筒，示意我抽签。已过不惑、从小就出入寺庙的我还从未抽过签。我忐忑不安，但也果断地抽了我人生的第一签，拈在手里，交给师太，师太拿签一看，连声说道：“非常好，非常好。”声音竟然婉转如鹂，我怕师太算出我现在不敢奢求的东西，但我也只来得及说“我家里……”，师太又打断我的陈述，接着说：“要转运，很快。”我不知所以，面露疑惑，师太很坚定地对我说道：“不但转运，（而且）转得很稳健。”

我照着站在一旁的助手的吩咐给了“功德”，拿到了助手给我的“第二千签解家宅”，那上面“上上”两字赫然夺目。粉红色的签条上明明白白地写道：“忽然一信洽天飞太山宝贝满船归若问路途成好事前途似有贵人提。”我居然抽到了“上上签”！我泪眼相向，几乎喜极而泣，身体不禁往上一蹿，胸口上的和田玉叩向胸膛，胸膛好似被叩出了回声：我一定要把吉祥话告诉母亲。我给师太和助手深鞠一躬。出门之后，我兴冲冲地往山上爬，爬到了山顶上的百岁宫。

在百岁宫，拜得“无瑕真身”以后，我只想着自己的心事，没有找，也找不到我的旅行团队了。有意无意之中，我避开了拥挤的人群，但兴致丝毫未减，我顶着细雨一个人向着下山的路走去。雨比刚才大了，我觉得身体有些发冷，这才意识到没有像平时登山那样穿着能够防水御寒的登山服。我见庙必停，遇佛必拜。下山的路好似越走越长，一路上我看到了掩没群山的茫茫云海，云海之上露着蓝色的天；我路过无尽的松林溪水、叶绿水清，我听到了阵阵的林涛回荡，我看到了树林里的鸟在飞翔，我遇到了无数树叶掩蔽的黄墙寺庙，这些都仿若地藏菩萨慈悲地看着我，恒念着“地狱不空，誓不成佛”誓愿的场景啊！

我脚步翻飞，奔走得汗水和雨水混合在一起，真个是挥汗如雨。森林里遮天蔽日，偶尔一到露出天空的山崖石头，我就会站在凸出的岩石上呼号大叫，把平日埋藏不露的情绪彻底宣泄。莽莽林海中，我逐渐感到除了泉水叮咚之外四周无比寂静，似乎就只有我一个人在那座山上走，我迷路了，离群了，那山中再无游人。凭直觉我已经离开旅游线路偏东而行了，我陷入了无边的寂寥，我在山峰森林里狂奔呼喊，把平日压抑的心绪都尽情地呼喊出来，没有逻辑、没有次序，只有一句不但清楚而且激起了回声：“母亲平安——”细雨把我的鞋和脚都浸泡透了，我没有疲劳，也没有一丝害怕。我觉得山势渐渐地缓了下来，黄色的寺庙越来越多，或许已经接近山脚（山腰）了？

一座大寺庙出现了。我路过那座寺院一扇开着的侧门，看到两位站在寺门内，主动向我招手打招呼的比丘尼。我觉得她们是在为众生、为世界修行，我给她们俩奉上了一张崭新的纸钞，两位尼姑赶紧施礼回谢，还邀我进去坐坐，我微笑谢绝。

天色微暗，我快步地下山走着，我的周围仍然山无声，水无语，佛无言。群山之中的我头脑却在参悟："对之心亦静，虚白相向生。"（杜甫）这无声不代表无力，也许修行中"去除我执"，"懂得慈悲"的力量、佛的力量，正在这看似无声无力之中加持于常人，要不怎么会"名山大寺僧占多"。

我路过一条清澈的溪流，口渴的我，停下来猛喝了几口泉水。我想，也许佛学的力量不完全在于程式、庙宇，甚至文字中，而在于通过这些途径，让我们对自然对社会有所参悟。参悟透了，就是大言无声，就是大爱无言，就是般若无形。从而也就可以以善良本真之心度事，以超然之心谋事，以智慧之心做事。而一旦有了这"三心"，就构建了人之智者之良心，就可以在"修身齐家平天下"之间构建利己利人的自身世界！何止是佛，老子不是也说"道可道，非常道。名可名，非常名"吗，看来无论是儒、释、道还是其他神仙、圣者均是异口同声！我浮想联翩，边参拜边奔走边观景。

太阳已经完全落下山去了，我终于走到了森林之中的一块平地上，一块看似一无所有的空地。空地边上有一块牌子，写着"凤凰台"。我站在那里，正不知向何处去，却看到了一辆已经启动的旅游车，我唯恐那辆车转瞬即逝，急奔过去问司机去哪儿。司机难以置信地看着我："你从百岁宫来？你知道你已经跑了多远吗？"我不知道，我只知道我像早晨起来看见了曙光一样，在一路祥瑞的曙光里奔跑。那位善良的司机把我带下了山，我心怀感激，邀司机合影留念。下山之后，我在一个小饭馆里买了一瓶好久没有喝过的可乐，还有一瓶啤酒，犒赏了自己一次。

那天晚上，我住在了一间“农家乐”客房里。我冲完澡，靠在床头上打开了电视机，看到了一位中国选手和一位意大利选手的网球决战，激烈异常。我看入迷了，不断为双方叫好！啊！中国选手胜了，她狂喜地倒卧在了异国的土地上，她夺得了冠军！我也从床上跳了起来，狂喜地击掌高呼，一个人手舞足蹈、猛烈拍打着木板床铺，仰卧翻腾在那间农家的小床上。床上的白床单已被我踢蹬得乱成一团。

这不是一次完全意义上的户外登山。我没有带登山杖、登山包，从头到足没有一件登山防护用品，上穿一件 T 恤、下穿西裤，脚上是一双白色的平底旅游鞋，整个儿一个不协调。身上的衣物湿了又干，干了又湿，我只是为了祈愿而登山。

夏天，把外面的空气弄得黏糊糊的，就连无数的知了声也似乎粘连在了一起，分不清楚节奏和高低音。我不理会外面的世界，坐在家里的鱼缸前，静静观赏着那缸优游自在的鱼。这些鱼似乎很懂事，只要我回家一靠近鱼缸，它们就会一拥而上，无数双眼睛马上充满希望地望着我，都想争先抢到撒下的鱼食。随着食物散开，它们也会飞快地散开，即使食物吃完，它们也还心有不甘，游向各个方向继续寻找食物。

我规定自己有时间就来看看这一缸活色生香的鱼，给一直陪着我的它们投食，然后静静坐下，观察它们游泳的姿态。佛学中由戒律而产生定力，由定力而产生专注，由专注而产生智慧，所谓“戒定慧”三学让我的心在观鱼中静了下来。

鱼缸里的鱼，其实对自由十分渴求，它们四处游动，经常触壁，一旦触壁，再折转身体，继续游逛。而只要我把同在客厅的电视机打开，它们也会冲着电视机方向的玻璃壁撞击，你抢我夺、蜂拥而至地听音乐看亮光，继而优哉游哉地游弋。那条身形硕大，嘴唇之上有一块椭圆形白斑的鱼王，在水中的鱼鳞红光闪闪。还有那条尾部有一块菱形黑斑的小红鱼也十分讨巧，总爱游在我面前摇头晃脑。就是这些鱼陪着我和艺泓度过一日又一日，那水里悠然漂动着的红色、那种静静的红色流，给了我们无数个淡定或从容的暗示，让我们能够想到“淡泊明志”这四个字度日。

军都山·小海坨

——行百里者半九十

我劝说了艺泓好多次陪我去登山，但她实在太忙。几次她要和我一起出行，连行装都准备好了，但都不得不在最后一刻取消。七月中，我们说好了要去攀登北京的第二高峰松山，看看夏日山里的风景。和前几次一样，我们找到户外活动俱乐部报了名，准备好了登山行头，买好了吃的喝的，她还跃跃欲试地换上登山鞋，把登山杖拔出又缩进，看到她兴奋的样子，我也对这一次户外充满期待。然而，又是在出发前的两三天，她们公司出了状况，她不得不懊恼地说，只有以后陪我了。

我一个人去了，只当是旅游。和秦岭鳌山一样，北京的第二高峰也是中国国家地理杂志评选出的全国十大“非著名”山峰之一。我早就想去会会北京的第二高峰，据说那里山势险峻风光秀丽，是北京驴友们心中的好去处。还有风传说，北京正在申办2022年的冬季奥运会，如果申办成功，那里有可能成为滑雪赛场。这座北京西北的松山，也叫“小海坨”。

松山，位于北京延庆。那里有华北地区唯一的天然油松林，其油松和其他针阔叶混交林千姿百态，山涧溪水淙淙；山、水、石、林、古、雄、幽、险、奇、秀集于一体。面积有四五千公顷大，山里不但能时隐时现地看到很多古庙，而且有很多温泉，据说一千五百年前就有皇帝在这里凿池子，供贵族和仕女们洗浴。我报名加入了一个队伍，在七月里的一个周末出发了。

上午九点半左右，我们就到了一个叫作“西大庄科”的村子，从这里开始徒步，就可以上山了。

一开始，上山的路非常好走，一路都是缓坡，还绿树成荫、凉爽宜人，走起来一点都不累。不时还可以遇到山泉水从山上流下来，形成河谷、溪流和大小不一的瀑布，给我们的旅途增添不少趣味，还有人开始背诵起古诗来：“空山新雨后，天气晚来秋。”“明月松间照，清泉石上流。”

看看足下缓慢上升的泥石山路，我似乎不太相信，这就是北京的第二高峰？我心里甚至有些不屑：还不如成都盆地周边的山高。我没有高兴太久，脚下的石头就多了起来，坡也开始变陡了，有人说道：“销魂坡快到了。”对，记得散发的资料上说，销魂坡是这座山上最难爬的坡。我看看前面，心里仍不以为意：“还能有多难？”

前面的路很快就消失了，有的只是大块大块的石头，那些石头似喀斯特岩石，已被多年的登山者摸得光溜溜的。不知是早晨的露水还是前一夜下了雨，每块大石头都又湿又滑，石头与石头之间，只有刚能挤过人的石缝。渐渐地，连石缝也没有了，在我们面前就是一堆又一堆的乱石头。这些石头陡峭嶙峋，许多地方也只有脚掌大小的石窝可以踏踩。坡也变得越来越陡，不少路段都是七十度左右的断崖。准备不是太充分的我似乎才知道“马王爷有几只眼”，心里紧张了起来，身上也开始了冒汗。再看看周围，同行者的嘴里也开始喘起粗气来。

一位穿着绿色黑条速干衣的哥们儿紧紧地跟在我的后面，我和他相互鼓励起来。渐渐地，鼓励声也消失了，绿衣哥们儿和我都顾不上说话，只是低着头流着汗喘着气用尽力气地在石头上爬着。湿滑的陡坡站都站不稳，我们攀枝登石，手脚并用，也看不到周围的美景了，心里只是盘算着把这个坡快点爬过去。但一抬起头往上一望，断壁石崖却是望不到尽头，头顶上的大树冠遮天蔽日。我想问问绿衣哥们儿这个坡还有多长，但那位绿衣哥们儿已是脸色煞白。我也觉得体力逐渐不支。我开始感到口干舌燥、胸口发闷，似乎有些招架不住，快要挪不动脚步了，我咬着牙四肢并用。终于，听到前面有人欢呼："到顶了！"我打起十二分精神，向上攀登。终于，我也到顶了。事后，我们才知道，此处海拔超过 1800 米，销魂坡那一段净拔高 600 米。

那山顶上是明晃晃的一片绿色草坪，平整而舒缓。终于到了！我在草甸上面溜达，看着四周连绵的山峰，看着蓝天上的云卷云舒，享受起登顶的快感来。不一会儿，绿衣哥们儿也上来了，我们俩指点江山，激扬文字，不亦乐乎，还不时看着我们刚走过的上山路，等候着后来的同队人。

一会儿后，其他队员也陆续上来了。我正想与他们分享登顶的快乐，哪知领队却指着右边远远的一座山峰说，"那才是松山的最高峰小海坨"，我们站的地方只是"二海坨"。看着那远远的山峰，刚爬完销魂坡的我沮丧得有些泄气，但又一想，既然上了，就必须拿下最高峰！

绿衣哥们儿给了我一瓶水，我感激地喝了两口，看了看眼前宽阔的草甸和远处的山峰，和绿衣哥们儿一起继续前行。脚下的灌木丛和草甸比起刚才陡立的乱石岗来好走多了。我们沿着山脊小道往东走，走在山花烂漫的小道上感觉很是美妙！走过山脊小道，再穿过一片很大的油松树林，慢慢开始上坡了。尽管刚才上销魂坡消耗了一些体力，但吹来习习凉风，透骨地舒服，加之补充了几口水，走起来也还行。我出了一身汗，经过几次大脑空白，再穿过最后的草甸，终于到了小海坨的山顶。一块长四方形的黑色石头立在山顶上，上面刻着白色的字样：松山 海拔 2199.6 米。我们就这样登上了北京的第二高峰！

山顶上早已有三五成群的登山者，我们摆着胜利的姿势拍照。我围着那块黑色石头转了两圈后才发现，别人都是彩色的长衣长裤抓绒衣，还有登山杖，唯有我只穿着一件短袖 T 恤。但我不觉得冷，我穿着那件白色 T 恤坐在石头上拍了照片，贪婪地看着四周的云海和逶迤如链的山峰。稍一低头，我看到了山脚下面竟是葫芦串一样的宽阔水面，阳光之下，波光粼粼，有人介绍，那就是官厅水库。水库连山，山接蓝天，蓝天上的白云轻轻地飘移，对面山上的几只斑羚急驰而过，头顶上的苍鹰盘旋鸣叫，身边的五彩野花簇拥摇曳，如此美景不由令我陶醉！下次，等艺泓有时间，我一定要带她来这里看一看山顶之下的流云滚滚、沧海桑田，还有它们互逐的光影，让她体会到户外运动的乐趣。

太行山南·南太行

——峰立万仞，识得古今风流

艺泓出意外了。她们一行人到了深圳，然后又去了阳江，再深入云雾山区考察。就在去云雾山区的公路上，她们乘坐的越野车刹车失灵，车翻下山路，翻了一两圈才被山上的龙眼树拦住停了下来。副驾驶位上的同事身亡；副驾驶后方的同事腿骨骨折，头部受伤，浑身是血；司机胸部受伤；艺泓左胸一根肋骨断裂。我赶到广州时，艺泓已动了手术，在病床上躺着。她脸色煞白，精神状态极差，一见到我就哭出声来，出乎意料的事故让她猝不及防。我处理好该处理的事务，带着艺泓回到了北京。我又带着艺泓去安定门医院复诊，让她住进医院恢复疗养。她恢复还算顺利，一个月后出了院。我有时间就陪着她，那段时间对跑超市和做饭颇有心得，炖猪蹄炖排骨炖鸡技术熟练，菜出锅常受夸奖。两个多月之后，艺泓的伤恢复得可以下地慢走了。艺泓脸色红润，我陪她照镜子，镜子里的我明显发胖，是陪艺泓吃出来的。

艺泓看到发胖并有些疲惫的我，劝我出去走走，到喜爱的户外去爬山。我打开中国地图，视线扫向中国内陆的九州腹地，我背起了包，背起了我的“红狐狸”，走向户外，走向了险峰峭壁、壁立千仞的太行山。我不会忘记在九华山上，从那位师太精舍里抽的“上上签”，那上面有一句“太山宝贝满船归”。“一根筋”的我，笃定那“太山”就是太行山。

太行山为我国重要的地理分界，自古有“扼太行者得天下”之谓。山以西为黄土高原，山以东为华北平原。发生在中生代的燕山运动使太行山新华夏式褶皱带形成并发育为断裂带，此后新生代的喜马拉雅运动又使太行山强烈隆升。此次我选择的目的地是南太行山。南太行山山体类型丰富，荟萃了北方山水精华，雄、奇、秀、险、幽，特色鲜明，峰林地貌、天湖石泉、绝壁峡谷，雄伟秀丽，蔚为壮观。我在国庆节的前两天搜索到“开心堂”轻装户外队的招募启事，正好还有一个位置，领队阿南给我补上位了，还给我优惠 30 元：“9 月 30 日至 10 月 3 日，总费用 350 元，含全程往返大巴车费、高速费、司机食宿费。”

9 月 30 日，我乘坐地铁 2 号线到积水潭站，在 19 点 30 分之前上了指定的大巴车。车上非常拥挤，我好不容易才找到领队阿南，他是一位四肢修长、动作利索的小伙子。他告诉我，这次是拼车，我们队只有四个人，除我和他之外，还有 David 和天涯两个小伙子。这个车上一共有六七支队伍，我坐定后发现，大部分都是在校大学生，大概是初涉户外徒步，兴奋难耐，高声议论十分吵闹。四十来个乘客加上行李，把整个车厢塞得满满的。那一晚，大学生们就这样唱着、闹着，我就在不知不觉间睡着了。

第二天早上约十点，我们到了山西省陵川县的马圪当乡双底村。陵川？这不就是父亲的老家吗？机缘巧合，出发前怎么就没有意识到？父亲就是从这里参军的，看来我来对了。这儿是我们徒步的出发地。车一停稳，我赶忙下车，眼前的陵川双底村是一个大山之中的小村子，四周都是高山，路边有几家卖当地特产的小卖部和小饭馆，还有一座水泥桥。阿南把我们三个队员拢在一起说，双底村全村也就一百来户人家，还分上双底和下双底。

别小看它，这个村可是黄围山、王莽林、武家湾三个风景区的中心。大家正在观察，阿南转身指着前方："现在出发，我们穿过大峡谷。"我们跟随着阿南，过水泥桥下河道，沿着小路向着峡谷走去。那大峡谷两边山峰高矗，峭壁直立，山体连绵，除了我们行走的峡谷上能看见蓝天外，其他一概被巨大的山体遮住。峡谷之中蜿蜒曲折、峰回路转，不一会儿峡谷边的路就没有了，我们只能下到河床上行走。已近重阳，河床里的水断断续续，我们在岩石中间穿行。河床底部岩石巨大，就好似一块整体的山石被水流分割、侵蚀成不同形状，有高有低，有直有曲，低处装满碧水，高处长着青草。徒步这种地貌别有滋味，我们三个队员在河底石头上蹦跳跨越，虽然辛苦，但也走得兴趣盎然。David 是一位海归，在北京一家环保产品公司上班；天涯是一位放射科医生。他们都喜爱户外，利用假期出来走走。

阿南说，这条峡谷长约 32 千米，早些时候谷深水旺，每一段依地势不同，分为黑猫沟、白径古道、七十二拐石阶、珍稀植物红豆杉树群等。果然，我们边走边看，这些名称还有那么一些意思——黑猫沟确实光线阴暗，七十二拐石阶那段河道就是有漫长曲折、拐不出去的弯。谷体深幽奇险，原始气息浓郁，河床底部三步一泉，五步一溪，十步一潭，清泉流淌、喷珠溅玉；河道两侧大山绝壁如削，怪石峥嵘，造型奇特，行走观望，气势不凡，绝不同于一般的峡谷。我们每走一段几乎都要回头张望，再拍下照片。

走走停停，待到了红豆杉树群时，天色已暗，我们看得不是太真切，但也觉得树枝上大枝展开，叶成条形沿中脉生长。红豆杉是世界珍稀濒危树种，一级重点保护植物。面对黑乎乎一片的大树林，我们不能细观，也只好失望叹息。夜晚的山路艰险难走，加之林深叶茂，我们三名队员都曾迷路走失过，幸好阿南事先发给了我们一人一只铁哨子，都很快归队，没有大碍。铁哨子看似普通，但有时却是户外登山的救命稻草。尽管哨音的传播距离有限，但却是最可靠的通信工具，尖锐的哨音能穿过强风，传播距离远远超过人声，能在呼喊不起作用时发挥作用——比如掉入冰河裂隙，或是在浓雾、森林、黑夜中掉队时。一声哨音表示询问“你在哪里？”，两声表示“我在这里且平安无事”，三声表示“救命”。那晚我们都没有用上三声哨音，但也走了好一会儿，才到了当晚的落脚地马武寨。还没到那寨子门口，就有村民打着手电筒来迎客，开“农家乐”是当地政府脱贫攻坚的重要项目，成了山里村民的重要收入。我们居住的那家 45 元一位，还包早晚餐。吃晚餐时，好客的老板再送我们一瓶当地产的啤酒。吃完后到卧室一看，是和他们家人与其他客人混睡，每人一架小木床。山里冷，人们都把被子裹得紧紧的，分不出男女老少。我们倒在床上就睡着了。

第二天早上我们才发现，这个寨子坐落在四面绝壁之中，就是高高绝壁之下的一块凹地。村民说这里方圆百里、前后左右皆为山环岭绕，地势险要，易守难攻。虽说马武寨是山寨，以前却是按照京城布局，建有金銮殿、梳妆楼、望景楼、宰官楼、校场、诸神观等等以及东、西、南、北四大寨门，故有马武京寨之称。至今部分残址仍存，村民们在地里干活儿还不时会捡到些古时的箭矢、古钱或剑戟残片。我们正和村民议论纷纷、正欲感叹寻古，阿南叫道：“出发了！”

马武寨前面的路就是“一线天”。那一线天是深山之中一段非常狭窄的幽谷，大石横呈、森林参天，大约有十多里地。前后有三个断崖，落差有三十多米。第一个断崖不是很陡，我们攀石拽树走了一段，再走一段树没有了。我们正在忐忑，发现峡谷右侧有一排插入岩石中的螺纹钢条，上面还拴着铁链，我们握住铁链，一步一探，终于擦着断崖下去了。下去之后是一个水潭，潭水中央有一块大石头，好在潭水不深，我脱了鞋，收紧身上“红狐狸”的背带，用登山杖探着水就过去了。过水潭没多远，就是第二个断崖，这个断崖比较高，下面也是一个大深潭，从这个断崖下去有些困难而且危险。我们看到，一群学生在那儿犹豫踯躅，就是不敢下去。见我们来了，那些学生赶忙让开让我们先走。我们先走到峡谷右侧，借助铁链、斜着身体，有时还得紧弓着身体、弯着腰慢慢下去。眼睛往下一看，左侧一面绝壁，毫无支撑物和手抓物体，确是令人胆寒。走到断崖中部，左侧有一个歇脚台，我们稍微喘口气，再拉着绝壁上的铁链——有点像爬西安的万花山——走几步，这儿已经没有路，只能从斜靠着的一捆事先放好的木棍上滑下去，滑下去就到达了深潭的右侧。第三个断崖同样高，下面也是一个深水潭，那水很深，水面如死水微漾，泛着绿光。好在左侧有一条人工凿出来的细石台阶路，低头、曲身、弯腰，步步小心，不能走错半步——半步之外就是悬崖。三个断崖走完就过了一线天，一线天一过，整个抱犊沟最危险的地方就走完了。

抱犊沟里有一个抱犊村，地处太行谷地之峡谷深处，自古以来道路艰险、人迹罕至。乡民的先民择居于此后，牛羊等牲畜都无法用工具运入，他们只得怀抱幼犊、艰难跋涉把它们带入村中——“抱犊村”由此得名。我们路过时看到这儿已经办起了“抱犊村户外接待站”，招牌上写着“一羊多吃、烧烤、露营、写生、团体接待”。在接待站的里面，驴友们还真不少，桌上还有白酒。

过了一线天，就是一个河道，河道里到处都是赭红色的岩石，或平坦或兀立，险奇雄伟。走不多久河道中就断崖林立，断崖与断崖之间深达数丈，看得见对面却又走不过去，煞是奇险，倒是一个取景拍照的好地方。我们正在相互拍照，就听见一个女孩“啊”地大叫一声。原来，这位大三学生没有想到此行艰险，竟然带了一个旅行拉杆箱来徒步。好在她还算机灵，几根带子一捆，那旅行箱三横两竖硬是捆得像军用背包一样背在了背上。刚才她那一声大叫，是因为跋涉艰难，她的“背包”突然就散了架，摔在了地上。

我们看见了河道之中一个特别突出的断崖，好似三面绝壁，断崖下面是一个深潭，崖上却有一个小庙。相传深潭中曾住着老龙王，因此当地人称那小庙为“龙王庙”。深潭右侧是一个险峻的峡谷，峡谷之中又分布着大大小小七个深潭，人们就称这个峡谷为“七星潭”。七星潭地处深山，流水潺潺，时而急湍而下，时而微流细浪，时而平静如湖，人迹罕至，除一些驴友之外，很少有外人踏入。

过了七星潭那一段，我们就进入连绵大山之中，路径似乎在绕山而行，大致就是绕着一个深山之中的一个大深凹，雾气之中几乎看不到边。那盆地里也有山，只是比较矮小而已，我们行走的盆沿才是周围大山的山腰。巍巍太行，气势不凡，在此处可尽情领略。那些山巍峨挺拔，似铜墙铁壁；赭红色的脸膛和身躯，绿色的大树似毛发让人望而生畏；相互之间刀切斧劈，形态各异。阿南指给我们看，一山如四指相并，拇指竖立，分为一山二石、相对而视，阿南叫它“老公等婆姨”，David 取名叫“守望”，天涯叫它“母子相连”，我脱口而出：“盼。”

下午三点左右，我们走到了八里沟大峡谷，它位于太行山南麓的山西与河南两省交界处。我们到达景区往下一看，不由倒吸一口凉气，俯瞰千峰竞翠，远眺黄河逶迤，整个景区全是赭红色的悬崖峭壁，我们就在悬崖峭壁之顶。据说，八里沟大峡谷荟萃了太行山水精华，集奇、险、俊、秀、幽于一体，被园林专家誉为“亚洲一绝”“中华风骨”。想不到啊，我的根、我的老家竟能让我如此震撼！

景区山势独特，下山的三级绝壁逐层下降，重峦叠嶂连绵，嶙峋怪石相望，既有泰山之雄浑，黄山之秀丽，又有嵩山之挺拔，华山之险峻，巍峨壮观，傲然屹立。一路走来，领队阿南的体力太强，几乎是疾步如飞，David 已经跟不上了。阿南没有等他，说反正已经到了，让他一个人慢慢下，下去再找我们。他领着我和天涯沿阶而下，下得惊险，路上却遇到不少往上爬的游人。我们向下，再向下，看得见景区内流水不断，三溪九湾，飞瀑鸣涧，瀑潭连天，水质清澈甘洌，要不专家怎会赞它为“中原九寨沟，北方水世界”？习惯登山的我们也算眼界大开，心旷神怡！阿南再补充道：“这里森林覆盖率达 90%，年平均气温 12 摄氏度，每立方厘米中负氧离子超过 5000 个，是名副其实的天然氧吧。”我举目一看，我们穿过的树林莽莽苍苍，绿中泛黄，从上往下行走的我们，真真儿地把景区看了一个够，它无愧以潭、瀑、溪、湾清幽，峰、龛、岩、洞奇特称绝。散落的景点，如石人迎宾、老子讲道、玉皇宫、静心潭、将军峰步移景异，各有所奇。特别是那个大瀑布如天幕一般，其落差一百五十多米，瀑口宽二十多米，咆哮奔腾，声闻数里，雾雨弥漫，上有七色彩虹飞跨，下有水帘溶洞横穿，钟乳倒挂、石笋林立，水雾蒙蒙，珠沫四溅，奇瑰迷人；再加之红石河河床丹红，流水清碧，红绿相映，色彩斑斓，明丽如画：

峰立万仞，云横渡，识得古今风流。深峡红砂映碧水，摄人心魄锦绣。黄土高原，华北平川，东西舞长袖。山河依旧，天下之脊堪说。

闻道太行八陉，奇兵屡出，皆风流云散。惟忆国破山河时，凯歌奏平型关。公路挂壁。红旗天渠，英雄豪情燃。愚公笑看，气吞山河中华。

心藏《念奴娇》，出得景区门，忍不住再回望身后大山，回望我的老家、父亲的桑梓之地。已过重阳，那山体绿色深重，但已绿中见黄，黄中已是泛红，看得我双眼竟有些潮湿。天色片刻之间就暗了下来，四周一望，身处的那座旅游小镇已是华灯初上，四面八方的背包客穿梭其中热闹非凡。我们赶紧找住处，住处已多客满，好不容易在离镇中心老远的地方找到两间客房，等来David，住下。卸下沉重的登山装备，早早歇息，明天上车赶回北京。家里还有艺泓守等。

青藏高原邛崃山脉·四姑娘山二峰

——透过黑暗和云雾，不要停下脚步

艺泓似乎恢复得还算顺利，慢慢地可以依靠拐杖独立行走，不久就丢掉了拐杖自己上超市去了，还急着要去上班。她绝口不提那次事故，过马路只要和我在一起总会紧紧地捏着我的手，《速度与激情》一类的电影拒绝观看。恢复是需要时间的，我陪着她，常带她到近处的公园玩玩，希望好山好水能让她彻底恢复。

佳婷从好山好水处来北京了，她做购房门店经理的女儿陪她去满洲里旅游归来，路过北京到我家里住了几天。看得出，此行她们母女俩玩得痛快，佳婷显得精神焕发。她们先去了海拉尔，再从海拉尔去了额尔古纳、室韦，再去了莫尔道嘎国家森林公园，然后是方圆八百里的呼伦湖看湖鸥，再去满洲里国门景区，最后到呼伦贝尔大草原游玩。女儿说，为了让佳婷高兴，这两年陪她去欧洲六国、马尔代夫等地旅游了不少地方。艺泓和佳婷也很高兴。那几天我也请假陪她们到水立方、鸟巢、南锣鼓巷等北京的景点玩，吃小吃说趣事。佳婷告诉我万大夫已经回到她老家陕西的大山里当市医院领导，主要是为了陪伴她父母。佳婷说，小时候的文弱书生，想不到年纪大了还爬起山来，艺泓也笑着说我爬山有瘾了。乘着兴致，我们还和仁健、小莉建群聊天，他们状况都不错，用小莉的话说："家国都好。"聊得高兴的我们还约定，找机会约好去一个地方玩。佳婷有些急迫地说："去海南。"那几天大家谈笑风生，大家绝口不提光凯的事。意外还是发生了——一次佳婷女儿说起他们以前在法国旅游时，经过环法公路，看到摩托车队的风驰电掣，还学起了摩托车的轰鸣声，引得一旁的艺泓大声尖叫起来，好一会儿才平复下来。

佳婷母女俩回四川了，几天后，艺泓也上班了，她怎么也不在家里闲待着了。她有好多积累下来的工作要清理，准备元旦加班。

元旦假期近在咫尺，我必须尽快确定一座大山，一座吸引我的大山。一般来说，假期里我已习惯不去游人如织、拥挤得让人快要窒息的风景名胜、旅游景点，我也不会以人会山——根据与驴友的个人关系好坏来确定自己的目的地，而是根据从驴友或者户外门户网站那里得到的登山信息，来筛选一座能够吸引我，而客观条件又允许我去的山峰。两三年了，一座位于家乡四川的山峰一直在我头脑中萦绕，在太白山上老岳夫妇提到过，登灵山时"追风娘娘"说过，登多雄拉雪山和徒步尼泊尔安峰 ABC 环线时 Harvey、老孙和小代也都说起过的那座名叫"四姑娘山"的雪山。我要去！为了把心之向往化为行动，我打开电脑搜索，很快，绿野户外网上"四川省四姑娘山长坪沟徒步＋二峰攀登"一行字映入我的眼帘。我接着看屏幕："向太阳致敬！挑战五千米雪山攀登，触摸顶峰上的那片天空。"我被这一行字和它下面这几排如火的句子撩了起来："这里终年积雪，冰清玉洁，根连地厚，峰插天高，白云浮玉，光摇烟霞，素有'蜀山之后''东方阿尔卑斯山’之称。”海拔5000米以上的雪山！我能行吗？是否应该多想想头痛、胸闷、水肿、意志丧失甚至危及生命的诸多高原反应？我回顾自己登过的山峰，回顾自己在山峰上的真实感受，尽量客观真实地评判自己。我能！我不能被臆想的、所谓细思极恐的外界恐惧占据内心，我要回到自己的家乡去挑战自己。

我筛选了一家标价最低廉，叫作“巴蜀足迹”的户外公司，详细了解了情况，斟酌之后就报了名。对于心里重视的长途登山我会认真细致地准备，“红狐狸”和“紫狐狸”两个包，装得恰到好处。第三天，元旦的前一天，我赶往了首都机场。候机的时候，一位名叫“开心雨滴”的福建女孩与我微信联系上了，她也是这次巴蜀足迹的队友。从微信里感觉到，她以前没有爬过太多的野山，对雪山更是知之甚少，但她热情很高，告诉我：“爬座雪山，走过沙漠，去次草原，看场大雪，膜拜下西藏，是我三十岁之前的目标。”虽未见面，但她的想法却先触动了我，我们相约：“晚上见！”

那天晚上我们却没有见上面。由于乘坐的飞机晚点，我没有赶上当天晚上召开的驴友碰头会。我见到“开心雨滴”等队友是第二天早上，也就是1月1日。早上七点，我一进到我们住宿的红达大酒店的餐厅，就被一个熟悉的女声所吸引，那声音我太熟悉了——那不是艺泓的声音吗？正蒙圈的我不由注目一看，那活脱脱是一个年轻版的艺泓，端正的脸上嘴角上扬，高高的鼻梁上两只大眼睛黑白分明，宽宽的大脑门洁净亮堂。“雨滴！”另一位女孩在叫着这位酷似艺泓的姑娘，那叫“雨滴”的女孩答应了一声，两个女孩子就端着早餐，一起就近坐下吃了起来。我愣了一下，难道真有一个人的声线和形象都能如此统一地与艺泓相像？

吃完早餐，一坐上出发的大巴车，车里就热闹起来。除我外，其他队员都在昨天晚上的碰头会上认识了，彼此要熟稔得多，登山的人一般表情明朗、性格直爽，一上车他们就开起玩笑来。我在车上坐了好一会儿才弄明白，我们这一队一共十二人——两位福建的，也就是“开心雨滴”和她的同伴、刚才叫她的那位女孩“月光骄骄”；还有天津的大刘，上海的成亮，武汉的小刘，南京的瑶瑶，两位四川本地的小午与香菜，还有北京的、也就是我和北京工业大学的在校生小邢，再加上两位领队小谢和小余。这里面香菜、开心雨滴和月光骄骄三位是女同胞，除我和瑶瑶外，全是三十岁上下的年轻人。

“开心雨滴”很活泼，仔细一看，虽是“年轻版的艺泓”，却还是略微地高了一截。一上车，她就来找到了机场相约昨晚未见的我，一路说话也多。她说她两个月前就报名登四姑娘山并开始做准备了，天天坚持跑步锻炼，做攻略，添置衣服装备等。后来知道了老乡“月光骄骄”也是同行，就天天跟骄骄微信讨论去成都准备的进度。骄骄带有典型的福建女孩特点，瘦且颧骨较高，曾经登过一些大山，也劝过还是新手的雨滴不要去太艰险的四姑娘山。开心雨滴也一度后悔自己的决定，可是机票已经订好，就不得不来了。

成都——都江堰——映秀——卧龙——汶川——巴郎山，听起来像是要赴2008年地震灾区一般，其实这都是我们去“四姑娘山”要经过的地方。领队小谢黑瘦精干，对谁说的话都“好啊好啊”地应答，最爱说的一句话就是“根本停不下来”。他介绍道，四姑娘山位于四川省阿坝州小金县与汶川县交界处，由四座连绵不断的山峰组成，它们在3.5千米范围内一字排开，从幺姑娘、三姑娘、二姑娘到大姑娘，其海拔高度分别为6250千米、5664千米（一说5355千米）、5454千米（一说5276千米）、5035千米（一说5025千米），长年冰雪覆盖，如同姿容俏丽的四位少女亭亭玉立于长坪沟和海子沟两道银河之上。瑶瑶，高个精悍的南京中年男人应道："从攀登的角度说，四姑娘最难，三姑娘次之，二姑娘适中，大姑娘要容易些。"小谢接过话头："幺峰没有几个人能上得去，三姑娘也差不多每年都死人，二姑娘也很危险，大姑娘也是不好欺负的。"帅气高大的天津大刘则翻出资料念起来："这里素有东方阿尔卑斯山之称，终年积雪，冰清玉洁，根连地厚，白云浮玉，光摇烟霞，山麓下有五千多平方米的草坪，草坪上百花点点，是登山探险的理想场所。"一时间大家就更加心驰神往。

海拔渐渐地往高里走，大刘小刘都感觉有点头痛胸闷，开心雨滴也开始犯困，但小谢提醒大家不能睡觉，怕醒来时高反。坐在我身旁的小刘与我聊起天来，小声告诉了我他的家事。白白的、有些"小胖墩"的他以前也登过一些山，是湖北本地的山，如神农架、武当山等。他父母是还算成功的商人，经营着一家化工企业，在他大学毕业那年就给他找了家里同为商人的富二代女朋友。结婚后本还恩爱，但两年前他父母因病在不到半年的时间里双亡，其后，那位富家小姐经不住一位在武汉经商的"海龟"诱惑一跑了之，跑得是杳无音讯，连老丈人丈母娘都联系不上。这是他第一次出远门登山，也是驴友之间难得的聊天，虽声音平平淡淡，但他眼里却分明闪着泪光。我猜想，这起码是他出来爬山的原因之一。

渐渐地，路边的雪山出现得频繁了起来，车里的人也变得兴奋。车到巴郎山垭口，路旁的山峰已是白雪皑皑，路牌显示，这里的海拔已达 4487 米。小谢让车停了下来，大家都兴奋地簇拥在路边拍起照片来。那儿真是太美了，四姑娘山依次挺拔，幺妹果然身段婀娜，最为高挑，通体雪白；我们就要攀登的二姑娘山也不输风采，它无声沉默，一面山体看上去如垂直的绝壁一般，连雪都挂覆不住，露出朦胧的褐黄色悬崖，似催人前往。无声正好，它让我等仰望者肃然起敬，但又心生疑惑：如此险峻谁能登得上？登山经历告诉我，来登山的人做什么的都有，但如果简单划分，登山的驴友大致是以时间长短来划分的：如果出来时间为一两天的，以学生和公司职员为多；如果时间再长点的，以白领职业如律师和公司高级职员为多；如果时间长到十天左右，则以自由职业和各种“总”参加为多。当然，也不排除例外，如寒暑假期肯定有老师或学生。雨滴和骄骄就是公司的资深职员。

拍完照回到车内，大家的话一下又少了，我们多被四姑娘山迷人的美与险震撼了，特别是没有见过雪，没见过雪山的开心雨滴等南方人。打破了有些肃静的气氛，小谢讲起了巴郎山和四姑娘山的传说：一位叫巴郎的藏民生了四个女儿，她们一个比一个漂亮，却被年老的土司老爷看上了，向他们的父亲提出要全部娶回家当老婆。四姑娘的父亲巴郎当然不同意，土司就派兵来抢亲。父亲和他的姑娘们在乡亲们的帮助下坚决反抗，土司老爷抢亲不成，就把雪山上的水放出来淹老百姓的田地。焦急的巴郎只有用自己的身体去堵水，可是水太大，靠他一个人根本堵不了。这时候，四位姑娘为了救父亲和老百姓，奋不顾身地把自己变成了四座高耸的山峰。水给堵住了，四位姑娘和巴郎父亲却不见了，所以今天我们遇到的山就叫巴郎山和四姑娘山。一个十分凄美的传说。上车就睡觉，一直未闻其声的副领队小余这时睁开眼说话了：“前面就是日隆镇，各位准备一下，我们一会儿就住在镇上的三嫂家。”

“三嫂客栈”是日隆镇上一家传奇客栈，因为它的主人充满传奇。据说三嫂的丈夫在改革开放初期最先发现四姑娘山的旅游登山价值，他走出大山来到北京的国家体委，建议开展四姑娘山的登山探险活动。从北京回到家乡后，他首先作为向导带着游人开始了登山，不幸的是，一年之后他在一次登山中遭遇雪崩，为救登山客献出了自己的生命。他死之后，他的妻子三嫂独自一人来到了四姑娘山脚下的日隆镇，开起了这家“三嫂客栈”，一开就是十多年。

高个子、眼睛明亮的三嫂见到我们这些远方来的登山客非常热情，并告诉我们日隆镇现在已改名为四姑娘镇了。来自四川本地的香菜也告诉大家，已经改名几年了。镇子的海拔 3200 米，三嫂客栈位于镇中央的街口，是一栋两层楼的建筑。最显眼的是楼上楼下、楼梯墙壁处贴上或者直接写上的以前登山者的留言，以及登山队的旗帜，这些留言和旗帜如一路上经过的山口处悬挂的经幡一般，五颜六色、无处不在。客栈的屋内还算干净，饭菜是四川家常菜，也还可口。但在三四个小时天黑以后，天气骤然变冷，艰苦就渐渐地显现出来，除了喝的开水以外，没有水洗脸，更不用说洗澡了。上海来的成亮走到我和瑶瑶同住的房间来说，他们那个房间连冲洗马桶的水都没有。我赶忙到我们的卫生间里一看，不但水龙头结冰，就连卫生槽里也结满了冰。看来这三四天不但是冷，就连洗脸刷牙都成问题。这让我们这些习惯于野外生活的驴友都有些踟蹰。瑶瑶试了试，还行，床上的电热毯还热。

第三天一早，住在我们隔壁的开心雨滴和月光骄骄给了我们几张湿的面巾纸，还是女孩子心细。成亮也来了，他昨晚有些头疼，与他一样没有睡好的还有天津的大刘，他们都是户外爱好者，在当地都是爬山好手，大刘说起天津的盘山来头头是道，此次来也想登上四姑娘山二峰，却没料到身体一开始就有些不适。好在这一天只是适应性活动，领队小谢说主要就是带着我们到附近的长坪沟转转，海拔也只有 3760 米左右。

长坪沟内，古冰川地貌遗痕随处可见，树冠和树干上干枯的青苔遮天蔽日。那些青苔大小不一，颜色各异，品相各有妙处，引得大家不由分散开来拍照，而四姑娘山总在我们的前方忽隐忽现。领队小谢被散落各处的队员们叫得难以支应，随时都能听见他“好啊，好啊”的应答，更笑言自己“根本停不下来”，尽管队员们事先多做了攻略和准备，但在真情实景面前还是有问不完的问题。此时的长坪沟正是天寒地冻，白色的冰瀑四处悬挂，厚厚的积雪把树根捂得严严实实，那些树多是枯树，大片大片的枯树形成枯树海。走过枯树海就看见一座漂亮的木桥，木桥下的水还带着大片冰碴，但流水却清亮清亮的，太阳光一照，清澈见底，连水底下的石头都反射着波动的阳光。

小伙伴们高兴得不顾寒冷，脱下鞋子就在水里面玩了起来，洗手洗脸不说，还跳跃起身体、拍起了腾空而落的照片，水花四溅。一会儿，不知怎么他们还聊起了红军四渡赤水的故事，雨滴的声音飘过来：“赤身裸体地过去没事，穿衣服过河的都牺牲了。”也不知她从哪儿听说的。香菜是一位三十左右的女老板，脸庞红润，身体匀称而结实，言谈之中好像是小午的上司。她端着一台崭新的佳能 EOS-1DX 相机忙着拍照。除了冰雪树林以外，这里最可拍的就是沙棘果和宛若近在眼前的四姑娘山雪峰。金灿灿的橙色沙棘果，沉甸甸地挂在枝头，有些地方满山遍野，给这个季节的群山增添一抹亮色。四姑娘雪峰明亮耀眼，峻峭挺拔各领风骚，香菜拍得十分尽兴。小邢是大三的学生，留着披肩的长发，学的是影视美术专业，平时酷爱户外，北京附近的大山他去了不少，和我聊起海坨山、东灵山来十分亲近。他身上也挎了一个相机，也在不停地拍。那天，我们把镜头对着远处的四座山峰，等待着要拍到“日照金山”的美景，可惜天不作美，那山显得不太

“金”。那天，拍得最有创意的一张照片是：以几枝压弯枝头的橙色沙棘果作为前景，透过沙棘枝条形成的不规则四边形镜框，四姑娘山的洁白雪峰在纯蓝的天空中傲然屹立，橙、蓝、白三色组合，直到晚上还有同伴在微信上传看点赞。要是有几朵白云飘浮就更好了。

第四天，我们起了一个大早，向着前方的雪山进发。进山之前，我们先走到山脚下的景区管理处，在那栋白楼里，我们看到了景区的地形全图，在那张彩色地形图上，四姑娘四座雪山如列队般从北到南整齐排列，并分别标明海拔，二峰的标注是 5454 米。我们在管理处签了“生死状”——安全承诺书，并各自按上自己鲜红的手印。我的手印是重重的一个食指印。我把大包“红狐狸”交马帮驮运，小包“紫狐狸”背自己身上，随后我们就向上山的必经之路海子沟进发。

在海子沟里，我们走栈道、踏雪地，再上平缓的土路，不一会儿，就是陡峭的山路。这一天，我们要从海拔 3200 米的四姑娘镇拔高到 4300 米的登山大本营。在陡峭的山路上，大家不得不拉开了距离，大刘和成亮看起来有些吃不消，小谢和两位当地的向导前后奔忙，不时能听见小谢“好啊，好啊”的声音，这也已经成了我们的通用“口令”，“口令”之后往往就会连接起笑声。山路之上，我坚守我的原则，死死地跟着最前面的领队小余，哪怕再累也不掉队。走完陡坡之后是高山草甸和高山灌木，小余说那大片的灌木是青杠树，每年的七月树下都会长很多蘑菇，再过段时间这个草坪上就是牛羊点点，鲜花处处，牦牛马帮随处可见。从后面来的马帮追上来了，那上面驮着一些登山者，我们队的大刘和小刘就在其中。他们俩脸色发白，嘴唇也有些发乌，小余说：“这就是高原反应。”

草甸上的路太长，阳光普照，天色湛蓝，一片枯黄，无论我们怎样走，前面的四姑娘山雪峰都还在前面，从左到右依次挺立，看上去清晰无比却也没有变得近一些。一片片青杠树林经过了，深有一尺、尘土飞扬的马道经过了，携带的魔术手巾成了全能巾，又是围脖，又是口罩，又用来遮太阳；彩色的经幡经过了，打尖包、石稍台经过了，到了森林保护站，那里有很多登山客歇脚。我在森林保护站吃过自己带的路餐又开始出发，路边的死牦牛枯骨经过了，遗弃的木房石屋经过了，那诱人的大本营就是还走不到。

已经徒步七八个小时了，我的前后也没有了其他的同伴，我拼命要跟上的领队小余也看不见了背影。太阳已经斜向西山，我一人走得狼狈不堪，汗水早已流失殆尽，脚下的步子变得越来越沉重，头脑也变得昏沉不清，身前身后不见一个人影，身旁的景色早已恍兮惚兮，难不成这也是高反？我的心里只有一个信念：“走，不要停下！”

太阳已经落在山后，前方无际的草甸笼罩在阴影之中，身上的羽绒衣、冲锋衣、保暖速干衣、抓绒衣不知随气温变化来回换了多少遍，背上的“紫狐狸”也显出了沉重的分量，我第一次感到迈动脚步是那么艰难，头几乎抬不起来。我心里告诉自己走十米再休息，但是往往向前走两三米就喘不过气来，不得不停下来大口喘气。真不争气！我抬起脚来命令自己一定要踩到前面约二十厘米处的石头，但就是在十多厘米处脚就落了下来。沿途用相机拍照的事早已省略，只剩下恨自己的无用。一步一步地喘气向前，终于，啊，终于！我听见了喊叫的声音，我努力抬起头来，模糊地看见了山顶，看见了山顶上的小余、小午和香菜，还有骑马上山的二刘在冲我喊叫。喊声我已经听不清，但我知道，大本营快到了！我招招手，大口地喘着气往上走，机械地走，就那最后的两三百米，我差不多用了二十分钟，终于，走上了大本营！

大本营上，小余已经搭好他和小谢的大帆布帐篷、打开炉具开始给我们做晚饭了。那大本营就是二峰山腰上的一片空地，水皆成冰、寒风刺骨，无水无电。炊具、菜、肉、水、帐篷、还有我们的大登山包等都已被马帮驮了上来。我上去喘了好一会儿后，才和要与我同住一个帐篷的小刘搭起了自己的帐篷。使出全身的力气搭好帐篷后，月光骄骄上来了，再过一会儿瑶瑶和开心雨滴也上来了，最后，成亮、小邢和负责收队的领队小谢走了上来，小谢看看表，从早到晚差不多十个小时。

雨滴和骄骄住一个帐篷，我走过去帮她们俩搭起帐篷来。

各自的帐篷一搭好，小余小谢就叫大家一起来吃晚饭。天已经黑了，向导——也就是兼职的马夫早就在地上用牛粪生了一大堆火。大本营的地面上除了冰块就是大块的石头，那堆火把快要冻僵的驴友们拢在了一起。在海拔 4300 米的高度，所有人戴着头灯，背对着卷着残雪的凛冽大风，吃着小余等人给我们做的米饭配鸡肉汤，还有炒鸡蛋和炒莴笋两个菜，真是莫大的享受！

背对大风，站在弯月之下喝着鸡汤的我心里一算，从在北京准备上四姑娘山开始，到住在阿坝州小金县的四姑娘山脚下的日隆镇，我用了约两天时间。从在日隆镇住下，到夜宿四姑娘山山腰的大本营，也就是海拔 4300 米，登顶四姑娘山二峰的出击位置，也只用了两天时间！

我们将在凌晨两点冲顶，也就是说，从 1 月 3 日的晚上跨越到 1 月 4 日凌晨，我们还可以休息三个多小时。

我和湖北小刘钻进我们的帐篷，准备休息。帐篷的四周都被我们用石头掩得严严实实，依照小谢的吩咐，唯有帐篷门上的拉链留了一小段，作为通气口。那帐篷里除了能避风以外，仍如同冰窖一般。地上的石块都在零度以下，帐篷里能暖和到哪里去？我二话不说、赶紧钻进睡袋，从头到脚捂得严丝合缝。就在我关头灯的那一刹那，小刘竟塞了一个小瓶子给我，我闻出那是一瓶酒，能暖和身子的酒。冷得一件衣服都不敢脱的我迫不及待地喝了两口，正喝着，在外面巡视的领队小谢大声喝道："谁喝酒了？不准喝酒，在高原喝了酒不能登山。本来就缺氧！"我犯忌了，悄声还给小刘倒头便睡，昏沉的脑袋竟异常清醒。但我知道不睡不行，竭力集中意念命令自己睡，还真睡着了，直到小谢小余凌晨两点叫醒我们。

算起来已是第五天。一出帐篷，满天星月，跟 iPhone 手机墙纸里首页一样——雪山加星空！这可不是 PS 出来的。我精神一振，收拾行装准备出发。湖北的小刘却准备退出了，他说他一点都没有睡着还有些耳鸣，更严重的是他感冒了。听他一说，我感觉自己也感冒了，头痛不说，还从鼻子里流出了清鼻涕，我的腰也被地面凹凸的石头硌得难忍地疼。我赶忙从侧包里取出两片感冒药，给了小刘一片，自己在黑暗中吞了一片。刚吞下去又听到小谢在黑暗中问道："有没有感冒的？感冒了的人不能参加！登顶有危险！"我又犯忌了！小谢的话音刚落，大刘小刘前后说道："我退出。"说得无奈，但也毫无办法。尽管他们都算是资深驴友，但在海拔 4300 米的地方待着，就已经让有些心动过速的他们难受了。

八名队员在两名领队和两位向导的带领下向山顶发起了冲击，比例为 2∶1。这已经是简约模式了，在多数登山队伍里，向导与队员的配比是 1∶1 甚至 3∶1，如在安娜普尔纳。上山照例是小余在前开路，小谢在后收队。我打开头灯，在黑夜中紧紧地跟着小余。吃力地上了一个陡坡后就是缓坡，缓坡上不是积雪就是冰板，我深一脚浅一脚地走着，不时地一滑一歪，还好，两根登山杖好用，及时地起到了支撑作用。

碎石山到了，那脚下的页岩碎石如多米诺骨牌一样，一踩就滑下一溜，我没上几步就气喘如牛。在高原上的行走已不容我逞能，不是你想往上就能往上走，想爬就能往上爬的，有些时候哪怕你再使劲，决心再大可就是迈不动步。那山道忽上忽下，上多下少，忽左忽右，宽窄不定，直把你身上所有的力气和汗水、所有的信念与坚持折腾得七零八落。出发时一长串攀登的队伍明显地拉开距离了，我喘着气一步一步往上挪，混沌的头脑咬着一个字传递给我笨拙迟钝的双脚：“走！”小余已不见了踪影，一个向导不时沉默如幽灵般地回头用他的头灯照照我，我感到实在挪不动了，气短、胸闷得难受，喉咙像火烧一般。我走个四五步就不得不停下来大口大口地喘着气，我的嘴已张到最大，眼睛好像在不停地流着泪水，两只登山杖现在也已变成了拐杖。我不时停下脚，让两只手腕靠在一起，形成一个 V 形支撑点，然后把头重重地放在这个支撑点上，凭着手腕下登山杖的支撑，毫无尊严地让气体从大张着的口里进进出出，发出难听的、平日里从没有听到过的怪叫。嘴里呼出的不仅仅是气体，一股股苦味直把味蕾刺激得麻木，那一定是反流的胆汁和其他液体的混合物。那在前方的向导却不知到哪里去了，我已找不见我前面闪烁的头灯。好在有别的队伍的人在我的前面，我想，只要跟着人“往上”，就是对的！我吃力地上爬着，不停地听着前面的声音，顺着山路的拐弯向上爬着。瑶瑶和成亮赶上我了，从我身边超过时，我已经没有力气和他们俩打招呼了，我眼睁睁地看着他们走到我前面，木然地听着他们的鼓励。四五步一歇已变成两三步一大歇，喘气的声音又如撕裂的风箱，垫在两只手腕上的下巴已歪曲斜靠。这个早晨，我们要拔高 1154 米才能到达顶部，不知现在才走了多少？正在这时，那向导熟悉的头灯却在我身旁的一块大石头后突然闪了出来，近在咫尺，那声音却犹如幽灵般地从遥远的地方飘来：“到绝望坡了，还能走吗？”有一个词叫“倔强”，还有一个词叫“精神”！“绝望坡？”这个名字让好胜的我燃起了希望，我从向导的口气里听出这是最后一个大险坡。“为荣誉而战！”我吸着牙坚持着，走一步让头重重地落在手腕上歇一会儿，但始终在不停地往上攀登。不知走了多久，我却从前方又听到早已经超过我的瑶瑶和成亮的声音，而且离我越来越近。我彻底蒙圈，是我追赶上了他们？还是他们在等我？正在糊里糊涂，却已经再次和他们俩会合。原来是他们走在下山的路上，与我擦肩而过，脸色紫乌的瑶瑶嘘声说越走越困，再往上走就要睡着了；而成亮则艰难地往外吐着字，说他头部的血管已经往外膨胀鼓起，再走恐怕就要爆裂。他们齐声劝我住下撤，说已经超过 5000 米了，值了！我说不出一句话来，侧着身子让他们从我身边过去。我继续往上，爬得上气不接下气，无论怎么使劲，每一步都只能往前迈出一二十厘米，连恨自己无用的力气都没有了。不一会儿，久已不见的领队小谢上来了，见到我，他的“好啊，好啊”口头禅立即响了起来，然后鼓励说我“棒！”，并告诉我，他已经把开心雨滴和月光骄骄护送回了大本营，再重新上山赶上了我。他瞪大眼问我行不行，不行就往下撤，事关生命，在高原上不能任性，不能死扛！我瞟了他一眼，咬着牙：“行！”小谢拍拍我：“好样的！”然后转身又下去护送刚下撤的瑶瑶和成亮去了。我边走边问向导：“还有多远？”那向导低沉嗓子说：“远着呢。”此时的我虽脑子一片空白，但却横下一条心：“走！”我的脚早已不听使唤，使出全身力气也只能让后脚刚好挪过前脚，心里告诉脚掌要迈上那一块石头，却偏偏是迈上这一块石头！我看看还是黑色的天，镇定了一下情绪，告诉自己：“冲刺已经开始，不着急，我有的是时间。”我停下来的次数多了，让自己喘息的时间也长了，等到差不多呼吸平顺了再往上走，走几步喘一会儿，始终向上。一个从坡上向坡下走的脚步声响起，那脚步声仿佛有些熟悉。是的，是副领队小余！他已经陪同小午和香菜走到上面歇脚，听到小谢对讲机的呼叫，专程下来接我的。一见到我，小余就抑制不住兴奋地大声说：“秦大哥，了不起！”然后告诉我小午和香菜已经上去了，知道我在后面，正在等我。“已经不远，就还有二三十米！”我勇气大增，不用小余的帮助，就自己往上攀，攀过一道笔直的陡坡，再拐一个小弯往上爬几步，我上去了！小午和香菜都站起来迎接我，告诉我，他们也是上来不久，他们也是走一步喘一步上来的！极目一望，一道橙红之光伴着湛蓝色的天际突然撕破黑暗钻了出来，须臾之间，浓浓的夜色就如被烈火点燃一般，在遥远的天际悬成一道红练和与它紧紧相依的一条淳厚深浓的“黎明蓝”。我和香菜、小午大惊大喜，急忙打开相机拍了起来，把这镶嵌在黑夜中的红练与黎明蓝景色收入镜头。然后，我喝了点水，吃了一块巧克力，正准备坐下来享受顶峰的日出，小余突然就冒了一句：“歇够了吗？还有劲上顶吗？”啊！这还不是顶峰？原来，我们待的地方还只是垭口，顶峰离我们还有三百米左右！已到极限、从身体到心理都已经泄了劲的我们，真不愿相信离顶峰还有三百米！也真不愿再抬起腿往上走！

向导征求我们的意见：“还上不上顶峰？上面也就是几块石头。”“就在这儿照几张相，谁也不知道是不是顶峰。”我们相互看着，谁也不先开口。我一根筋加上痴狂病犯了，夸张地大吼一声：“上！”其他两位面色释然，异口同声地说：“上！”拼了！冲顶开始，从垭口到二峰顶峰，全是大块的橙灰色页岩石，倾斜而陡峭，被冻得又滑又冷，我抓扶岩石的手被冻得不能伸直且断裂般地痛。我担心这样下去手有可能被冻掉，用手在“紫狐狸”侧包里一试探，居然找到一副聚酯纤维厚手套！我换上了那双厚手套，顿觉如冰的手暖和了起来。我一块大石头一块大石头地攀登。岩石之上，明晃晃的雪原晃着我的眼睛，我又掏出护目镜，笨拙地把它戴上继续攀登。我们顺着山脊往上爬，山脊上风大，从上到下有一条长长的铁链防护，但那也不能保证安全。小余说道：“经常会有人在山脊上被风暴吹下去，甚至摔死！”也许是休息了一会儿，也许是坡度稍缓而且胜利在望，我没有停下脚步，我不时抬头望望山顶，再埋头一步一步地跨步冲顶。终于，我冲上去了，在香菜和小午之后上去了。我们站在四姑娘山二峰山顶之上环视一周，小余给我们每个人拍了一张以幺峰为背景的山顶之照，又

帮我和小午，还有香菜与向导四人一起拍了一张山顶合影，拍完之后，小余用脚跺了一下那块顶峰上的岩石，说了一句很哲学的话：“就为了这几块石头？”然而，石头做证，我们刚刚战胜了自己，尤其是自己内心里曾有过的那份怯懦。

在那几块岩石之上，我抓紧时间拍摄了已经把黎明的天空凿了一个洞、正喷薄而出的红日。红色的旭日之光，把我包裹在山峰上的“日照金山”景色之中，把我固定在山下曾经仰望的巅峰之上。我上来了，登上了四姑娘山二峰！我爬上了这个高度，曾经劳累缺氧头痛阻挡过我，没准儿死神也曾注视过我，但是，我冲上来了！我登上了如天堂般的神山，我在心里笑道：“打怪升级，我又闯过一关。”此时，天空的黑暗还没有完全褪去，云雾也在山间游荡，我能看见的除了几块石头就是灰暗的天空和刺破天边的红云，还有红云与灰云之间变得不太显眼的“黎明蓝”，然而，这就足够了。我站在这个自己用双脚走出来的高度看到了我生长的世界，思考、忖度过了这个因为爱我必须存在的世界，应该比别人活得更明白的世界！云涌雾绕，在我心里充盈着满足和憧憬的万般精彩，不止是我们眼睛所能看见的精彩，如果我们的内心能透过黑暗和云雾，透过茫茫无垠赋予了自己灵魂的想象，那就是精彩的极致！

我们开始往下撤了，那刚好是1月4日早上七点整。我的长发已被汗水粘成微透明的板状冰块。天色渐渐亮了，只有在下山的途中我们才知道自己的伟大（就说一次自己伟大吧），才看清了自己曾走过的路是多么艰险。我们爬过了无数个碎石板堆砌成的小山，那些阴森嶙峋的页岩碎石板又滑又冷又硬，一条条陡峭的山路急弯猛拐，脚下的页岩碎石路互不粘连，不成形状。此时，我们突然就领悟了小谢为什么要选择黑暗的夜色带我们登顶，因为夜间气候比较稳定，山体冰块融化的可能性比较小。

上山途中几乎无法拍照片，下山时我们就可以拍个够。除了日照金山、雪山、冰凌等路旁的风景之外，大山之间还突然卷起了云海。那云海浩瀚如烟，犹如沸腾的湖水滚动翻腾，直往四面山体上爬升，爬升的浪花快捷而热烈，如同一张张温厚的嘴唇亲吻着冷峻的山体，刹那间就涌到了我们的脚下。头顶之上，金色的阳光普照；双脚之下，云浪朵朵泛着金光，“云蒸霞蔚”这个词被眼前无言的景色演绎得淋漓尽致！面对如此美景，我拍照片拍得忘情投入，一不留神，脚下的碎石一滑，我的身体向前面的山崖扑去。我要收脚但已来不及了，我急中生智向右一侧，右腿霎时成了全身的重心，“哗”的一声，我侧仰着摔在了脚下的石板上。还好，没有扑下山崖，我左手握住的登山杖制动起了作用，我的身体稳定下来。但右腿膝盖内侧的韧带却拉扯得我钻心地疼。不远处的驴友对着云海还在赞不绝口，我站起来了，放眼望去，心里由衷地说：“感谢上天！”

11 点钟左右我们下到了大本营。大本营的队友们——瑶瑶、雨滴、二刘等，远远地一看到我们就直呼“登山英雄”，待到跟前，他们拥上来就是拥抱握手合影。还上前先给我们登顶的人佩戴上“巴蜀足迹”的菱形袖标，当然，后来也给所有人都佩戴了袖标。确实，来者皆为血性须眉巾帼，能来这里的人都有着共同的特质共同的基因，敢于冒险、敢于牺牲、坚韧执着！只不过有些人幸运，有些人不那么幸运。热闹之后，我问开心雨滴：“你怎么就下撤了呢？”雨滴低垂着头：“啊，差点就被大风吹下去，越走越困，就是一停下就能睡着的那种困。领队小谢昨天说了，山上睡着了就可能醒不来了。我心里就害怕。”雨滴又抬起头说，“不过我也满足了，这雪山就在我的面前。领队说我已经上到四千九百多米了。我完成了爬一座雪山的心愿。”

别了，家乡的大雪山！具有“天府之国”美誉的四川西部大部分地区正好处于横断山脉的核心区域，横断山脉是世界年轻山系之一，是中国最长、最宽和最典型的南北向山系，它唯一兼有印度洋和太平洋水系，仅 6000 米以上的以贡嘎雪山为首的高峰就有 46 座。下山的路上，疲惫的队员大多选择骑马，还利用在马背上的悠闲相互聊聊天。

然而，烈日下的山道却被马蹄踩得尘土飞扬，我们被呛得张不了口，都成了土人，只好用魔术巾、围巾把自己捂得严严实实。马道上的蹄沟，有的足有两尺来深，到了这里，我才相信北京的京西古道上那些青石板上的马蹄印真的是被驴或马反复踩踏而成。马背上的颠簸让骑行舒服不到哪儿去，到后来屁股被磨得痛苦不堪，我直想跳下马来徒步而行。

下午四五点钟，大家陆续回到三嫂客栈，本想找点热水洗洗身上几天的汗污尘垢，无奈客栈院子里的地上只摆有几铁盆凉水，我难以忍受，独自窜到黑灯瞎火、不见一人的厨房里，拎了两瓶开水出来凑合着洗了一个头，再把洗头的水倒在塑料桶泡了一个脚，还给了院子里几位女士一瓶剩余的热水。她们都累得懒得动，开心雨滴正在看一本《乞力马扎罗的雪》。潦草洗完之后，大多数人都在院子里玩手机，我忍着逐渐加剧的膝盖痛，拿出了这次携带的那本加西亚 · 马尔克斯的《百年孤独》，无精打采地坐在小塑料凳上浏览，眼睛却管不住似的往四周墙上张望。

墙上贴的是我们一入住这里就见过的，以前攀登者留下的如彩色经幡般的户外运动队旗和留言等。我一面墙一面墙地扫视，扫视着上面的各色留言，看着看着，我的内心开始澎湃。那一行一行的字句，都是像我们这样的户外徒步登山者沉淀在心灵最深处的裸露，炽热、悲壮、遗憾、豪迈、不屈、执着、纯粹，读起来宛如字字掷地有声。一面黄色的中国美术学院硬贝壳户外的队旗上写道："我们七人于 2011 年 9 月 5 日早晨七点半成功登顶二峰。"旁边还附言："最美丽的风景在路上，最美的回忆在远山。"一件被钉在墙上的白色背心上写着："2012 年 6 月 15 日上午十点十五分，成功登顶四姑娘山大峰。"下面写有登顶四位队员的姓名，一面已经显旧的马来西亚国旗："马来西亚登山队成功登顶大峰及二峰。"在一面鲜艳如新的中国国旗上留着浓浓的墨迹："9 人团队，凌晨因为大风，坚持到离垭口 200 米处无奈返回。虽未成功登顶，但终生难忘，在山上坚持了七个小时。"

在一面"中国人民大学自由人"的绿色队旗上，杭州的蔡小米用铅笔写下："天不遂人愿，因暴风雪，二次冲顶二峰失败，我一定会回来的！"而署名"成都大铁牛"写的是："一段年少轻狂的回忆，一个永远忘不掉的二峰，登顶失败，我会回来的！"签名为"曾经的拉萨燕子"在墙上贴着中国邮政明信片："三个女人的三峰之旅，由于天气原因，只差 200 米。我们只差 200 米，还是没能触摸到你美丽的容颜，但我们不遗憾，相见不如怀念，有机会我们还会来的！"另一张贴在一起的明信片署名是"小妖精"："这一次本来是冲三峰来的，怎知道离登顶只差 150 米了，太遗憾了！下次不知什么时候再过来登四姑娘山了。而几段直接刻在白墙上的黑字却是直击心底："我们可以坦然接受失败，但绝不接受未曾拼尽全力的经历！！——冰岩 8848 天南地北山东人"，"自己选的路，就算跪着也得走完！——文世强 杨超"。墙上的"经幡"，风吹窸窣，言之凿凿，不单是对艰难登顶过程的描述披露，而是已被雪山山顶触动心灵之后的肺腑之言，没有矫情和夸张，只有捣撞心底的震撼！二刘、香菜等都注意到了，站了起来，端起相机、手机拍摄。我觉得这些旗帜和留言也舞动起来，舞动出了噼里啪啦的声音，也舞动出了震撼的气势和精神，那是所有登山者的精神，我激情汹涌，一首《暗香》冲出心怀：

映秀卧龙，云海簇巴郎，四姑娘近。幺妹亭立，二姐含黛巍峨吟。客栈满墙锦帜，新笑欲遮旧泪旌：登顶喜，半途遗恨，殒命志未竟。

壮哉，行高寒，四千大本营，骨澈肌痉。夜卧冰岩，丑时出帐雪若银。步缓绝望知难，千钧喘，垭口晓晴。风吹乱石金顶，云端豪情！

香菜收起相机环视一圈，问缄默而饥饿的大家：“你们现在最想吃的是什么？”大家面面相觑，继而异口同声：“火锅！”在寒冷的高原上，热腾腾、香气四溢的火锅无疑是一种奢望，我看看兴奋的雨滴、骄骄，和来自天南地北的驴友们，他们个个垂涎欲滴。

第六天的 1 月 5 日下午，我们到成都后就直扑火锅店，那顿火锅的滋味自不必说，大快朵颐之间，大家却说出了各自来登四姑娘山的动机，火锅的香气与辛辣挑动了围坐一起驴友们敏感的神经。大刘是临时起意出行的，他本准备五一结婚，但却想先用登山的壮举向新娘表达他的爱情；瑶瑶是用此行向他二十年来的户外登山活动告别，因为随着年龄增大，他的妻子已经不愿意他从事这项户外活动；月光骄骄此次登山后就准备结束漂泊生涯，结婚生子了；而香菜和小午对不知谁暗恋着谁，谁最先提议以登山示爱甜蜜地争论不休；成亮和小刘的原因差不多，欲摆脱如影随形的痛苦。而我呢？我一时说不清楚：“是一种喜欢吧？”雨滴善解人意地打断了我的话：“这火锅真解馋！”接下来大家又各自说起家乡的变化，尤其是近两年的变化来：小刘说他们武汉长江两岸变得跟花园一样，“一眨眼都快认不出来了”，大刘说“天津的保税区比现代化还现代化”，成亮感慨“南京是城里日新月异，城外一日千里；出了城一看，原来的农村全是高楼，根本就不认得原貌了”。此话我也有同感，北京的城内变化不小，城外的变化更是翻天覆地，且不说三环四环五环六环已是高楼林立的新城，就是这个区那个县，这个开发区那个科学城都在不断地拔地而起，外貌新颖而神秘，而且绿地成片，碧水环绕，花团锦簇，让人觉得以前的落后限制了我们的想象力。开心雨滴酒酣耳热眉目顾盼，举起酒杯说：“秦大哥，送送我们吧。”我连声道“好啊，好啊”，激起大家强烈附和，齐声“好啊，好啊”地大笑。

那天，我没有去送开心雨滴，我把我那本《百年孤独》送给了她，她也把她手里的《乞力马扎罗的雪》送给了我。我在大家的道别声中离开，我把驴友们的身影和“多联系哟！”的声音留在了我背过去的身后，一瘸一拐地回到宾馆。我也没有顺道回家去看父母，如果就这样瘸着腿去见父母，我不知道该怎么说。好在还有一个多月就是春节，到那时也许腿就能养好，就可以带着艺泓一起回家了。

秦岭·华山

——苦修才能得道成正果

那个春节没能回成父母的家。那条摔伤的右腿已经疼痛难忍，从不愿去医院的我，还是去了北京海淀医院。一位戴眼镜的中年女医生定睛一看，责怪我："怎么不早点来？"说完，立即俯桌给我写上了"右腿内侧韧带严重受伤"的诊断，给我开了"全休两周"的休假证明书。吩咐我，两周以后再来开假条："好好休息，别不当回事。我一次只能开这么多天。"其实，她不给我开假条我也向宗总请了假，因为，艺泓患上创伤应激障碍症。

医生说艺泓的创伤应激症应该是那次车祸造成的。上班后她多疑、焦虑，同事的好多举动她都认为是针对她，一改她以前果断、大度，激励同事勇往直前的风格，她和她的同事逐渐都感到了嫌隙。而回到家里，她常常一激灵就回想起车祸那天，有时门窗等一有响动她就受到惊吓，在玻璃上看到自己的影子都害怕；而有时却又对外界麻木不仁，还常常心悸多汗头痛身体不适等。到了晚上，她入睡困难，坐卧不安。我着急，总想带她到街上活动活动，而她渐渐地对外界丧失了兴趣，慢慢地，竟对外界疏远隔离，不愿出门，而且，就是对她爱吃的火锅等美食也提不起精神，甚至有时还觉得人生毫无意义。

我忍着腿痛陪艺泓奔走治疗，或者说她忍着抑郁陪我去检查换药。那个冬天，我们在北京过得郁闷低沉，一如楼外面时常聚集滞留的雾霾。我们出行困难，相互搀扶，发了脾气相互宽容安慰。我常站在窗户前呆望外面，但却看不清远方和未来。我的腿渐渐好了，艺泓的病却没有什么好转，每天都吃的药好像不起作用。我找机会哄着艺泓订出了严格的作息安排！上午公园活动，中午中睡，下午她画画抄经，我看书；晚上一起追剧，追她喜欢的剧；按时吃药，早睡早起。我们买了菜谱、插花、笑话书籍，我讲故事讲笑话，讲得脸上哈哈大笑，心里苦涩翻滚：艺泓什么时候能康复？

唯一的安慰来自女儿那里。春节之前，女儿来电话报告，她拿到了她的 PR（绿卡），仅仅一年她就拿下来了，遵守了和父亲的约定。她还告诉我们，她已经有了男朋友。女儿长大了，她知道我们的心里在想些什么，电话里她干脆地对我们说：“先学习，机会合适我还会回国工作的。”

女儿的话语把我心里的阴霾撕开了一个口子，让心灵的天空透进了些光亮。

一月过去了，二月过去了，三月过去了，我和艺泓坚守作息，用耐心过着日子，用爱亲吻着日子。阴霾的冬天换成了明媚的春天，艺泓的状态逐渐好了，完全能够自理了，和她的同事闺蜜们又亲密无间了。清明假期快到了，她们三四朋友竟嘻嘻哈哈相约要一起踏青去，说也是给我放一个假。

艺泓和她的同事闺蜜聊得高兴，我一个人开车上了街。好久没有一人出门了，我看到了人们已经脱掉冬装，女孩子已穿上了裙子，飘逸的裙摆竟和街道上新开的花枝遥相呼应。四时有序，花开有期，我告诫自己对艺泓的好转一定要淡定。转了好久我才开车回家，但却不由自主把车直接开到了一家理发店门口。我走了进去，出来时满头的长发变成了明晃晃的光头！已经有太多的事我不能做主，只能反复告诫自己等待、等待，但这事我却能做主——“去掉三千烦恼丝”！当那“吱吱”叫着的推子在我头上纵横之时，我看着对面镜子里逐渐陌生的自己笑了起来，边笑边想，那些做文身、打耳洞、戴鼻环等行为，也许不独是一种人生无奈等复杂情绪的表达，抑或也是一种滋生于内心的抗争？无效，但却对自己有吸引力。

光头的我只渴望冒险，似乎只有冒险祈求才能换来心中所愿，犹如僧人修士一般，觉得只有苦修才能得道成正果。只有冒险才能换来自己曾经的祈愿。哪儿最险呢？华山！自古“华山天下险”“奇险天下第一山”。对，徒步登华山！不是旅游，我将以爬野山的姿态去攀登这座山。

秦岭华山，在陕西华阴县城南，海拔 2200 米。它北眺黄河，南连秦岭，“中华”“华夏”的“华”，就源于此山。它的东、西、南三峰呈鼎形相依，为华山主峰；中峰、北峰相辅，周围无数小峰环卫而立。所谓“自古华山一条路”主要是指从青柯坪往主峰攀登的险道，仅南北一线就约有 10 千米。青柯坪与西峰的高差达千米，而水平距离只有六七百米，若要攀登这千米危崖须经历五大险关：千尺幢、百尺峡、老君犁沟、擦耳崖、苍龙岭。途中几乎无路不险，无险不路。

想到一个“险”字，我的腿伤就消失得无影无踪了，艺泓也摸摸我的光脑袋说："去吧，去尽情地野一次吧。"我按照登山的要求准备行装，登山鞋、登山杖、冲锋衣等一应俱全。还有帽子，我不能光着我的脑袋一路招摇。

清明节的前一天傍晚，我来到了华山镇，找到一家当地粮食局开的小旅馆，住宿条件一般。我不在乎，我不是来享受而是奔"险"而来的。为了避开节日的人流，第二天早上五点半我就已走到了玉泉院门口，早得就连门卫都还没有上班。我直接迈过去，上五龙桥，石门、毛女洞、响水石、云门，随着天色放亮，我发现了华山之险，我路过的花岗岩石壁犹如刀切斧削、直插云天。

山峰峻秀，巨大岩体多为以北纬20度向西走的节理和断层，峻秀的山峰上突兀而出许许多多奇形怪状的岩石，岩石之上时有松树傲然屹立。青柯坪到了，在海拔一千多米处的这里已能看到华山是处处山峰，处处陡峭。果然，过了青柯坪山路更险、更陡、更窄，没有经验的人如果到此上下左右地一看，往往会晕山。因此，前面的路旁有一块"回心石"在等着你——如果此时回心转意还来得及，过了此时就没有回头路，只能壮着胆子上了。我加紧了脚步，很快，险要的千尺幢、百尺峡就到了，山道笔直，没有一点胆量上到半道腿肚子确实会打哆嗦。这时，想下去根本不可能，山道狭窄已是错不开人了。再往前走到了低头石，只能低头缩腰委身向前，老君犁沟脚下步步艰险。终于，我到了海拔1614米的北峰，那座突出的山体上镶嵌着黑顶红柱的建筑群。终于，我看到了那块金庸字迹的"华山论剑"碑石。我举杖为剑，与碑石合影。我折身西返，来到擦耳崖，过客只能与岩石侧身擦耳挪行，那下面是深不见底的断崖。刚一过去抬头一看，两面都是悬崖，呈45度角的苍龙岭就在前面，我走过去了。金锁关到了，前面是一面几乎垂直的断崖，我上了断崖往右行到了西峰，西峰海拔2086.2米，是华山最美的山峰，但见险奇雄峻尽收眼底，其险惊心动魄，其奇鬼斧神工，其雄巍然屹立，其峻卓尔不凡。我面山向谷虔诚祈愿。此处游人太多，据说有昨晚在这儿露宿的。我祈愿拍照后赶紧离开往左直上。路途同样险峻，过孝子峰后我登上了南峰，南峰海拔2154.9米，是华山最高峰。我再下行往右，走过了长空栈道和鹞子翻身，这两处皆为华山险道，就说鹞子翻身这一处，其路凿于倒坎悬崖之上，正视唯见垂于凌空，不见路径。路人至此需面壁挽索以脚尖探寻石窝，交替而下，其中几步须如鹰鹞一般，左右翻转身体才可通过。我过了这几处险道，来到海拔2096.2米的东峰，这里是观看日出的最佳处，我不敢停留，过华岳仙掌到了中峰，中峰海拔2037.8米，又称玉女峰。五峰走完，我一路狂奔而下，在天擦黑之时到了“智取华山八勇士纪念碑”，我注目行礼，当年他们是用兵如神，独辟蹊径啊。待我回到华山镇的陈抟塑像前，天色就完全暗了下来。吃过饭，一人入住，我拿起笔填起了《木兰词》，以记录还未退去的激越：

疾步陡峭鸡未醒，千尺幢上飞风景。苍松倚石欲向天，浮云簇峰止步吟。

山兀道险疑鬼岭，斧劈刀削遗神鼎。华山仗缨论长剑，棋亭英雄道远晴。

一天的台阶路走得我肌肉发酸，似乎没有野山上的路走得舒服，但我不觉得累也不觉得险，也许是旅游区的道路已经拓宽，再加上险段铁索防护的原因。我也不觉得饿，或许已经饿过了劲。回想这一天从天黑到黑天的旅程，我心想，多亏了这些年的锻炼和登山，我才能在一天之内走得满眼风光无限，一步画屏一步诗。走遍华山主峰险要，到处人声鼎沸，到处喜气洋洋。

女儿要办喜事了，她和她的未婚夫决定在国内的初夏，也就是他们那里的初冬结婚。我和艺泓一起去参加婚礼。

一出悉尼金斯福德·史密斯国际机场，女儿和她的未婚夫小曹就直接把我们接到另一个机场，乘机去塔斯马尼亚岛玩。到了那个机场，再提取 SUV 轿车，一起坐车到了里奇蒙（Richmond）小镇看瀑布。他们租好了霍巴特（Hobart City）的一栋山间别墅，霍巴特是一个充满异国情调的海边小城，住下休息后又带我们去海边吃饭。接下来一个星期就是小曹开车，带着我们满岛跑，去看野生动物和海豚，去摇篮山看风景，去薰衣草庄园看风景，买填装薰衣草的玩具熊和薰衣草香的冰激凌。在那个庄园里，我们国家主席和夫人来访的照片摆在最显眼的地方，让我们备感亲切。然后再去酒杯湾看世界十大海滩，去玫瑰小镇体验小镇风情和一座石桥的风采，那石桥飘逸俊朗、倒影清晰，是让动画大师宫崎骏产生灵感创出《魔女宅急送》的地方。最后一天上了威灵顿山看霍巴特全景。两个孩子全力陪伴我们。

亲家也从国内赶过来了。喜庆的婚礼开始了，孩子们租了一艘上下三层的游艇举办婚礼，一层办理结婚手续，二层举行结婚典礼，三层用于观光游览。下午三点，结婚仪式正式开始，由一位民事行政人员现场签发结婚证书，她是一位举止优雅的中年女士，一头金发、穿着得体的她将证书用双手递给两位新人，并送上甜蜜的祝福话语。在音乐声中，我挽着女儿的手从船头的舷梯上缓步下来，步入现场，由我把女儿亲手交到新郎的手里。接下来是新郎的父亲讲话，然后是我致辞。我意识到这是一个庄严的时刻，一个我把自己的女儿交给一位陌生人的时刻。在艺泓泪光闪闪的眼神鼓励之下，在高朋满座的结婚现场，我的致词凝重而沉静：

这些天，我努力让自己平静。虽然身体已经放松，但我感受到这条曾经天天抱我女儿的左臂上面的温度和重量。

先说温度，从闺女一出生，她软软的身体贴着我，依附在我的胸口，我都能感到暖暖的、热热的，直到今天感受还是强烈。二十多年了，这个温度时刻温暖着我，也成了我人生奋斗的动力。

我的喉咙和眼睛都有些发热，我扫了一眼台下正紧紧依偎在一起的女儿女婿。

再说说重量，开始是轻轻的，如一团丝绵；再后来慢慢重了，重得我觉得有了分量；再后来我抱不动了，也举不动了，得用自行车驮，再用汽车载了。但是，不管是抱着、推着，还是长大后的女儿坐在汽车副驾驶位置上，我和女儿都一路欢歌，女儿也曾说："爸爸，我给你带来多大欢乐！"时光流逝，那种重量的感觉至今也仍然强烈。

其实，这种重量就是责任。今天，我把这种责任传递给我的女婿。

…………

现场寂静得没有一点声音，我看到了来宾中间同龄人，女儿女婿的留学生同学们眼里的泪光。

仪式过后我和艺泓上了游艇的顶层。几个小时了，那艘漂亮的游艇一直在悉尼的赌场港口（Casino Wharf)、爱情港、大铁桥与歌剧院之间来回穿梭，天色已经从湛蓝的晴空变幻为漆黑一片，但悉尼湾两岸的灯光璀璨，远处还有人放起了彩色的焰火，照得整个港湾如白昼一般。我心情激动起伏，和艺泓一起依靠船舷，享受着周围的灿烂与美好。艺泓脸上的笑容甜蜜而静谧，我却不由想起了熟悉的上海外滩、北京天安门、甚至边境小城满洲里的夜空，它们的璀璨与银河相连，再连接子夜、黎明与正午。昼夜相连、阴阳和合、悲喜交加。在我们已经经历过的一会儿加速一会儿失重的世事中，我有时怯懦有时勇敢，有时逃避有时寻找。“始若怯，终必勇”——终于，我给自己找到了一位朋友，一位忠实可靠、亲情深厚、喜庆时与我相守，危难时与我同在，随时能够帮助我承受一切灾难的朋友，它的名字叫作“大山”。我多少次越过艰难，翻过厄运，闯关升级就是因为它是我的靠山。就算我真的跌倒，我也相信它会接住我，让我跌倒在它的身上，气定神闲地醉卧在这位名叫大山的朋友的身上。

青海巴颜喀拉山·年宝玉则

——高峰无限，不断超越

回北京不久，艺泓开始上班。我在工作之余摊开了中国地图，寻找那座我这次要奔赴的大山。我在状如雄鸡的中国地图上思忖。我找到了，与其说找到了，还不如说心里就认定了——位于青海省巴颜喀拉山的年宝玉则。早前，驴友们的描述让这座山化成了我心中的一朵莲花。自古“莲花化生”，于是，我预先订好行程，请假，准备行装，八月下旬出发，一刻也不耽误。

这次是重装出行，我把所有的吃穿用都装进我的大登山包里，8月一个周末的晚上，我到了成都，报名的是和年初登四姑娘山同一个探险队“巴蜀足迹”。到达的第二天，早餐后我就与队友们在酒店大堂集合，然后坐上中巴车，经成灌高速抵达都江堰，再逆岷江河谷而上，经汶川、鹧鸪山隧道、刷马路口直到“寺庙之城”阿坝县。寺庙之城名不虚传，还未进城就看到座座寺庙的黄墙金顶，而以格尔登葛丹乐谐林寺为首的寺庙金碧辉煌，气势恢宏，是有名的藏传佛教格鲁派寺院。大寺旁边的一条河流之上，彩色经幡贯穿两岸，站在汉白玉石桥上竟望不到头。湛蓝的天空之下，幡叶招展、煞是壮观。初次见面，队友们的心情也似随风而起，纷纷举起手机，把这一美景收入镜头。余兴未消，我和六七个队友又拐进了街上的一家藏式奶茶店，就着甜茶，谈着过往，一谈起美景更是味比茶浓。一路上的草原风光、还有刚路过的红原县县城以南、查针梁子处的“长江—黄河”的分水岭，都让大家激动不已，举杯欢饮。

第二天上午九点左右，我们乘那辆中巴出了四川阿坝，到了青海省的久治县。再行 47 千米，那巍峨的年宝玉则群山就出现在我们的眼前。群山与我的想象不同，在连绵起伏的青绿色山峦之上，一群灰白色的山峰再从青绿色山体中拔地而起。那些灰白色的山峰如一柄柄利剑直刺苍穹，而每柄利剑无论剑身长短，都被或浓或淡的云雾缠绕，给挺拔的山峰平添了几分险峻、几分妖娆。

车里的气氛被那些险峻与妖娆撩起来了，快门的“咔咔”声不绝于耳，浙江的老冉拍得兴起，从窗户探出头去，仿佛听不见他老婆让他把头伸回来的叫声。此行一共十人，浙江的老冉夫妇加他们一男一女两个青年朋友，据说都是教师；广东佛山一对夫妇带着他们刚考上警官大学的儿子；无锡的一位园林规划师、广东省政府的一位公务员，他们在成都第一晚的碰头会上就相识了。天高云淡，五湖四海，众驴友欢声笑语。

也就再走了十多分钟，那中巴车就停了，停在“青海久治年宝玉则国家地质公园”大石头前。队员们高兴地跳下车来，我们知道，我们徒步的第一个景观——海拔 4000 米的仙女湖到了。我们奔向湖边，举起相机选景拍摄。那湖景根本不用选择，只要举起相机把景色收入镜头就会是好照片。波光粼粼、或湖蓝或碧绿的湖面，还有后面背景的青草高山与再后面的灰白色峭挺山峰、云雾缠身，真的是摄人魂魄，所有人都陶醉得噤声不言。哪知，就在片刻之后，天上却突然落下雨水，还有冰雹。黄豆大小的冰雹密密麻麻、倾泻而下，砸得我的脸和头顶生疼，这是我有生以来没躲没藏第一次挨冰雹砸。痛并快乐着，我们赶紧跑到停车场旁边的屋檐下躲避。那屋檐只有十几二十厘米宽，我连忙找出户外雨衣遮住身体。

冰雹停了，落在地上满满一层。但雨却一直在下，大家不想等了，领队也说今天必须走到妖女湖那头扎营。走！于是大家披着雨衣沿仙女湖边往妖女湖走。一路都是荆棘灌木丛，随时都会遇到浅滩泥沼，加之天上下雨，脚下走得磕磕绊绊，刚才还斗志昂扬的队伍已是狼狈不堪。先是佛山的一家三口掉队了，再后来浙江那四位也落在了后面，前面就只剩下我们三人了。但好在灌木丛里路径明显，我们就沿着湖边穿梭前进，走着走着，灌木丛就漫过了头顶，路径的分岔也多了起来。领队“流星雨”去照顾后面的队友了，我们前面的三人也开始各走各的。我的户外简易雨衣早就被树枝扯刮得七零八落，眼镜上的水雾也时常让双眼迷糊，我顾不了身上是否已经打湿，不时取下眼镜把镜片擦清楚再走，判断脚下的路径。就这样一个人走走停停，停停走走，身上几乎湿透了。好一会儿，后面由远至近地响起了窸窸窣窣的声音，听着也是谁在费力地找路和挪动脚步。我不由慢了下来，一瞧是那位公务员，她的身上也淋透了，头发几乎黏在了一起，还在往下滴答滴答地滴水。我们相互看看彼此，都觉得好笑。两人同路，胆也更壮了，相互提醒，一起辨别着前进的方向，速度加快了，雨也似乎小些了。但是，我们俩人还是落后了。待我们穿过一片深深的荆棘树丛，就听见了前面有人喊，是领队和其他队员在呼唤我们。原来，我们走了弯路，其他队员在领队的带领下走近路已经超过我们了。走过一段百米长的细流，我们走过仙女湖到了妖女湖与大部队会合。众人一起吃完路餐，又赶紧赶路，一路上湖光山色，青草野花，我们终于走到了妖女湖的尽头，然后打开各自的帐篷，开始扎营。多亏了登山包性能良好防水，帐篷等物件一样没湿。领队开始做饭，队员们休息。吃完晚饭以后，我独自一人坐在湖边一块大石头上，静静地看着清澈湛蓝的湖水映照着天上的白云，雾气在水面轻覆缓移，水面波光点点闪烁，确有几分妖气。一路上大家都在讨论着仙女湖和妖女湖的区别，却又莫衷一是。此时我在脑海里把画面一回放，却渐渐地清晰起来：仙女湖如一位静卧的少女躺在身后的年宝玉则神山之下，愈显高洁；妖女湖则在年宝玉则的侧峰挤压下变得狭长曲折，状似蛇妖。而无论仙女还是妖女都让游人陶醉。

第四天天刚放亮我就出了帐篷，眼前的景色让我一怔，水面如镜，镜中的倒影栩栩如生。远处的年宝玉则山峰静穆秀美，山峰之下巨大的冰川熠熠生辉，缕缕白云如纱如幔，在座座山峰间流云徘徊，而我身旁的妖女湖湖水将这所有的一切都尽情地纳入她的怀中，那绿野仙踪，雪山镜湖的景色直把你的心融化！

我们早早出发，这一天的徒步线路是从妖女湖翻越年宝玉则垭口，再到日干措湖营地。也就是说，今天要翻越此行的最高点——年宝玉则山峰的垭口，再下到 3900 米的日干措湖营地。早上一出发，就总觉得好像少了一个人，但只顾赶路的我也没多问，还是规划师细心，他弄清楚了，原来佛山的那位丈夫昨晚就骑马撤出队伍回阿坝县城了。也是，昨晚宿营地 4000 米的海拔不是人人都受得了的。他的妻子和儿子让领队帮他雇马回撤。在高原之上安全第一，必须量力而行。

我们向着山垭口走去，虽是拔高有点辛苦，但一路上却是一片又一片金色花海，美得我无法用文字形容，公务员却点评道："美得有点不讲道理！"真好！擦着汗水，看着美景，更有一种难以言喻的陶醉感！陶醉得那对浙江的姑娘小伙开始在山路上嬉笑打闹。"高原上不准打闹！"被领队制止后，那小伙不知什么时候不见了踪影，就连那姑娘都找不到他了。大家正在着急，流星雨却急忙安慰："没事，他以前做过领队，会回来的。"又走了好一会儿，正当大家汗流浃背，心里叫苦之时，竟看到一面山坡上六七位藏族妇女和儿童正在放牧。牦牛牛群散落在他们身旁悠闲地吃草嗅花，小孩们四处嬉闹，一两百米远处是正在冒着炊烟的小木屋。徒步的我们受到鼓舞，加快脚步来到他们身边，逗着小孩拍着照，这些妇女和小孩子也很配合，女人们拽着孩子给他们擦着脸或者喂着水，笑着让我们拍了个够。那浙江的小伙子也笑眯眯地不知从哪儿冒了出来。

收获了好照片，我们心情大好，抖擞精神继续攀登。攀登的路却越来越难了，草地和野花越来越少，交错相叠的大岩石越来越多。根本就没有路了，眼前只是越来越陡的石块。规划师不行了，他脸色发青，嘴唇发黑，气息也乱了。他变换行进的方式了，佛山的那一对母子也听从领队的建议准备变换方式了。看得出，他们体力早已不支。负责收队的流星雨不得不去找牧民雇马，让他们骑马行进。我紧跟着流星雨往上冲，他说，冲顶要经过五个平台，全是大岩石挡道，只能手攀脚蹬，四肢并用才能上去。我还是老办法，死死地"咬住"领队，也明确地意识到自己有耐力却无冲力，于是，我把登山杖收了起来，勒紧背上的登山包，开始按照自己的节奏走。走几步，挪不动步了，喘两分钟再走。一个平台，两个平台，三个平台，看看山顶，再看看四周，我的自信回来了。我也明确地知道自己在队伍的前列，我不管左右，咬着牙按照自己坚持的节奏，埋着头一直走。第四个平台、第五个平台——“到了！”我听到了上面流星雨的高喊，抬头一看，扯在山上垭口上的五彩经幡就在我的眼前。我用尽最后的力气手攀脚爬，登上最后一块岩石，站在垭口之上。喘了一口气以后，我回头望去，公务员仅落后我二十米左右，她的后面再三百米才是浙江的那四位，在我们身后无数块巨大岩石后面才会隐约出现那三位改徒步为骑马的队友。领队流星雨靠近我和我击掌相贺，然后指点江山，说我们已翻过了海拔 4550 米的年宝玉则垭口，正在从山脚看到的陡峭的灰白色剑刃的上面，还说主峰海拔为 5369 米，终年积雪，它周围有面积 8 平方千米的高原冰川……我们的情绪被他点燃，他也难以自已。“言之不足，歌之；歌之不足，舞之蹈之”，他率先在垭口玩起了腾空跳跃，童子拜观音，横空出世，阔步向前，好体力的他似乎在空中悬停，动作个个标准。公务员和我也都腾空跳跃，留下难得的瞬间。人生能在如此海拔高度恣意折腾，岂不快哉！但公务员毕竟是公务员，就是跳跃也不忘拉上连衣帽，把脸遮得严严实实，不露真容。然而，玩兴高涨的她还是和流星雨玩起了组合，他们俩仰身引体，两头相对再下腰，形成两个相连的弧形，引得新上来的浙江男人高声喝彩，也马上腾空跃起，来了个鞍马上的平衡动作。看得出，他的体力也不错。从他们恣意的体态中，不难看出一种包裹不住的向上腾跃的力量。人生有奔腾有停滞，在人生的上升通道达到一个点时，我们不能让这个点凝固不动，而应该点击刷新，重新注入生命的活力，或者重新组织重新思考自己存在的意义。那位浙江姑娘喘了一口气后也和流星雨合作，表演了一个武打动作——她折身腾空，流星雨向她侧身猛踹，那脚仅离那姑娘收紧的腹部10厘米距离。看来，平日里都没少练。大家玩嗨了，最后骑马上来的三位，缓过劲来后也和大家一起收住呼吸，奋力来了一个群体腾空。玩够了，大家就沿小路，顺着山谷往下走。哪知却是烈日当头，愈走愈热，一路暴晒。高海拔的山坡上，乔木早已消失，也几乎没有灌木丛可躲阴凉，所有人的头和脸都生生地被晒得发红发烫。我们把帽子、防晒油、魔术巾等装备全部用上了。但是效果有限，我的身上也被烤得湿热难忍。不过也好，把昨天淋湿的衣裤、鞋都挂在登山包上晒干了，而且全程冰川山峰相伴。累了，景色赏心悦目；渴了，还有山间的矿泉水可喝。就这样我们走到了上日干湖，再沿湖行走，下午四点多终于走到了下日干湖。于是我们扎营休息，晾晒登山包里昨天被淋湿的内衣、鞋垫等。吃过晚饭，又是黄昏。我仍是一人独行，沿溪流向上，走到了一两千米外的沼泽、乱石滩。此时的天空还有最后一抹如血残阳，脚下却是水色潋滟，流水绕石，淙淙作响。绝美的景色把我笼罩其中，我不敢辜负，举起相机一阵猛拍，直到乱石沼泽周围漆黑一片。夜色中的我，如站在茫茫原野，四顾无物，寂静无声。宁静致远，一个问号在黑暗中闪光："我为什么要爬山？"上世纪20年代，一群记者曾举着镁光灯，高声地询问将要第二次出征，攀登珠穆朗玛峰的英国著名探险家乔治·马洛里："你为什么要登山？"马洛里作出了被后人奉为经典的回答："Because it is there!"（因为山在那里。）说完这句话后不久，他就出发攀登这座高峰了。可他没能回来，他的生命永远地定格在1924年6月8日这一天。而他的遗体直到1999年才被发现，带给世人一个未解的谜题：他和他的同伴欧文登上珠峰顶了吗？此时，没有人问我，我是在自己问自己："你为什么要登山？"

黑暗静谧中星光在我头顶闪烁，我找了一块上面长有苔藓的石头坐下，凝神静思良久。或许有人有想摆脱甚至逃避烦恼与痛苦、寻求重生力量等多种原因，但我的内心似乎永远有一个声音在呼唤：你必须超越自己！是一种不断超越的力量在促使我登上一座山，又不断看到前面更高的山。这就解释了我为什么爬上每一座高峰，在欣喜之后，很快就会体会到突然袭来的失落感。因为，前面有更高的山在等着我。死人和活人的差别在于，活着的人要出一口气，然而若要畅快地呼吸，其实面临无尽的压力，社会的、事业的、家庭的、朋友的、环境的，如果要摆脱这一切压力，就必须不断地适应、调整、挣扎，必须超越原有的状态。不断地超越，才能使自己底气十足，气宇轩昂，气贯长虹。高度决定人的眼界，眼界又决定人生的高度。我的自问还没有结束："我还会登山吗？"会的，因为内心里那个追求超越的声音不会消失。因为群山无限，高峰无限，登上每一个山峰之后都会有不同的山峰在等待，再牵引出不同的梦想。梦想灿烂，我抬起头来："就像这夜幕上的星星。"

第五天寅时，夜幕低沉。漆黑的夜里，沉睡中的我却被一种陌生的呼吸声吵醒。帐篷之外，准确地说，就只隔着一层帐篷布，"轰轰"的声音在耳旁，震得耳膜嗡嗡作响。声音还不停地在我头部四周移动，我还能闻到一种动物浓重的臭味。这种声音每一声都那么沉重，那么冗长，就像是在重压之下的喘息声，那只能是一种大型动物发出的呼吸声，还伴着让大地震动的脚步声。四周被黑暗和寂静包围，我不免吃惊，躺在帐篷里一动不动，任由它热乎乎的气息喷压在自己的脸上；再仔细辨别，在这海拔 3900 米的地方会有什么样的动物？脑袋里的图像一个一个地闪过——熊？狼？牛？羊？更奇怪的是，周围怎么没有一点声音？帐篷里其他的人呢？领队呢？过了好一会儿，我才听到离我最近帐篷里那位青年规划师的小声咳嗽。我也咳嗽了一声，他马上问道："大哥，你听到声音了吗？"我说："能听不到吗？就在耳朵边和帐篷周围。""你说会是什么东西？""我不知道，我也在想。"规划师的帐篷里没有声音了，但翻身的声音却时有响起。我忍不住了，对他说道："这样怎么睡得着？咱们起来看看，弄个明白！"他犹豫了一阵，答应了。我们穿好衣裤，戴好头灯，举着登山杖，"一、二、三"一齐钻出了帐篷。帐篷之外，只听动物四蹄慌乱跑动，踏得地动山摇。我们用头灯直照前方，那动物就在面前，体形比我们大好几倍，通体漆黑，满身披着长长的毛。定睛一看，是牦牛，足有十几二十只牦牛。看到我们和我们头上的灯，它们先是惊慌地退后几步，然后用铜铃般大的眼睛瞪着我们，在三五步之外与我们对峙。我们俩也吃惊不小，只能与它们对峙，比拼意志瞪大眼睛地对峙。哪知一两分钟以后，它们竟突然转身，撇开四蹄狂逃。逃跑得地动山摇，不见踪影。到了早上，我们急切地去问领队，俩领队竟哈哈笑着说，这里有很多野生或者放养的牦牛，藏区的牦牛喜欢吃盐，它们是来帐篷四周找盐吃的，像袜子、鞋、衣服都有汗盐。有经验的领队，在睡觉之前就在帐篷边上撒了一圈盐。

那天早上，拔营后我们沿着西线前行，先路过我昨晚黄昏去过、在那儿沉思的那一片沼泽地，再往前走就是西大滩，西大滩又是一片美丽的草甸。在户外美景面前我时常感到词穷，除了用“美丽”二字以外，常常是找不到合适的词语来形容眼前的景色。那是一片宽阔山谷中好似没有尽头的草原，绿草之中开满黄色的小花，似菊非菊，在微风中泛着金光，在山谷中起伏荡漾。如果说铺上一条红地毯来迎接宾客就是最高贵的礼仪，那么在这条宽阔无边、野花遍地的自然之毯上该用什么词来形容呢？就是花浪翻覆的微风也会让人微熏。所有队员又忍不住激情飞扬，又开始一轮组合拍照，在草地上跳跃翻腾，然后不约而同地手拉起手来，在绿毯金花上站成半圆队形，身体尽量地往后仰，欲望蓝天，欲枕草甸——承接山川灵气耶？吸纳日月精华耶？

出了西大滩草原就是黑水河了。黑水河不宽，但水清且凉，我们脱了鞋蹚过去。一过黑水河就可以看见公路了。我们走过去，坐上在公路旁边等候我们的中巴车，那位佛山男子在此迎候胜利归来母子俩。接近中午，我们出了年宝玉则山区，回到了海拔 3300 米的阿坝县城。那晚的凯旋酒很浓，喝到最后，每个人的故事都所剩无几。

次日一醒，大家相互祝愿，各自天涯。有六位队员要从阿坝再去“红教名城”色达，母子俩还要再去扎尕那，男规划师、公务员、佛山男和我返回了成都。他们急着回去上班，我要回成都，父母亲还有艺泓等都在新都等我。

艺泓从北京赶到了新都的家里。那年北京“九三”大阅兵，所有公司都放假。回到新都的第二天，我和艺泓找到一家清静的饭馆，迎接同学们的到来。

仁健、小莉、佳婷、艺泓和我的相聚就是一场热闹的盛会。仁健的生意已从扩张转变为结构调整，他把他经营的产业砍掉了一半，从二十多个到十来个企业，经营更有序了，资产配置更合理了，他也没有以前见面那么疲惫了。小莉已从外地调回来任一个省厅的厅长，虽还是单身一人，但佳婷说她“日子过得更有情趣了”。佳婷已没有担任那个艺术学院的院长，但仍然享受待遇，更专注于学生的艺术指导了，大家也说她更“艺术”了。看到我一身的登山行头和我手机里的登山照片，同学们都羡慕且赞叹，问我登高的感觉。仁健还说了句很哲学的话：“每座山都是有生命的，尽管它们生命的形态不同、禀赋各异，但是你爬山，就要去体会蕴藏在每一座山体内的勃发生机与灵性。”我点头称是。小莉忍不住解惑：“这些年我们都是在靠梦支撑着，比如说中国人就有‘中国梦’。其实，你爬每一座山峰都是在追梦。你一旦登上山顶，站在山顶之上，山峰就会给你巅峰的快感和荣耀。”我叹服地点头。佳婷关心地询问：“你还行吗？都五十多岁了，你还扛得住？”艺泓帮我回答：“在北京我也劝他，特别要注意膝盖。他开始还解释，今年他不解释了。有一天他直接去了医院，一进诊室医生问他看什么病。他说他不看病，就是来检查膝盖的，特别要检查膝盖里的半月板。那医生也干脆，直接让他去拍片子。他拍了，医生一看他拍的片子，说：‘你这个膝盖，就像三四十岁人的一样。’”大家都惊诧地看着我，艺泓又补了一句：“所以他就更爱和二三十、三四十岁的人混在一起了。”大家哈哈大笑。笑过之后大家又约过两年在外地旅游聚会，然后又说起国家大事，什么经济发展的新常态，京津冀协同发展的国家战略，南水北调中线一期工程的通水，刚申办成功的“冬奥会”等，大家说得兴致勃勃，好像我们又回到了热闹的学生时代——那些学子对国家的期望与担忧、梦想与荣耀又在我们心中萦绕。

梦想与荣耀降临在了老父亲身上，老父亲又获得一枚纪念章。中共中央、国务院、中央军委给他颁发的“中国人民抗日战争胜利七十周年纪念章”，我和艺泓就是专门回家来祝贺他，陪他看“九三”大阅兵的。老爸已经88岁了，见面时握住我的手已在微微颤抖，握得我的心也颤抖起来。我赶忙回握住父亲，再轻轻拍抚老父亲的肩膀，那肩膀不再结实浑厚，早已变得那么单薄羸弱，我想笑笑说点什么，但我却咬紧嘴唇什么也没有说出来。眼前的父亲已是满脸瘢痕，消瘦的面孔早已被深深的皱纹割裂如黄土高原，沟壑纵横。年轻时炯炯有神的眼睛只剩下一道窄窄的缝隙，昔日那个俊朗挺拔的年轻军官只能靠记忆才能找到了，但就是透过那道缝隙，我依然看到了一种军人特有的刚强与沉着。老爸坐下来，拿着那枚鲜艳的纪念章，脸色平静却双手摩挲，那枚承载着他的岁月、梦想与荣耀的金色纪念章是让他想起了战友还是胜利？衰老的脸庞变得年轻，布满皱褶的脸颊显露出了开心的笑容，身体显示出少有的生机。在紫铜胎体镀金，直径50毫米的纪念章之上，抗日战士挥舞大刀勇往直前，延安宝塔山与黄河图案让人回想，而橄榄枝与光芒引发人们对未来的向往；在3毫米厚的章体背面，还印刻着专属于父亲的号码。十年之后，国家没有忘记他们这些为国抗争的老兵。弟弟把纪念章给老爸挂在胸前，老爸连说：“谢谢，谢谢！”

“九三大阅兵”那天，我和艺泓，还有弟弟和弟媳，老父的孙子、孙媳和在摇篮里的曾孙，他在国外的孙女、孙女婿，大家用 4G 手机开起了视频会议，视力不好的父亲固执地要坐在电视机前。七架歼 –10 飞机拉出的七道彩虹出现了，老爸连说：“好，好！”20 架直升机组成“70”字样，老爸陷入沉思；老兵方队经过天安门，国家主席起立致意，老爸热泪盈眶；英雄方队走来，老爸深情回忆；装备方队通过，老爸精神振作，直挺着身体说：“要是当年有这些东西，哪里会死那么多的战友！”99A 坦克机声隆隆，老爸再次“好”声连连。导弹方队来了，弟弟连忙大声给老爸一一介绍 HQ–12 导弹、DF–31 核导弹、DF–5B 分导式战略导弹……老爸眼里浸满泪水：“好好，再也不受人欺负了。”我在旁边给他介绍无人机、预警机、歼 –10、歼 –11、轰 –6K，老爸声音洪亮：“国家强大了！中国真的是强大了！”阅兵式结束，老爸挥动手臂对儿孙们说：“我们是看着这个国家站起来的！现在国家越来越富裕强大了，你们都要努力啊！”孙子孙女们连声答应。他又对着我、艺泓和弟弟，还有抱着他曾孙的孙媳说：“你们外公常说的一句话就是‘百年巨变’，他和我都见证了中国的‘站起来’和‘富起来’。一百年了，多少险关我们国家都闯过来了。”我们连连点头称是。他沉默好一会儿后，再一字一顿地对我们说：“百年巨变，靠的是党的坚强领导。特别是近些年来，你们亲身经历。”岁月作证，老人说得非常动情。父亲的情感何尝又不是我的情感？我们给了老爸肯定的回答，连远在海外的女儿和女婿也对着手机点头。

回北京后，艺泓的情绪更好了，而且越来越好，上班也似乎完全正常了。趁热打铁，从四川回到北京，我不断劝说她和我一起参加户外运动，说登高望远有利于康复，还开朗心情。她从抗拒到默认，最后竟然点头答应了。

再登箭扣长城·太行山支脉 北岳恒山

唯恐生变，我赶紧落实，找离得最近的周末开着车，带着她就出发了。去的还是老地方，我去过的箭扣长城。那里海拔不高，但却风光雄伟险峻，而且能走多远算多远，不行还可以随时返回下山，最重要的是熟门熟路免得出差错。想不到还是出差错了，我把车开到了西栅村旁边，但就是找不到上次我一个人去的那个熟悉的停车的空地。最后，只好找一个能停车的地方把车停了就上山找长城，找到城墙上一个能上去的垛口就上去了。

箭扣长城无处不险，我和艺泓一上去，面前就是一段坍塌得如废墟一般的长城，台阶尽毁、砖石散落，还直立如壁。从没有见过如此长城的艺泓脸色陡变，一看就有些惊慌失措。我拉着她的手，慢慢地往上爬，她看看我，也慢慢地镇定了下来，找准落脚处，手攀可靠的砖石不断往上攀登，那一段险路还真上去了。接下来的路面，长城上的砖都没有了，裸露的是下面作为路基的石头，我一面鼓励艺泓继续往前，一面心想不行就带她往下撤。上去之后的路面情况一点也没好起来，反而是与人差不多高的大石头挡道。艺泓不时地看看我的眼神，我不断地给她鼓励，终于，她上去了。上去的她，脸色红润，满脸兴奋，用毛巾擦擦汗后就抚着长城城墙看着长城之外。初秋的长城之外天气清朗，极目处真是个“无限风光在险峰”。我找着机会就给她拍照，她不时看着长城之外指点江山，兴奋莫名，真有些穆桂英的气派。喝了几口水，我们又往上攀爬，只一会儿，那城墙内已经陡立光滑得没法攀爬，我们只好爬出城墙，从城墙外翻过那一段，再回到墙内。回到墙内没多久，路中间一块巨大的石头挡住了我们的去路。那块石头好像是从山上掉下来的，正好卡在城墙两面的中间，有两三人高。我们攀、爬、拉、拽，终于翻过去了。翻过去的我们又被眼前长城内外的风光迷住，它逶迤不绝，雄伟壮观，好似山峰之上一条盘旋的巨龙。我们停下来论古今，说往事，但见云海茫茫，气吞山河。我们看了好一会儿，艺泓才舍不得似的离开继续往前，前面的路要平坦一些，城墙里面的砖石虽然破损严重，但砖石路面还算完整，正感庆幸，路中间已是长出灌木树丛，那些灌木树丛渐变成林，在长城中间堂而皇之地占满整个空间。有的树丛下还能挤过单人，有的干脆就封闭得严严实实，好像不下功夫、不给“买路钱”要过去就非常困难。我们推掰树枝，胳膊上都挂了彩才过去了。一过去别有洞天，几位外国人正巧和我们俩相遇，一聊天，原来他们是来自德国的朋友。与路人擦肩而过之后，眼前的长城又是一番景色。山顶的我们往下一看，一条玉带横贯群山，山风吹拂，颇有玉树临风之感。休息后我们又往上爬，那是那天我们见过的一段砖石最为完整的路，完整得好像有人修整过，两边的城墙垛口也完整无损。走过长长的那一段路之后，我们站在城墙上喘息一会儿，然后静静地向长城内外的远处望去，尽自己目力所及地望去，一会儿口若悬河，一会儿静默不语。临下箭扣长城之前，艺泓搂住我的腰说：“只有爬到长城之上才知道长城的气势不凡，只有站在长城之上才知道自己国家山河的美丽壮阔。”我少有大声地说道：“不屈，屹立！它就像这个东方国度一样傲视苍穹！”

她的眼里放出亮光，精神大好。天色渐晚，我们下山了。

第二天上班后宗总到了我办公室。他眼里放光，他来告诉我好消息——我们的节目策划获得了“最佳策划奖”，我也作为社会高级人才库里的一员，被聘请为A部高级职称评委，要在年前参加他们的年度高级职称评审工作。

职称评审工作一完成，新的一年就来了。元旦过了，春节过了，清明过去了。艺泓有时还是失眠，一脸倦容，坐在床上和我研究起失眠的原因。但研究来研究去，竟也还是不得而知。她一脸呆萌，只得怪枕头太高，又开始试验枕头，新的换旧的，高的改低的，硬的变软的，有颗粒感的变无颗粒感的。我们再去咨询医生，医生说病情会有反复，但艺泓的病情总体向好，还夸我们的医疗康复效果不错，鼓励我们再接再厉，多出去活动活动，特别是春天。

北京的春天很短，冬天过了很快就是夏天。就在春天快要结束之时，不知是她“技术革新”的效果不错还是她确实困了，需要正常的休息了，某一天，她在床上倒下后就沉沉地睡着了。第二天她在笑容中起了床。那天，我们一起开车上班过马路，我们看到了马路中间的隔离带上、人行道旁恣意攀升的月季花。这些鲜花在明媚的蓝天之下，朵朵都开得明艳欲滴而且傲娇冲天，黄、红、粉、白、紫大朵大朵地向天怒放。艺泓脱口而出：“真美！”接着哼出了“在那桃花盛开的地方”，音调优美如昨。

看着情绪开朗，似已完全恢复的艺泓，我忍不住高兴。“五一”长假，我又劝说艺泓一起登上了位于山西大同浑源县的北岳恒山。那天，艺泓显得特别高兴，脸上红红的。山区里的花开得迟一些，曲折有致的上山路上我们还能看到季末的桃花。我们在关帝庙前歇息，在写有“壁立万仞”的峭壁前留影。到了贞元殿，一位僧人主动过来给我们说我们的好运开始了，我看着艺泓，她的笑容绽开。

我们沿着公园的石阶路继续上行，徒步六小时后，我们到达了巍巍群山的108峰之首——高2016.1米的恒山天峰岭。峰顶宁静，艺泓疲惫但却极度兴奋，眉头轻扬，脸上终于浮现出明媚笑容，让我一刹那迷离。忽然间又狂风大作，但几句话却似耳语般飘进我脑海，并且骤然鲜明：“人生一直在路上。在路上，你要保持奋进的姿态；在路上，你要充拓男儿的血性与胸襟；在路上，你要拥有一颗坚硬、纯粹，而又自由的心灵。”

恒山归来，艺泓的精神状况已与正常无异，但自觉体力还与我有差距的她说暂时不登山了，但却鼓励我再去。这些年，我总是愿意让她多看看我的登山照片，从我初次高原登山，到后来登雪山走沙漠。她知道我的年休假几乎都用在了登山之上，她能看出我身上的变化，她能感受到我身上不断增加的勇气与信心。她知道我的内心里有一炬不灭的火，一团熊熊的火。她倚靠着专门置放我登山装备的柜子，视线从那些登山包、登山杖上移升，看着我开玩笑地说：“你已经攀登得很高了，我都快要仰视你了。”说完后还甜蜜地一笑。确实，在我的耳畔总有一个声音在呼唤，不停地呼唤我必须超越自己。艺泓也知道，在我那颗已经不安宁的心里，那团火焰、那个声音不会消失。她已经认同我的这个爱好，说出的话认同里含着鼓励："去吧，去登山吧，去做你喜欢做的事。""嗯。"站在她身边的我迅速领命。

横断山脉·木里到稻城亚丁

——走下去，花会继续开

为了好好享受即将到来的攀登，我准备拿出十天的时间，来一次高原上的长途徒步。我选好了地方，我将穿行在四川的西南高山上，从木里到稻城亚丁。

十天，不算长也不算短。在寻常时光里它就是轮回的光阴，如果能把它做成一幅最美的长轴画卷，并深刻在记忆里，那这十天就是值了。从四川凉山彝族自治州木里县到甘孜藏族自治州的稻城亚丁，整整十天的徒步就是在画廊里穿行。

7 月 17 日夜间，我乘坐飞机到了成都，入住成都市区南面的一家商务酒店。我来得有些迟，这次同行的队友都去锦里、宽窄巷子看热闹、品美食去了。待我入住后洗漱完毕，楼道里响起了动静，有人也打开了房门，同屋的驴友回来了。只见他一身户外行头，个头不高但很壮实。他进门就打招呼，典型的驴友性格，自我介绍说他是新疆人，以前是老驴友，什么狼塔 C 线、夏特古道、乌孙古道、幕士塔格的都走过。但这两年他在给儿子看儿子。“荒废了，可逮着机会出来了，都不知道自然美是啥了，也拣拣身体的感觉！”然后又说新疆的天池、喀纳斯如何美。我仔细地看了看五十来岁的他，心中暗想：“这是个对手！”

18日早上，趁天色未亮我们赶紧装车出发，沿成雅高速再雅西高速前进。四十来人的大巴车，除了最后一排座位放大家的大登山包外，坐得满满当当。我在前部的位置上与一位叫建军的哥们儿聊了起来。他说他就是成都人，昨天才把老婆送走，趁老婆出国的这十天赶紧报了这个团。“去走走，再年轻一次，看看这‘蓝色星球上最后一片净土’什么样？”他四十多岁，是一家大公司的高级职员，身体稍胖，但还有以前户外的影子，身上的服装装备很专业，也全是名牌。

一路向南，我们把黑夜抛在了背后，黎明时分，路旁的平原已换作高山。然后掠雅安过西昌，渐入崇山峻岭，侧路而伴的河流宽阔静谧，凸显大山的巍峨与峻险，拔地矗立的高架桥让高速公路如入云端。

我们就在这云端风光之中到了木里县，入住一家叫作“卡卓大酒店”的宾馆。我的室友换了，一位叫志远的北京人与我同住，这次参加的“西游迹”公司的领队说照顾我们。志远是北京中医药大学的教授，“北京的名山都爬得差不多了”。他带着一个大大的摄影包，一看就知道他对此行中的美景一个也不打算放过。我们早早入睡，第二天要从木里县城赶到县里的水洛乡，再赶到嘟噜村，如果顺利，车行六小时，但还有一段得步行。

天亮一起床，我就看见志远在擦拭他的相机镜头，他对我说：“今天是最原始的、没被人开发过的自然状态。”确实，那路旁的山还是巍峨，云雾还是缭绕，路还是顺江而上，但走的路却是越来越险，越来越窄，坑洼不平，随时急拐弯，高速路变成等级路，等级路再变成乡村路。许多路段的沥青消失，凹凸的泥坑时有积水，车里的人们已被颠簸折磨得大惊失色。很多路段险得连会车的地方都没有，车倾斜着爬行，不时还有塌方和泥石流，几处地方因为抢修还封起了路。有人在车里开骂了，是一位四十来岁的壮汉，言语粗糙。建军告诉我，昨晚的碰头会上壮汉介绍自己是浙江一大学的体育老师，这次带了四五个男女一起来。

路过盐源，司机停下车来，大家都被路边贩卖的盐源苹果所吸引——色泽正味道足，早就远近闻名，我们购买品尝后又上车继续走。车上的人对窗外的风景都有些审美疲劳了，我却探究起这次这条线路之所以美的渊源来。当初报名这条线路，是因为它还有几个诱人的名字——“洛克线”“洛克秘境”“重走洛克古道”。约瑟夫·洛克，是一位美籍奥地利裔探险家。上个世纪，他对中国的这片山水爱得深沉。1927年他到了中国甘肃省迭部县的扎尕那，当场惊呼：“这里应该是亚当和夏娃的诞生地！”仅仅过去了一年，他又鬼使神差般地来到四川木里，再爬过崇山峻岭，穿越到稻城亚丁，深入贡嘎岭地区，被这一片的自然绝色惊得目瞪口呆：“我情愿死在这美丽的大山里也不要在医院冰冷的床上。”随后对他的国人介绍道，“那里是众神的居所”，“上帝浏览的花园”，还在美国《国家地理杂志》连续发表文字和照片。五年之后，美籍英裔作家詹姆斯·希尔顿（James Hilton）以洛克的文字和照片为素材创作了著名的小说《消失的地平线》，后来，人们又将小说中描述的“世外桃源”称为“香格里拉”，并在全球掀起了寻找香格里拉的热潮。巧的是，我前些时候刚出差去了甘肃扎尕那和附近的夏河拉卜楞寺，也为那里的美所陶醉，并在那时就开始了徒步洛克线的计划。

我把车里的颠簸视为美景的开场白。天色微暗，我们见到了藏族村民，我们又坐上了藏族村民开来的奥拓之类的小车，逆着河水往更高更陡的山上开。天完全黑了，我们下了车，徒步往嘟噜村走。有人问村民们还有多远。“不远，就一两里地。”岂止一两里，我们在黑夜里走了一个多小时的山路，才在好似黑暗的尽头看到几盏稀疏的灯光。我们被迎进了藏民的房子，是新修的木板房，大厅有三四十平方米，中间有一个铁炉子，昏暗的灯光映照着墙上的几张唐卡画。领队说，今晚就住这儿了。大家赶紧抢占有利地形，铺开自己的睡垫，人挨着人，连过道都没有。建军、志远和我都靠着房柱，几位女士再住墙边。墙面上还贴着扶贫攻坚的宣传画。

第四天。嘟噜村的海拔在 2700 米左右，我们今天的行程是从嘟噜村出发，过水洛金矿，再到海拔 3600 米的菩萨洞露营。

这是全程徒步的第一天，能否跟得上队伍，能否适应高海拔，就在今天见分晓。所有队员都把大登山包交给马驼，然后背上三四十升的小包——衣物、中午路餐、饮用水出发。翻过几道山坎，一大片草甸就出现在眼前，那是一马平川、碧绿如毯的草甸，让刚还紧张的心情立马放松下来，大家拍照、谈笑，甚是高兴。过了这片草甸就是山路了，路渐渐地变窄，坡度也越来越大，林子也深了起来，几乎遮天蔽日。就是出了林子，前面的路也是一山障目，看不见山后。我们就这样一会儿在山林里行走，一会儿在山腰上穿行，但始终沿着那条白水河前进。队员也逐渐拉开了距离，前后足有一两里地。其实，竞争在昨晚的那条进村山路上就开始了，那大学体育老师疾步如飞，嘴里还不停地对旁人说着他走过欧洲的阿尔卑斯山、北美的太平洋屋脊步道等。我没有说话，死死地“咬住”他。半个多小时后他站在一个山垭口上喘着粗气，自说自话地说要等他的同伴，让我和建军超过去了。今天的前五名也是领队、建军和我。还有就是来自北京的“大鹅”和一位穿黑色速干衣的姑娘。高大的大鹅总是单独行动，笑容可掬但不怎么说话；黑衣姑娘叫“诺子”，三十来岁，据说是江苏的一位退役运动员、现在的美容店老板，身材姣好，穿着讲究。三四个小时过去了，前后的队形也大致固定下来了，志远在十名左右，好心的他爱帮人拍照，给谁都拍。壮汉落在队伍的第二梯队。前面开路的领队叫“三宝”，三宝总是压着我们，让我们走慢点，等等后面的队员。我懂这个道理，但总不习惯走得太慢，即使休息我也只是站着喘一会儿气就走，害怕一坐下来就不想走了。

又进一个大林子，遮天蔽日，三宝却说前面就是瀑布群。水声渐起，白水河忽隐忽现，一会儿身左一会儿身右，瀑布群渐次地在我们面前出现。白色的水流在我们四周如银练一般沿山坠落，大小不一，高低不同。有的如天幕降临，有的似丝带飘舞，如山体开裂涌出泉水，似白色火苗蹿动分合自然。淌山石、飞山洞，各自吟诵着，欢叫着，怒吼着落入下面的河流大溪。无论瀑布还是溪水之上，都有藏民们往日拉扯的彩色经幡，水珠中的幡叶舞动翻飞。我们站立其中，被四周满山的瀑布所震撼，如接大珠小珠，如入琵琶清弹，如坠烈火战场。这样的美让人心花怒放，让人心潮澎湃，好久好久才能缓过神来，继续我们的路程。路已变成崎岖的岩石和湿滑的青苔，开始了艰难的手攀脚爬，但又如何！那瀑布战鼓的澎湃、莺鸣的婉转还在身上萦绕，山里的快乐因素足够让登山者营造出各自内心的快乐心境，一段《登山圣经》里的话也就适时地涌了出来："登山是一种心境，更是一种生活哲学，它的目的并非一定要登顶，而在攀登的过程。纵情山林、自由自在、发现真我，这就是登山的妙处所在。"由此激发出自己的心悟：登山不仅是从山脚到山顶或从山顶到山脚的旅程，沿途中那些人与自然的交融，人与人的心灵相激，自己的内心独悟，忘却无明之时对自然敞开心怀，乃至达到天人合一超越自我的境界，这，或许就是登山的意义所在。

下午四五点钟，我们在过菩萨洞不远的地方扎营。那一片草地找不到一块现成的营地，领队和我们用刀砍去半人高、粗如手指的野草，我们就在那还留着粗硬草茬的斜坡上支起帐篷。刚拿着帐杆蹲下，我眼前一黑，差点晕倒。我咬牙挺住了，确信不是高反，而是蹲下起立后脑部的瞬间缺血或缺氧。建军很快也上来了，和我一起搭了起来，领队分配建军和我住一顶帐篷。志远自带了帐篷。当朵朵帐篷在斜坡上五颜六色地开放之后，我才认清了这次的驴友队伍，男的占小三分之二，北上广的居多，但也有浙江江苏深圳杭州等地的。驴友们大多不尚浮华，但却坚定自信容忍。这些城市里的"另类"总爱暂别都市霓虹，挤出时间消失在崇山峻岭的无人之境；他们攀岩穿石，涉走泥淖，日晒雨淋，习以为常地穿越高海拔的垭口，在荒野的高原露宿，而且如饮甘饴不以为苦，只为追逐心中不火的火焰与远方的梦想。这次的队伍中有两对来自广州的父子格外引人注目，两位父亲都是同一所医院的医生，都有一个差不多十八岁的儿子，他们想把登山徒步的这一段经历，作为成年礼送给儿子。可惜，那个高一些的儿子高反严重，嘴唇发乌，脸色发青，到宿营地后连站起来的力气都没有。医生父亲和众人找出了所有的药物都不管用。坚持到第二天早上，那父子俩不得不下撤。另一个男孩第二天骑马随队。

21 日，我们早早出发，这一天全天得徒步八小时，从菩萨洞出发，绕夏洛多吉，过藏别牛场，最后到杂巴拉垭口下方扎营。虽然还是穿行原始森林，但景观却意想不到地漂亮。无处不在的苔藓，能从松树树顶开始，挂满树冠再拖曳到地上。在苍翠挺拔的松树上，我居然看见了蓝色的松塔——不是一个，不是一棵树，在我的眼前出现了一小片生长着蓝色松塔的松树，松塔个个饱满均匀，蓝中带粉。我赶紧把它们收入镜头并突发奇想：当年约瑟夫·洛克先生是否也看到了呢？据说他可在这一带采集了上万的珍稀动植物标本，拍摄了几十万张照片！然后带回去给了他的东家——美国农业部和哈佛大学。在蓝色的松塔之下，厚实的绿草之上又开满野花，有由无数小花朵集成的球形花冠，有蓝中带紫的蝴蝶形复状花朵，还有呈棒槌形的粉色花串。无数的白花黄花红花从绿草中脱颖而出，地面上时常会有如绿萍聚集般的团装植物，装扮得路途姹紫嫣红，攀登者也不由兴趣盎然，就连那骑马的男孩也下马而行，和他父亲谈笑甚欢。

在森林中我们走的几乎是没有岔路的一条山路，中午时分，我们穿出了大森林。刚想大喘一口气，就被眼前如神话般出现的大草甸惊得屏住呼吸：它太大了，在群山之中，海拔 4600 米的高山之上居然有这么大一片草原，一片几乎望不到边的草原！它太美了，不但茂密的草原上开满鲜花，随风摇摆，而且几条小河如游蛇转身，把那片草原分割得是如此妖娆。白水河水系的水显得特别白，白得在阳光下分外耀眼，耀眼的水花映照着草地上慢悠悠觅食的牦牛、马匹、羊群，充满灵气，在大山之中更像一群群精灵。更令人惊诧的是，在水边还有几条黄狗白狗黑狗在欢蹦乱跳！

驴友们欢叫着加快脚步，放开姿势拍照，采花、蹚水，三五成群东西奔跑。大鹅却是干脆闭目打坐念念有词，真是顾盼不暇，动静生辉。想想山外世界的人们，还能想象得出更好的“伊甸园”“世外桃源”“人间仙境”或者“香格里拉”吗？负责收队的领队“野马”赶了上来，手指前方，把大家从各自的美梦中惊醒：前面就能看到夏诺多吉，这座神山端坐雪山莲花之上，是三怙主神山的第一座。昨天我才知道，此行我们主要是围绕三座神山而行，东峰夏诺多吉，海拔 5958 米，代表密部主金刚手大势至菩萨；南峰央迈勇海拔 5958 米，代表大智文殊菩萨；北峰仙乃日，海拔 6032 米，代表大悲观世音菩萨。在那本《消失的地平线》里，詹姆斯·希尔顿主要描写的就是这三座神山，而此行正是始终绕着这三座神山走。更巧的是，在一个月之前的夏河拉朴愣寺，上师贡曲乎嘉措赠送了我们一幅唐卡，那上面正是三怙主——大势至、文殊、四臂观音菩萨的坐像。此行竟然能够敬拜他们的雪山居所？真是万幸！我们起身就往前走，很快就到了藏别牛场，眺望到了夏诺多吉，它在云雾缥缈中忽隐忽现，颔首召唤！

加快脚步，我们顶着忽降的小雨急忙涉溪水蹚河流过沼泽，终于到了扎巴拉垭口下方的营地。远远望去，今天的营地绿草如茵，旁边还有两三座藏民的石头房子，连瓦片都是石片叠成。石房子上还炊烟袅绕，一派田园风光。走近一看，草地上全是水，刚从雨中走出来的我们，尽管有防水的登山服罩着，但身上早就湿腻腻的，然而，帐篷也只能支在水草上。支好帐篷的我们更觉无可奈何——进帐篷睡吧，天还亮着呢，何况两个大男人白天睡在一起，挤得鼻息相闻算什么？不进帐篷呢，只能站在水地上，没有石头可坐；进藏民的房子呢？据说连他们自己都挤不开。好，站着，溜达着，在灰蒙蒙的天空下像插在帐篷前的登山杖一样杵着。闲着无事保持站姿，那真的是难受。不过，我们也算找到了办法——去看看领队们生火、做饭。昨天的晚餐让我们知道，我们几位领队的厨艺不错，而且大帐篷里有三四把户外轻便椅子，说不定还能蹭上坐坐。

第六天。这天风景相当漂亮，但对体力的要求也相当大，出发后从夏洛多吉南坡向上，翻越海拔 5000 米的杂巴拉垭口，一路向下到央迈勇南坡下的新果牛场。在新果牛场扎营，海拔约 4200 米。

果然，早上一起来就见云雾缭绕，山峰险峻，大石横亘，少见的深山风光。一路上跋山涉水，踏石攀岩，究竟哪个是 5000 米的杂巴拉垭口我都没有弄清楚。不知翻了多少个垭口，但每一个垭口确实都气势不凡，黑黝黝的山石耸立，浓厚的云层起伏，风高树奇，山石嶙峋，冷雨时袭，路途险峻，竟然就组合成了这样一句话：一个美丽的风景，即便是崎岖也叫美丽，阴冷仍是美丽，这是一种“悲美”，哪怕是站在扯着五彩经幡的垭口，遇到争相合影的藏族少女也仍然觉得悲美。足下有的路段也会黄花遍地，但却遗留着难看的伤痕，半山腰那几处废弃的采石场，遍地白森森的石头就像这座原始森林丑陋的伤疤。到了央迈勇的南坡之下扎营，我们看到了云雾之中的央迈勇雪山主峰，还有营地对面通体呈墨绿色的大山山体，山体后面的浓云聚集，不停地翻滚。前面长长的浅山露出赤红色土呈 U 形拱卫，山脚之下河水流淌，清凌见石，如泣如诉。河畔上几匹马马首低垂，啃草漫步。四周薄雾飘荡如纱，空气凝水如泪，这样的画面在镜头里张张都是朦胧、苍凉的悲美风光。风景若到悲美处，就有了直戳心底的美感！

营地的地面依然湿冷，草地上不但有颗颗水珠，还有一堆堆牛粪马粪，密集得连把一个帐篷支开的平地都没有。其实，前两天的营地也是如此，但不如今天的密集和新鲜——一堆堆的还冒着烘烘的热气，用铁铲铲开后支起帐篷来那味道还往鼻孔里钻，那观感至今都还历历在目。有一间石板房写着“呷洛驴友之家”，热情的藏民允许我们进屋烤火。我们的身体已经被雨水、雾水、汗水浸湿，冷得微微发抖，我的一只脚还不小心踩进了水沟。多年的跋涉经历已让我的几个脚趾长上了难看的灰指甲。守着屋中央劈柴燃起的大火，坐在木板凳上的我们谁也不想离开，衣服、鞋、袜子等都被烤得冒出浓浓的雾气，身体也开始暖和了起来，大鹅还和诺子俩人讲起了笑话。笑声刚歇，屋外的木栅栏门嘎吱一响，接着一红一黑的影子就闯了进来——那是一对青年男女，他们从上海结伴而来。单独徒步的他们，远远看到这里的屋顶上冒着烟，不顾一切地就过来了。天下驴友是一家，看到他们冻得紫红的面孔，我们赶紧让座。穿红色登山服的女士迫不及待地就坐了下来，说起他们的经历来。他们已经在山里走了六天，所有东西都是潮的湿的。屋里实在太挤了，我走了出来，我喜欢离开喧闹的感觉。一人转了一会儿后，我想去看看领队的大帐篷里能不能蹭到座位。哪知三宝一看到我就起身让座，这几天都在队伍的前面走，熟了。他不但让座，还又主动叫我打海事卫星电话。出来几天，想给艺泓打个电话报个平安。不想昨天和前天借用领队的卫星电话打过去，她怕是骚扰电话不敢接，今天终于打通了。打通电话的我心里高兴，放下电话就和帐篷里的几个人山南海北地聊了起来。夜深寒重，大家正要散去，却又来了两位不速之客——一对褐发碧眼的男女青年忽就闯了进来，他们也是在远处看见灯光，急忙投奔过来的。语言不通，大家相互比画，我临时充当翻译，大家竟然也聊了起来。一碗临时做的热汤饭，吃得他们脸上放光。他们是从以色列来的大学生，利用假期来徒步，竟然也是受到洛克《消失的地平线》那本书的影响，我竖起了大拇指为他们点赞。他们俩也是临时结伴而行，已在深山里走了七天，行囊里空空如也。

23日起床后，余兴未尽的驴友们还在营地四周忙着拍照，留下这里处处的"悲美"风景。我和建军拍完后开始收帐，离我们帐篷不远的那位上海黑衣青年跑了过来："大哥，能不能合个影？"我一回头："可以啊。"见他一人我问道："同伴呢？"他指指前方大山的半山腰："在那儿呢，她走得慢些，就先走了。"我顺着他的手指方向一看，远方的大山中间果然是有一个小红点在移动。他说："她叫啥我也不知道，只是都在上海，这三年每年她都要约我出来一次。"我无意打听别人私事，他又说道："昨晚没有时间给大哥聊天，但看得出来大哥不错，一进门就给我们让地儿。咱们拍一张，留个纪念。"建军过来帮我们拍了合照，照片上的他文气、阳光、嘴角还有一丝抹不去的自信与坚定。照完后他冲我摆摆手，就去继续收拾他们的帐篷，他还要背上帐篷等行装追赶上那个女孩呢。今天全天都在4000多米海拔徒步，走6—7小时后到达约4400米的蛇湖营地扎营。强度虽大，但路程不算长。

早晨的草甸雾气弥漫，远处的浓云之中居然露出了一小块蓝天，格外美。走过草甸就是高山了。高山上的路自然陡峭，我们走得汗流浃背，每个人都把早上才补充的能量用得差不多了才爬上那座山的垭口。垭口之上，浓云似绕山环流，山石交错而陡立，上来了的人赶忙拍照留影。那以色列小伙和姑娘也来和我合影，昨晚印象不错，可惜我们就要在此分别。我们拥抱彼此，依依不舍，旅途中的情愫真挚、简单，知道没有再见但仍说“再见”。不知谁说过“遗憾也是一种美”，真他妈正确。

我们又连翻几个垭口，形怪、石黑、云浓、路陡，都有经幡飞舞，都能和陪伴驴友的马帮藏族小伙姑娘相遇，还时见奇花异草。一种纯蓝色的六柱复式花朵竟如纸折工艺般精致，一种冠形花朵上的蓝色和粉色竟分布得那么均匀。大家的情绪陡然高涨，新疆男已渐渐地恢复状态，跻身前十来名之内了，那位十八岁的男孩也早已不骑马，独立行走了。志远依然在后面拍照，但为大家也是忙得不亦乐乎。又翻过一个垭口，口下却不再是高山，而是一片平整的草地。那草地上溪流纵横，中央位置有一块造型别致的巨石兀立。“蝴蝶石？”诺子叫了起来。我听得发蒙，显然是功课做得不够，建军却忙附和道：“嗯，可能！”三宝高声地向我解释：“是蝴蝶石。当年约瑟夫·洛克就在那块石头前拍了一张照片，十多个当地人前呼后拥，好不威风！”诺子已经从手机里找出了那张黑白照片给我们看，只见洛克高高在上，十几位藏民众星捧月一般地围在他的周围。我们赶紧加快脚步。那块巨石越来越近，确实造型奇特，酷似一只蝴蝶张开两只黑褐色翅膀趴卧在草地野花之上，石头上的皱褶如经脉一般。我们一到，赶紧寻找洛克站过的位置，摆开姿势，拍上这张“穿越”整整八十年的照片。但拍后一看，我那张却太不完美——没照上双脚。管它的，“遗憾也是一种美”！石大招风，巨石四周奇冷，风邪了门地大，我们赶紧离开。“走下去，不必逗留，因为在这一路上，花自然会继续开放。”（泰戈尔）果然，路上野花无数，稍加留心，就能发现蓝色的花格外多，花萼均向上直立，有纺锤形的，灯笼状的，等等，纯蓝或者蓝中带白，都有一种纯净之美。不知不觉，“黑海”到了，那里的水果真如墨汁一样黑，漆黑如夜，没有一点杂质。定睛细看微波泛漾，宽阔无边，在群山之中至纯无息，纯净得似血液凝固。原来纯净也是一种美，一种无以言状的“净美”。又翻几个山口，走几段峭壁陡岩，那名声在外的蛇湖就到了眼前。它果然长似蛇形，湖水碧绿，大大小小几缕水雾紧贴水面游走，忽高忽低，若浓若淡、时快时慢，遮得湖水如迷如幻、苑若仙境，朦胧的仙境。我们沿湖徒步，好久才到达营地。那海拔4400米的营地翠绿不减，湖水的支流分成几支，浅浅地从绿绒般的草地穿插而过，蜿蜒曲折，优美如画！三宝手指前方高处：“那是央迈勇和仙乃日两座神山。”神山高大巍峨，虽云雾绕身，但没人不虔诚膜拜！营地虽依旧是新鲜的粪堆遍地，依然是石板房炊烟升绕，但几支驴队会合，帐篷像五颜六色的花朵一样开放在这片草地上，配上薄雾炊烟，让人如嵌画廊之中。夕阳西下，有人去溪流边流连洗漱，有人四处拍照，有人牵马骑牛，好一幅山居流水图！三位从杭州赶来的大学生竟然煮起了咖啡，送给驴友们分享。他们登山的经验虽然不足，连防水登山鞋都没有穿，套着旅游鞋的脚上就没有干爽过，却带上了全套的咖啡壶具。热气腾腾、香味四溢，平添几分浪漫。我给他们拍了一张照片，然后坐在帐篷边看起书来——在北京没时间看的那本稻盛和夫的《活法》。两位广东驴友却走过来找我聊天。他们都是一家数码科技公司的，对这次的环境总结得很有文化：“山高、涧深，无人地带却风景独美，让人赏心悦目。”一路上赏心悦目的不只是登山本身，植被、流水、云雾、蓝天、人性、风俗、人文、历史……登山是一种综合的运动，是一种尊重环境和人文的有德之行。很多时候，登山超越了一般竞技运动争取名次与成绩的意义，让人想到真正的高贵在于超越自己而不是超越别人。瑞士登山协会秘书长皮埃尔·马太总结道：“这是一种生活方式，一种具备共享文化的体育活动，一门由知识和本领构成的艺术。”

第八天。算一算，今天已到徒步的最后一天，但也是最具诱惑力的一天。从蛇湖出发，经海拔约4900米的三神山垭口，就到了闻名于世的牛奶海、五色海，再过洛绒牛场和著名的亚丁景区，下到海拔2600米的香格里拉镇住宿。

出发后一个小时我们就再次见到漂亮的“蛇湖”，名为古冰斗湖。早晨的它，湖水泛着宝蓝色的光芒，亲眼所见，央迈勇神山的冰雪融水直接注入湖里。我们沿湖而行，在湖岸多处，都可以见到飘扬的经幡、玛尼堆和地上的大量信物，深深地感受到藏民们对神山的尊崇和虔诚。继续攀登，攀过灰黑色的喀斯特山岩，路旁一个大大的黑灰色转经筒突然出现，在一百米之外，海拔4900米的三神山垭口和垭口上铺天盖地的经幡扑面而来，领队三宝宣布：“过了这个垭口，本次徒步结束，你们将进入牛奶海等亚丁景区。”众人内心欣喜。天气放晴，快步登上垭口往下望去，稻城亚丁炫目的美让我们一时无法适应："这就是蓝色星球上的最后一片净土！"往上一看，夏诺多吉、仙仍日、央迈勇三座神山赫然屹立，虽有白云时聚时散但轮廓清晰，冰雪之顶在蓝天的烘托下熠熠生辉。俯视大地，远处的亚丁牛奶海也已能收入眼帘。

过垭口之后，我们的面前有两条路，一条往下的路直通牛奶海，另一条山上的路通向五色海。领队三宝说下去看牛奶海就够了，五色海和牛奶海差不多。这对在山里已经走了七八天、人困马乏的我们来说具有极大的诱导性。三宝带着诸子等人过牛奶海直接下山了，大鹅早就自顾自地走了，据说他以前来过这里，这次是为寻找他以前的故事。但建军和我坚决选择山上面的路——既然来了，牛奶海和五色海都要看！我和建军穿越一条半山腰的石头路，一路走一路拍摄对面山下 4600 米的牛奶海。那海蓝中带白，如乳汁冲兑，在太阳的照射下反射出乳白色的光泽，尤其是边缘地带，高处看去，形似水滴，如蓝宝石坠落凡间，不禁令人称奇，莫不真是那滴"水蓝色星球上的眼泪"？我们继续往前走，正在疑惑五色海什么时候出现，一转过山脚，那五色海蓦然就出现在我们的眼前。它由一大一小两个湖组成，从远处看，表面湛蓝深沉却似带有微动的炫彩；从近处看，那湛蓝已变化为青蓝色，水中炫彩的波纹闪耀着五彩的颜色，深沉、静谧、绚烂，在 4700 米的高度上闪耀着神秘的光芒。我们有幸被这种神秘之光笼罩庇佑，不由得双目眩幻，身体仿佛也变得透明起来。呆呆地凝视良久，我想起了一句话："那是个被人形容得美轮美奂的地方，那里的天空折射的是天堂的颜色，那里的海子映照的是灵魂的倒影。"抚过灵

性沉入湖底探密：人生必经花开，花开必达绚烂，绚烂终归平静，大自然的“静美”或许是人生能够享受的最高境界之美。

下山了，我们沿舍身崖下到洛绒牛场，再继续下到冲古寺，观看仙乃日山下的珍珠海这些亚丁风景区的美景，由森林、河流、山间瀑布、湖泊、雪峰组成的高原美景。对到亚丁来旅游的游客来说，从上往下走的我们是逆行者。下山沿途我们遇到很多往上走的游客，有人体力不支，有人半途而退，许多人问我们到牛奶海和五色海还有多远。上和下的感觉能一样吗？那天，我们下午四五点钟就下了山，没有想到的是，那对先前下撤的广东父子就等在车站迎候我们，而那两位以色列青年又挤上了我们的大巴车，搭顺风车到香格里拉镇住宿。那晚，我和志远、建军等几位驴友找到一家火锅店，美美地吃了一顿火锅。从天南地北来的徒步者们，依靠自己的体力和毅力，去翻越一座座高山，过灌木、踩碎石、踏冰雪，就想去领略常人所不曾见过的世界，去追寻自己内心编织的梦想，用心灵与万物神灵沟通。一路所获又岂止是山水风景。

25日，美丽的风景依然，车窗外我们欣赏稻城如画风光，过红草地，翻海子山，上世界高城理塘，再翻越卡子山、剪子弯、高尔寺等海拔4000米以上的大山，沿途经过摄影家的天堂新都桥，然后翻越折多山到达康定入住。不过，那已不是徒步的风景。

26日，我们从康定经泸定，过二郎山，车停在雅安吃雅鱼，热情的建军一定要尽地主之谊，宴请同行的所有驴友。到达成都已是下午四点多了。

7月27日上午十点半，我已回到北京。那天，艺泓在家里等我。

带艺泓登小海坨

——群山逐梦话长情

回家一见到艺泓，她就笑盈盈地开口：“收到一份聘书，人家组委会聘请你为美丽乡村国际微电影节总评委。”我开心地笑笑，这些年类似的聘书多了起来。这是社会对我的肯定，也是一份责任。面对责任必知其重。近些年来，无线 Wi-Fi、移动支付、在线商城、短视频、智能导航、AI 相机等智能产品铺天盖地，让我们的生活更快捷，增加了全新的体验，为短视频平台的崛起创造了极佳的机会。我们抓住时机，加强了微纪录片的策划，围绕对“美好生活的追求”这一点，对某地某时的人、事、景、菜、茶等元素制作了一大批 5 分钟左右的微视频作品，集中反映某地某时的历史禀赋、人文资源、自然景观、饮食文化、风土人情和经济社会发展的新变化新成就，受到市场的欢迎与好评。宗总也非常开心，说当初成立公司的决定无比正确。他更加支持我的登山爱好，说有朝一日也想加入我们户外徒步登山的队伍。

我爱和艺泓分享登山的喜悦。我打开手机，和艺泓一起欣赏起了这次出行的照片。深深的河谷中白水河奔腾，澎湃的瀑布群水花四溅，崎岖的山路马帮相伴，高高的垭口扯满经幡，帐篷里炒菜的火焰映红笑脸。见艺泓看得入迷，我也兴致高涨，给艺泓讲起了登冰晶顶的

“初生牛犊不怕虎”，鳌山上沐浴在旭日中的祈祷，太白山上通宵的定时拍摄“星轨”，青藏高原的雄浑深厚，可可西里的纯净宽广，北京灵山上的悲怆，四川四姑娘山顶上的豪迈。艺泓看着照片，若有所思，而后双目生辉轻扬娥眉，笑眯眯地说：“你这些年得吃了多少苦？而且是自找苦吃！”我给艺泓讲了攀登者真正应该仰视的登山英雄，语调充满敬重：

上世纪 1959 年底，贺龙元帅请示刘少奇主席和周恩来总理，欲为我国运动员购买攀登珠穆朗玛峰的服装装备。在国家最困难的时期，两位领袖特批了这笔 70 万美元的外汇。1960 年初，登山队长史占春等赴瑞士采购，巧的是，他们在一家户外用品商店询价时，却听到瑞士店员无意中说起前两天也有印度人刚来过这家商店，也准备 1960 年从喜马拉雅南坡攀登珠峰。必须争一口气，抢在他们前面！我国队员准备从更难的北坡攀登。3 月 24 日中国登山队制订了征服珠峰的计划，3 月 28 日他们登上了珠峰北坳的冰坡，4 月 25 日他们攀上了海拔 7007 米的北坳顶部，5 月 1 日到达了海拔 7600 米处。然而死亡与受伤早已陆续发生，在这个过程中主力队员几乎全部负伤。更可怕的是天气转暖，攀登珠峰的适宜天气即将结束，而登顶还未成功。在营地沮丧与焦急的气氛中，传来了北京的命令：重新组织力量攀登顶峰。这是周总理的命令，他关注的不仅是与印度的登山较量，还与正在进行的珠峰归属谈判有关。5 月 17 日登山队在北京誓师，5 月 23 日登山队四人到达海拔 8500 米的突击营地。成败在此一举，但愿天遂人愿。所幸，登山队员们看到了 6400 米营地上给他们发的信号：24 日为好天气。然而，所有人的身体已到了强弩之末，组长倒下，“第二台阶”的垂直岩板阻碍、黑暗来临、与大本营失掉联系……队员们只能拼了，搭人梯，宁愿自己死也要把氧气留给队友……还能坚持的队员团结协作，克服重重困难。终于，1960 年 5 月 25 日凌晨登上了珠峰顶端。事后得知，因为攀登太难，印度早已取消攀登计划。一年后，珠峰归属的谈判问题也尘埃落定。

十五年后，中国登山队队员潘多和八名队员再次从北坡出发，借助 1960 年那次中国登山队打下的钢锥，在“第二台阶”最难攀登的岩壁上安装架起了一座近 6 米高的金属梯，登上了珠峰，创下了登上世界最高峰人数最多的世界纪录。此后，他们安装的那架金属梯，也被借助它攀登的中外后人称为“中国梯”，迄今，约有 1300 人通过它登顶。

潘多和八名运动员 1975 年登顶珠峰的故事，那年还是初中学生的我从广播里得知，听得我热血奔涌。那个故事结束了，而一位老人的故事却刚刚开始——那年，26 岁的夏伯渝作为国家队运动员和潘多等一起攀登珠穆朗玛，却因在海拔 7600 米将睡袋让给队友冻伤双脚无法攀登，并在下山后被截去双脚。但他却居然在 39 年后凭着假肢在 2014 年重新攀登珠峰——天不遂人愿，又因尼泊尔山难被迫取消。一年后，他再次攀登，却又因山区地震和雪崩失败。他没有气馁，今年，67 岁的他第四次攀登，在距顶峰只有 94 米的地方因为顾念同伴的安全毅然下撤。虽然他还没有登顶，但他的身上是一种怎样的精神和意志？登山人不会屈服，我相信他不会放弃，他会再去攀登的！我祝愿这位已近古稀之年的攀登者登顶成功。

那一天，我讲得回肠荡气、不能自已。艺泓听得泪光闪闪，她没有想到登山还有这么多故事，没有想到竟如此动人心魄，没有想到中国人的勇气能够通过登山感动世界。她拿起我的登山装备一样一样地察看。她沉吟了一会儿，突然开口说道：“下次，我和你一起去吧！”

我大喜过望，但高兴的同时立马感觉有了责任的分量。选择哪座山峰作为目标呢？既要艺泓的体力能承受，又要是一座“好山”？出发前选择了很多，最后还是确定为松山，也就是我前年去过，也曾祈愿要带艺泓去的小海坨山。那里风光险峻，植被丰富，除了是北京的第二高峰之外，还具备打造国际一流高山滑雪场的先天条件。北京2022年冬奥会申办成功以后，小海坨山南麓就要建设国家高山滑雪中心，国家雪车雪橇中心和延庆冬奥村等，在这个时候去将会有特殊的意义。

我仔细比较，挑选了一条比上次我自己去更轻松的路线：从河北省赤城县的大海坨乡大海坨村往东入沟上山。这是登小海坨最近的线路，爬升不高，路也比较好走，是大多数想要领略海坨美景但又不会太辛苦的人选择的线路，被驴友们戏称为“最腐败的线路”。听完我的推荐，艺泓觉得满意，高高兴兴地开始准备行装。

我们准备去了就露营一晚，赌一把，看看能否在山上看到日落或者日出美景。运气好的话，也许还能看到云海。登山杖，登山服，登山帽，护膝，防晒衣……我们周到准备，把帐篷在家里客厅支开演练。为了有热食吃，这次还添置了新的野外小气炉。我们在网上报了名，一切收拾停当。

那天的队伍约有三十来人，因为有两三位驴友迟到，直到八点二十才出发。到了大海坨村已近中午，大家吃完路餐就开始了徒步。天气晴空万里，我们先顶着太阳走了一段水泥路，走到了进山的路口。进山后走没多远，我们就开始往上拔高。山上的林子遮住了一些太阳光，但仍然很热，驴友们汗流浃背。我背着大包，让艺泓背着小包，我们相伴而行。走不多远，还不习惯登山的艺泓体力有些不济，速度慢了下来。我让她不急，先停下来补充一些水分再继续。但那山路一直是上坡，加之天气炎热，艺泓走得越来越费劲了。她不停地喘气，脸色渐渐从红转白，竟有些发青了。她走一会儿，停一会儿，手里的登山杖几乎就变成了拐杖。我赶忙把她包里的东西尽量都往大包里塞。这是初学者常有的情况，我让艺泓多歇一会儿再走，她总说没关系，还让我先走。我留给艺泓一瓶水以外，我拿起两个包先走了。我怕我在艺泓的身旁给她压力，我一个人上到一定程度后把两个包往山路旁的地上一放，又下去接她，如此反复几次，两三个小时后艺泓的体力好像恢复一些了，脸色又转为红润。约下午四点左右，我们到了鞍部。

鞍部，是小海坨山上的一大片缓坡，海拔 2000 米，也就是一个巨大的草甸，地面长满了厚厚的青草和野花。从这儿到山顶非常地近，可以轻装登顶小海坨顶峰。驴友们都选择在这儿扎营。我们的领队也选好了区域。我和艺泓在那块区域找到一块靠山坳的平地，稍微歇了一会儿，就把我们的绿色帐篷搭好了，艺泓还在帐篷前插了一束她采的鲜花。在我们的四周，各色帐篷开满青绿起伏的营地，营地因为帐篷而显得妖娆也格外宽阔，一望无边，衬得头顶上的蓝天与白天也是格外纯净。

时间还早，我们把包扔在帐篷里，只带着手机和相机就往小海坨山顶上走。空气清凉干爽，草地弹性十足，路途也全是缓坡。确实，这儿真是滑雪的好场所，山边那些扯上绳索布带的地方据说就是未来冬奥会的滑雪场。我们缓缓地走，很快就从与我上次不同的方向走上了山顶。那块长方形黑色碑石仍然矗立，石头上写有“松山（小海坨）海拔 2199.6 米”的白色字迹仍然清晰。我牵着艺泓登上了北京的第二高峰！我实现了当时的心愿：“等艺泓归来，我一定要带她来这里看一看山顶之下的流云滚滚、沧海桑田，还有它们互逐的光影。”

我实现了我的愿望。那官厅水库的水仍然在山脚下波光粼粼，远处仍是崇山峻岭、云雾轻飘，看得艺泓目不暇接。山风欲近，我带艺泓走到岩石凹处，山风顿觉小了许多，在透明的空气下我们极目远眺，远处的山顶被太阳镀上了一层金色，艺泓突发奇想：“为什么女人喜欢金色的首饰？”我说：“因为金色是太阳的颜色，而且它天然纯净无杂质不褪色。”近处的蓝天同样纯净，我问：“这天为什么这样蓝？”艺泓头靠我的肩：“因为爱，使天空变得蔚蓝！”我们相视一笑，心也就年轻了起来，我们的双手自然地紧扣一起，“执子之手，与子偕老”。

我们牵着手慢慢地下山，艺泓脸上的红潮未褪。下山路上，我们不时变化姿势相互拍照。下山的路是那么舒缓，然而，仅仅十来分钟，头顶上刚还是白色的云已经变色，灰色、黑色、黑白、纯蓝互逐，而那阳光则是透出云团形成一束束垂直向下的光柱，直刺地面。被这眼前的“流光瀑布”惊呆了，所有人都忙着拍下这一难得的景致。云块颜色继续加深，深得黑如墨汁，阳光由黄变红，红得如深色红橙，光束如一把把橙色的利剑劈开黑云，插向天边的草甸。

刹那间，天地万物都被夕阳染得橙红一片，帐篷、驴友、草甸都镀上一层夕阳的光芒。绯红的夕阳出来了，它躲在黑色的云层后面一点一点地露出它的轮廓，在最后时刻几乎是一跳、一跳就把圆圆的太阳托了出来，炽热地燃烧在黑色的天际之上，宛如赤红的火球，把在它之下的一切染得绯红，如血般绯红。

我用相机记录下了艺泓在夕阳渐落中的身影，也记录下了傍晚之后黑色天幕之下的闪耀亮光，那些亮光颜色各异，明暗不一。它们不是天上的星星，而是驴友们各自帐篷里的灯光，在夜晚的大草甸上异彩纷呈。第一次在野外睡帐篷的艺泓很兴奋，她说她没有想到野山上的风景是这么美。她理解了我为什么要不断地登山，“因为追求美是人的本性”。我也顺势说：“不断地追求才能不断超越。”艺泓仰脸说道：“我看登山已经成为你的习惯了。”确实，登山早已成了我的一种习惯，一种生活状态。那晚，我一如既往地很快入睡，而初睡帐篷的艺泓似乎不太习惯，很久才睡着。月亮如盘，柔光皎洁，浮云如梭，就在艺泓睡着后不久，天却开始慢慢放亮。橙色如昨的光线带着黎明蓝，从黑云里钻了出来，慢慢地把天空染得通红。四周的山峰也逐渐明晰了，明晰了的山峰让守望日出的驴友们一片惊叹，他们瞪大眼睛，眼前的千山万壑之间早就堆满了云块——不，是云海，白色的云海如棉如絮，上下沉浮、缓缓移动，把群山勾勒成一幅幅山水画作。云海升腾，山峰横移，旭日东升，红霞泼洒，整个天地美得旁边的姑娘小伙尖声叫道：“啊——”

我们下山了，艺泓数次回头，是那么留恋。如同电影画格般的视觉残留，小海坨山峰上那瑰丽的景色竟然长久不逝，好一阵后还在眼前浮现。我不禁感慨，在手机上写下一首《青门引》：

霓裳何处寻，彩袖却舞峻岭。恰逢浓墨兑彩霞，夜黑晨明，疑婆娑幻影。

前许海坨梦欲醒，忽看大已晴。十年攀登寻觅，群山逐梦话长情。

乞力马扎罗的雪

——一路天然，不说再见

开心雨滴送我的那本《乞力马扎罗的雪》，我还一直没时间翻开，但却老看见它的封面：一座雪山高高耸立，雪山之下是一望无际的非洲大平原，茫茫平原之上，一群大象正在不紧不慢地迁徙……

我给艺泓讲过开心雨滴的故事，艺泓对那位和她长得相像的姑娘感到好奇，还在“大闽网”上找到了那位姑娘写的游记，标题是“不远千里只为见你一面”，写的就是那次她去四姑娘山攀登二峰的事儿。艺泓看完后说她喜欢这位姑娘，尤其是那句“爬座雪山，走次沙漠，去次草原，看场大雪”让她感慨，说这个姑娘有梦想、有追求。

我也有了新的追求。一般来说，我在登一座山的时候就会盘算下一座山，确定自己的下一个目标。而对这次新的目标我想了很久，几座雪山都在我心里萦绕。经过一番斟酌比较，终于确定了我次年的攀登目标——乞力马扎罗雪山！那座儿时外公曾给我讲过，无数次梦见却仍对我蒙着神秘面纱，屹立在非洲坦桑尼亚东北部的乞力马扎罗雪山。

目标一旦确定，我就开始了准备。2017 年整整一年里，毫不松懈地进行体能锻炼。在健身房里，严格按计划进行跑步与器械训练；在北京周边的猫耳山、狗牙山、罗锅城长城、赤壁丹霞四十里长嵯等山峰上，不间断地定期进行适应性训练。到了这一年年底，我就开始线上线下地做攻略，找到了探险公司。次年四月份，我开始与探险公司深度接洽，在他们协助下买好机票，登上飞机，踏上征途。

飞机降落后开始滑行，透过午后的舷窗，我已经看见左前方建筑物——乞力马扎罗国际机场航站楼。我下了飞机，走到海关窗口，办了坦桑尼亚落地签，领取了我的一大一小两个登山包，前胸后背各背一个走出机场，一位黑人小伙迎面而来。

他是来接我的司机阿里。“How you dare to come to Africa alone? Mountaineering?”（一个人敢闯非洲？登山？）阿里穿着一件干净冲锋衣，微笑里透着真诚。

“Because it is there.”（因为山就在那儿）。我想着乔治·马洛里，回答得很有胆气。我不会犹豫。为了此行，为了去攀登乞力马扎罗——那座非洲的最高峰，我已经准备了一年。海明威的那篇《乞力马扎罗的雪》，让我深深地记住了那座矗立于非洲原野上的雪山。一个声音一直在心底呼唤：去攀登！

下午的阳光正好，阿里的车开在一条笔直的大路上，路两旁红色土壤上的玉米长势正旺，不时看到平坦大地上树冠庞大的大树和牵着牛做农活、头顶大包裹的黑人男女。阿里的声音把我唤醒：“那，就是乞力马扎罗。”果然，在远处，一座大山隐隐约约显现，我迫不及待地请阿里停车，先拍张照片再说，那山顶似乎还是白雪皑皑！阿里说我：“you are lucky!”（运气真好！）阿里说，我们是去阿鲁沙市住宿。阿鲁沙我知道，海明威那篇小说里有。车开到城边，阿里热情地带我入住梅鲁山宾馆（Mount Meru Hotel）。阿里给我介绍了他的老板是我这次行程的负责人，然后介绍了行程安排。临告别了，还不忘说这家宾馆是当地最好的宾馆，是他专门为我挑选的。我的英语不够用了，赶紧跟他告别吧。待他走后我仔细一看，这家宾馆绿草如茵，喷泉、游泳池、健身房一样不少，果然不错！但我最关心的是，有没有和我一样去爬乞力马扎罗雪山的中国人？但是很遗憾，那晚我只遇到一位亚裔面孔的男人，他还是来看非洲平原上动物大迁移的，一听我要去攀登乞力马扎罗，他眼睛瞪得老大。

第二天一早，阿里开车把我带到了玛查姆的“山”字形大门，这里海拔 1828 米，是登山的出发地。天上下着阴冷的小雨，我却被阿里交代给了图里扎、奥美等六位黑小伙，他们是我这次登山的随行向导。他们热情地簇拥着我到乞力马扎罗国家公园玛查姆大门处合影。湿冷的空气里站着一堆堆的登山客，没有一个亚裔面孔！我彻底失望了。

我把“红狐狸”交给了图里扎，然后背上小包，拿着登山杖，站在小雨里等待。

一个多小时后终于出发了，其他五位同伴背着或头顶着行装早已出发，仅剩下图里扎陪我徒步。图里扎是一位身高近一米八、体格匀称的黑帅哥，一遇高兴的事就要握紧拳头和我碰拳、竖大拇指，他还有一双激情四射的眼睛。我们从入口开始穿越热带雨林，小雨中的红土路湿滑泥泞，图里扎也一再让我“慢点”，怕我听不懂英文，还用双手反复往下压。这也和我这次徒步之前想定的“安全守则”战术一致：不拼速度，每天平安地走完行程，到最后一天只要身体不受伤，安全地到达冲顶出发地开始冲刺，就一定能登上乞力马扎罗，与

"7+2"握手（七大洲最高峰加南北极）！我跟着图里扎小心地走着，生怕在这片陌生的土地上出错。一个小时、两个小时，雨林中的路越走越窄，坡度也开始增加，驴友们的速度慢慢地下来了，但我的步子却没有慢下来。我实在受不了这个节奏，我开始了超越，一拨拨地超越，心里暗想，即使超越也没有违背自己的"安全守则"。

下午四点不到，我和图里扎已到达高处的一小块平地上，那上面有一个梯形的标志，顶上横梁写着"KILMANJARO NATIONAL PARK TANZANIA MACHAMA CAMP"，海拔3020米的玛查姆营地到了。小雨早已不见踪影，阳光灿烂的正前方，乞力马扎罗雪山巍然屹立。我和一位荷兰小伙站在标志前兴奋地拍起了合照，更把前方的雪山拍了一个够！山峰清晰，白云飘荡，形态多变，还有不知名的小鸟就在身旁鸣叫。正拍得尽兴的我被奥美叫了回来，他请我入住帐篷。那帐篷是国产的KAILAS黄色帐篷，但却是我在国内登山没有享受过的豪华——不但一个人居住双人帐篷，而且帐篷前还有一个小空间，晚上可以放登山鞋等。奥美又请我到旁边的一间蓝色帐篷用餐。帐篷里有一张铺着红白格桌布的餐桌和一把椅子，餐桌上面放着开水壶、奶粉、蜂蜜、果酱、袋装茶、咖啡、咖啡伴侣、可可粉等七八个小瓶，还有一大盘刚做出来、冒着诱人香味的爆米花。奥美躬身欲给我倒咖啡，我赶忙阻止，告诉他我不喝咖啡和茶。我吃着那盘爆米花，不忘谨慎地问道："这是餐前的食物，还是正餐？"他告诉我"只有这一种"。倏时，一种想哭的心情生起。就吃这个？它才有多少能量？奥美出去了，我拿起水壶调了蜂蜜水，喝得胃里起腻。这时那奥美又进来了，手里托着一盘香肠和一盆面汤。我那个气啊，此时的我哪还吃得下！还没完，一会儿后又是一盘空心面上来！

那晚的月光非常美，半夜醒来，帐篷里洒满了光亮，出去一看，满地银辉。尽管温度已是零下3℃左右，身披银辉的我却有一种奇妙的“银辉少年”的感觉，艺泓和我告别时说的话回响在耳畔：“不说告别，归来时仍是翩翩少年！”

已是第三天了，这一天的目标是希拉营地（Shira）。徒步时间约4—6小时。早上一拔营，图里扎就告诉我，大哥你体力好，今天我们让其他人先走1小时，省得我们到了营地也没事可做。我同意了，然后问他为什么这次他们六个人陪我一个人，一般的比例应该是三比一的。他恍然大悟似的解释道，我来的季节是夏季登山比较早的六月下旬，来的人少，他们六个人经常搭班子，背八天的食物、饮用水、烹饪燃气与灶具和露营装备等。这次遇到我一个人，他们谁也不想甩掉谁，就一起来挣这一份钱了。“哦，我说怎么有这么好的待遇！”他笑笑，又介绍起这一天路途的特点来，说是先要经过一个比较平缓的高沼区，然后再通过岩石峡谷地带拔高上升，最后才能到达海拔3847米的希拉营地。我明白了，时候差不多就和他一起出发了。开始就我们两个人走，放开大步走得酣畅淋漓，红土、岩石、青苔、大树，风光无限，大约走了一小时我们就走出了热带雨林，慢慢地，就进入了坡度还算平缓的高沼区，驴友也逐渐多了起来。他们汗流浃背，正弯腰驼背地在我们前面攀登。

不一会儿就到了图里扎所说的岩石峡谷地带。虽说是岩石峡谷，需要手攀脚蹬，但石头缝之间却开满了白色、红色、粉色、黄色的鲜花。这些灌木忽高忽低，在黑白颜色的岩石之中显得格外亮丽，行走

其间，如在一个大花园里面一般，不知怎么我就想起了曾经在秦岭鳌山上经过的那个“盆景园”地带。真是令人心旷神怡！更何况遇到一个艳阳天，朝东看是 Western Breach（西部裂口）的壮丽景观，而神秘的乞力马扎罗山峰从早上就一直在右侧陪伴我们。图里扎告诉我，乞力马扎罗是非洲的骄傲，也是一座神山，是一个将军的化身。是啊，高山孕育冰雪，冰雪灌溉大地，大地养育人类，无论中外的高山在人们的眼里都是神山！

翻过几个山口我们看到了一大片平地，希拉营地到了。营地左侧是山谷和山谷内一望无际的云海，右侧就是那神秘的乞力马扎罗的雪山主峰。蓝天之下，白云在主峰上悠游徘徊，无数的黑色非洲鹰绕着雪峰盘旋，这些鹰们就是落在营地的帐篷周围也毫不认生，甚至走到你的足下觅食。而在平地之上，驴友们五彩缤纷的帐篷如花开放。天高云淡，壮阔如画，每一个人都手忙脚乱地拍摄。我拍完营地标志，拍完云海，拍完山峰，拍完四处盘旋飞翔的非洲鹰，但总还觉得遗漏了什么。想起来了，我赶紧打开登山包，掏出这次出行随身携带那本新的《乞力马扎罗的雪》，放在了一块灌木丛中的岩石上，以乞力马扎罗雪峰和盘旋的雄鹰为背景，雪山与书同框，拍下了雪山和岩石上的这本书，这本本就属于雪峰的书！

时间空暇，图里扎又带我走到了营地旁的一座小山上，从小山上望去，雪峰的景色更加开阔。想不到的是，这非洲的山上面也有人用石头堆满了和藏区一样的“玛尼堆”。更想不到的是，已经有了一伙从美国华盛顿来的大学生先到这里，一看到我，就叫喊着跑了过来，以乞力马扎罗山峰为背景合影，然后不由分说地就把我举了起来——美国人相信实力，上午在路上我超过了他们。

太阳西沉，天气变冷，风也越吹越大，吹得山顶上的人都快要站不稳。图里扎说，今晚的温度会降到零下 5 摄氏度，风会到 12 级。我们赶紧下山。下山路上，图里扎不好意思地告诉我，昨晚我没有用我专用的厕所。那厕所、还有马桶和马桶用的水都是专门背上山来的。我若不用，他们就不好算工钱。啊！该轮到我不好意思了，我忙问厕所在哪儿？图里扎一指餐厅帐篷旁的一间绿色小帐篷，我心里一咯噔：“总共才四间帐篷，我一人就占三间？”回到营地风更大了，我马上躲进餐厅帐篷，那帐篷的四周已被奥美等人压满了石头。躲进帐篷的我迎来了山上的第二顿晚餐，吸取教训，我把爆米花全部给了图里扎等领队和向导们，自己则吃后面的面汤、香肠。吃完后那风已大得把帐篷吹得东倒西歪，我急步钻进黄色帐篷准备睡觉。哪知，最艰难的事情来了，西餐几乎每顿都有汤水，牛奶、蜂蜜、面汤等，不喝不行，喝了晚上必起夜。醒来后必须从温暖的睡袋里钻到冰冷的外面，如果想不感冒，必须戴上帽子、头灯和眼镜，然后再从袜子到冲锋裤到防风衣全部得穿戴整齐，拉链拉好，折腾得自己完全清醒，再快速地钻出帐篷冲入风中，迅速地找到位置解决，然后再回到帐篷里，一件一件地脱下来放好。那晚狂风大作，可我必须遵守“安全守则”。我穿戴停当，冲出帐篷连厕所帐篷在哪个方向都弄不明白——风早已把那间绿色帐篷吹矮了一半。终于找到了，厕所的拉链已被风扭曲得根本拉不动，我在狂风中站立不稳地与风抗争，好久以后终于败下阵来，只好弃之不用，再跑向公用厕所。回到帐篷想起来都心有余悸。

第四天，图里扎早上见到我就说，这一天是到目前为止最艰难的一天，我们要穿过 4642 米海拔的拉瓦高地（Lava Tower Hut）。有些登山者会有明显高反，呼吸困难、过敏或者头疼，中午在高地路餐后下行 658 米，再拔高到海拔 3984 米的巴兰考营地扎营。

一路上是广阔无垠的半荒漠景观，大小石块铺满地面，形似戈壁。路上的图里扎和我几乎都沉默不语，在这种单调无趣的路上走，人们大多选择沉默。去年做攻略时我知道，登乞力马扎罗一般有三条线路可供选择，一是马兰古线，也就是常说的“可口可乐线”，这条线比较容易走；二是玛查姆线，也就是“威士忌线”，这条线相对困难；

三是莱莫绍/希拉线，这是近些年才兴起的。我之所以选择威士忌线，是因为一眼看到了宣传册上的标题“烈酒配英雄——乞力马扎罗威士忌线登顶行程”，一下就热血奔涌。

对于眼前这种半荒漠景观我不觉得难，还不由想起了以前路过的从青海可可西里到甘肃那段戈壁行程。路上的天气明显地比前两天冷了，我和图里扎都戴上了登山绒帽和手套，把登山服的拉链也拉得严严的，低着头不停地走。两三个小时后，开阔的石漠前面出现了巨石遮挡住我们的视线。巨石越来越近，图里扎告诉我那就是拉瓦高地。拉瓦高地是一大块巨大山形的红褐色岩石，在整个平地里突兀而立，十分险峻雄伟，很多攀登者都会在这儿路过或者扎营休息。仔细一看，几乎每块平石头上都有背包客，每个岩石凹处都有黑人兄弟歇息。登上拉瓦高地的图里扎忙着给我在营地梯形标志前拍照、和我合影，我的相机一份，他的相机（手机）也必须再拍一份。他每天都会把我登山的照片网传给阿鲁沙的那位老板，再传给国内的亿帆公司。一过拉瓦高地，我们的脚下几乎就是开阔的大下坡，走得顺畅，话也就多了起来。图里扎告诉我他家里有五兄弟，他是老二，有三位兄弟结了婚，他念过书，从 School 毕业，父亲是一位“智者”；还告诉我，他们的小家一月最少需要四千坦桑尼亚先令，只相当于人民币十二三元。说得兴起，他还唱起歌来，走起路来两手也摆开，带着舞蹈动作。正颠得高兴，他却一下摔倒，我一看他鞋带都绷开了，走过去让他别动，然后弯下腰帮他系好，他感激得黑色的脸膛泛着红光，对我竖起大拇指。我也乐得漂浮起来，足下一滑，摔了一个四脚朝天。图里扎急忙跑过来给我揉脚。此行，我的目标是登上顶峰，与“7+2”握手，踏实走路，再也不敢掉以轻心了。放眼前路，壮观的 Western Breach 和 the great Barranco Wall（峡谷墙）就在左前方。它们似一道绝壁在平坦无垠的石漠上高高矗立，山路上的石块大者如斗如箩，但多是遍地碎石，有的已成沙石泥土。而在山路两旁，一些从未见过的热带植物却从石头堆里生长了出来，有的半人高，有的一人高，还有两三人高的，放眼看去真是一个颇具非洲特色的石漠花园，给这片半荒漠地带增添不少亮色，我们的相机又开始忙碌了。

走过这一段，就到了巴兰考营地(Barranco Camp)，原来，营地就在 the great Barranco Wallr 的下边。地势开阔的营地下面就是断崖，断崖下云海翻动、晚霞浸染，红红的日头正在下沉，美得摄人心魄。而半夜的景致更是让人难忘，虽是 -4℃左右的寒冷，但天气清朗，月亮高悬，星光灿烂。月亮与繁星布满天际，竟一时让我弄不清是城市的霓虹还是天上的星河。我开始浮想联翩——荒漠、高地，沙石、花园，霓虹、星河，一路走来一路天然，然而如庄子所言：“天在内，人在外，德在乎天。知天人之行，本乎天，位乎得；蹢躅而屈伸，反要而语极。”（《庄子 · 秋水》）。

第五日。睁眼一看，难得这么好的天，白云里透着瓦蓝瓦蓝的颜色。我们开始攀爬峡谷墙，那是一个岩石崎岖的山脊，虽有些难爬，但照起相来却非常出效果。坡度陡峭，岩石险峻，山路曲折逶迤，山上所有登山者都上下重叠、忽远忽近，彩色的登山服从山顶到山脚似一条移动的彩带，头顶物件的黑人兄弟如山间的朵朵蘑菇，身背登山包的攀登者个个犹如蜘蛛侠。

寻常的攀爬已经不过瘾，我把相机丢给图里扎，然后七拐八拐超过众人，站在了一个小垭口的顶端，让图里扎给我拍照。到达顶部，我们才发现，虽然攀爬的阻碍多多，让人胆寒，但其实并没有想象的那么难！四下眺望，海姆冰川（the Heim Glacier）之下，乞力马扎罗真正的壮丽景观就在眼前！脚下却开始了一些小起伏，似一马平川的非洲半荒漠地带，大小石块铺陈凸立，植物越来越少，路上多是比秦岭太白山石海还小的石块，不多的巨石也多呈圆形，一看就是经过千万年的风吹日晒，雨淋风蚀，岁月蚀刻的痕迹明显。

行走在这样的地带很容易怀古，想起些高深莫测的问题。图里扎就这样问道："你为什么要来非洲登山？"。我不能像伟大的乔治·马洛里那样回答："因为它在那里。"那太哲学、也太敷衍了。我只能回答因为我喜欢非洲，喜欢这座"非洲屋脊"我不由认真地问起了自己："我为什么要登山？"回答仍然是，我们从哪儿来的就渴望回到哪儿去，这是不忘初心。我们的祖先是从山里走出来的，因为山给我们生命的源泉。混沌时走出清醒，痛苦时走得解脱，喜悦时给你气象万千，平静如水的日子可以走出超越的感觉，暴戾狂乱时能够走去戾气与原罪，烦躁时让你平复，颓废时给你力量，年少轻狂时让你知道山外有山，欲说还休时给你精彩无限，漫漫长路，苦的是心智，增的是斗志。登山几乎能给你一切，让你在未知的索求之中走向新奇的未来，让你青春不逝、激情不死……在前面欢天喜地的图里扎又返回来问我了，他把我的思绪打断，脸上透着孩童般的真诚问我："Do you like us?"看到他认真的样子，我肯定地点头："Of course!"就这两个单词让他露出了非常开心的笑容。那天和图里扎聊得高兴，聊得高兴的我们都不看路，在过一段石滩险路时他先摔了一跤，接着我连摔两跤——第二跤是在一个狭窄的石窝路口，脚下一滑，眼看就要失掉平衡往左倒下，还好我及时把身体稳住。不然，咫尺之外就是悬崖！但那一跤摔得真不轻，我缓了好久，在图里扎的帮助下才站立了起来，他嘴里还不停地对我说着“江搏”（加油）。图里扎用他带的外用药给我敷上。

到了卡兰咖营地（Karanga Camp）大门，海拔4040米，我还是忍着疼先到门口登记。只见登记册上和往日一样，美国人最多，欧洲人其次，日韩人士一个没有，“China”就我一个。已是高山荒漠带的营地上云雾缭绕，冷气袭人，黑色的鹰在四处悄无声息地飞旋，各色帐篷里的咳嗽声此起彼伏，一位女士被她的两位同伴搀扶着，一位学生模样的男孩被往山下送，几位年轻人在忙着扯出他们的旗帜拍照。我心里开始感叹，嗯，二十来岁能出来这一趟真好！一定能给他们的一生刻上深深的年轮。图里扎让受伤的我赶紧进帐篷保持体力和体温，他和奥美则进进出出地忙碌起来，送吃的喝的，还提早量起了体温——通常是每天睡前量体温、计脉搏、测血压，还有一盆热乎乎的洗脚水。

躲在帐篷里的我一看时间才下午一点钟，只好又拿起那本海明威的小说集看了起来。原来我不是太熟悉这位长相凶悍的作家，但看着看着却觉得在他生硬的外表下遮藏着一颗温暖柔情细腻的心。除了看书，就是想吃的，想回国后吃的。那天晚上厨师做的汤难得好喝，但不敢多喝。晚上还是出了一次帐篷，那天上仍是星光满天，地上也是银白如雪，都可以不戴头灯。

第六日，今天将到达海拔4681米的巴拉夫营地（Barafu

Camp），冲顶就将从那里出发。也就是说，按照日程的安排下午到达后再休息半天，半夜凌晨时就将在巴拉夫开始冲击这几天一直在眼前的“非洲之巅”！我在心里不停地告诫自己，一定要平安！

那天，我们早上六点起床，一路上美轮美奂的云海都是不可多得的壮丽景观。走得顺畅，上午十点半我们就到了巴拉夫。“巴拉夫”在斯瓦希里语中的意思是“冰”，地处寒带的这个营地已经停止供水。寒冷、荒凉、大风无处不在，山石横陈、地域狭小，迫使我们的帐篷只能搭在狭窄多石的山脊上，四个帐篷之间都散乱而密集地立着大小不一的巨石。躲在帐篷里吃了中餐以后，我开始清理检查所有装备，登顶保暖的冲锋衣、羽绒衣、登山杖、头灯电池、相机电池、保湿杯内的热水等等，甚至还带了两块巧克力，准备好好睡一觉恢复体力，凌晨开始攀登最后的1214米垂直高度，拿下乞力马扎罗雪山的最高点乌呼鲁峰（Uhuru Peak）！

但是，我刚打开睡袋准备睡觉，图里扎就钻进我的帐篷，他说今天天气好，山顶能看到冰川，还有梦一般的白云和夕阳西照，而明天早上有可能山顶被云雾笼罩，什么也看不见。也就是说我们最好马上开始登顶。这太突然了，我心里是一万个不情愿，上午的徒步虽不算累，但是连续攀登心里也不是太有底。更何况如果要今天登顶，昨天就可以到巴拉夫宿营啊，这样要从容得多。但图里扎和后来钻进帐篷的奥美都说明天可能有雾，甚至小雨。一看他们已经全副武装，我犹豫着。中午习惯犯困的我实在不想起身，但是，明天真的有雾怎么办？看不清山顶岂不是有负整个行程？他们又说，像我的体力傍晚就能登顶再回到营地，于是，一万个不乐意的我勉强起身了。我穿好保暖衣服，心里给自己加油打气，然后才走出帐篷，和他们一起从巴拉夫营地开始登顶。

我们向上攀登，拔高到海拔 5000 米左右时，还遇到了在玛查姆营地和我合影的那位荷兰小伙，他已经登顶折返了——他就是昨晚到巴拉夫营地宿营，今早开始冲顶的。我们继续攀登，5000 米以上似乎要难一些了，越往上我越大口喘气，有时也会停一下喘息一会儿。不知何时，天上又下起了冰雹，黄豆粒大小，打在身上，倒也不疼。我们继续往上走，也越来越觉得难走，喘不上气，脚步越迈越小，两手的登山杖举起落下，落下就不想举起。登山英雄潘多谈及她 1975 年 5 月 27 日登上珠峰时表情沉重："那时非常艰难，高寒缺氧、冰山无路……真是有心无力，看到前面队员的脚跟，一个心想要超过去，但就是不行，慢慢移一小步，就得停下喘会气……"与她相比，我的感受有过之无不及。终于，身旁的奥美说斯特拉峰（Stella Point）快到了。我抬起了头，果然，前方不到 100 米处就立着斯特拉峰的梯形标志，它海拔 5752 米，是乞力马扎罗山的第二高峰，登上它就可以拿到登山的"绿色证书"！我奋力向前，终于走到了那褐色的梯形标志前，匆忙拍完照后，我想稍休息一下再出发，最后冲顶最高峰乌呼鲁峰。但夕阳斜照，天色已不等人，来不及喘息，我们继续攀登。我的脸色开始发白，嘴里的大口喘气声已变成锐利的尖叫。嘴里虽说不出，但心里也一再对自己说："Get to the top！"我知道斯特拉峰距乌呼鲁峰的垂直距离也就只有 143 米，我一定要跨过去，跨过这个距离，超越自己！

两边巨大的冰川出现了，一座一座地出现了，如高楼大厦，如航母巨舰，如巨墙万仞，晶莹剔透蔚为壮观！

血色夕阳出现了，夕阳冰川，白云蓝天，在我眼前闪耀着神圣的玉一般的光泽。我抢着拍照，也抢着赶路，但我的呼吸已出现严重的问题，从胸腔处发出一阵阵恐怖的声音，如风箱被撕裂破口。我多想停下来喘一口气，但只要一停下来两位黑兄弟又会来左右扶持，我只能强制忍受着身体快爆炸、死一般的难受不停地向前，我控制与驾驭着身体的颤抖与窒息感。“Reach the top!”我向他们尖叫出不成调的声音。终于，我看见了前面山顶上的梯形标志物，我们赶在了夕阳落山前到达了乌呼鲁峰！我们拍下了刻有海拔 5895 米字样的山顶梯形标志物，我们抢下了美得惊人的镜头：如血残阳在冰川上的最后一缕阳光！

夕阳转瞬即逝，我们开始下山。风一点也没有减小，冰雹仍然往身上砸，我拖动脚步慢慢地迈着步子，我知道只要一缓过气来我就能正常下山。但下山没走一会儿，两位向导却不由分说，一人一边挟持着我的手臂飞一般地向山下跑去。我抗议，我想反抗但已无力反抗，头脑几乎一片空白，此时我才明白他们体力的强大。黑暗之中，也多亏了两位黑兄弟超强的体力和超强的救援能力才能在陡峭难行、巨石横阻的山路上飞奔往下，不管我如何号叫挣扎抗议也不停步。后来他们说，以往他们也是这样救援的。我的意识几乎丧失，我的身体无能为力，好一会儿后，他们才松开了我。他们用卫星电话呼叫同伴接应，一个半小时后接应的同伴到了。他们俩也是强弩之末、立马瘫倒在地。接应的同伴帮我们仨拿下所有物品，但脚下的路依然得自己走，前面的山路漫长得好像总也走不完。终于，我们回到了巴拉夫营地。那晚，进帐篷之前的我思维停滞，目光游离，脚步沉重，在去厕所时在岩石上硬生生地摔了一跤，直挺挺地往后倒下摔在一块巨石上面，背部和巨石相撞发出沉闷的一声，不听使唤的脚也拧了一下，吓得图里扎他们脸色大变，赶忙给我端洗漱水、拿吃的喝的。可我要睡觉，我只想睡觉！连登顶乌呼鲁峰，拿到“金色证书”的喜悦都被睡意驱逐得一干二净。

攀登乞力马扎罗雪山结束了，结束得简单粗暴。我自豪，我提前一天完成了冲顶！我懊恼，我本可以胜利得更从容一些！

25 日一早，一听到我的帐篷里有动静，图里扎他们六人都围了过来。我只笑笑说：“没事！”图里扎和奥美他俩说昨晚夜幕降临山顶就起了大风，如不尽快下山我们可能在 −25℃的山上失温。事后我想，如果我前些天没有表现得那么“强大”，如果还有其他队员同行，如果行程安排得更加合理，如果他们的天气预报错了……我将会更从容地登顶，更加兴奋地享受此次攀登，胜利的感觉会更加舒畅！但是，谁又知道呢？就连乔治 · 马洛里最后究竟上没上珠峰顶都难以猜测！难以猜测，本身就是登山的魅力与乐趣。

吃过早餐，我和图里扎从巴拉夫营地往下走了。一望无边的非洲高山荒漠带倾泻而下，大小不一的石块褐中带黑，我走在下山的路上回头凝望，那愈来愈远的山峰似乎云雾渐开透着蓝天，但山顶的云雾一直没有化开。我放弃思考这个问题，我转过身去俯身礼拜山峰。乞力马扎罗，这座我想见证雪却没有看到雪的山峰，这座留下无数谜题、不知何时再见的山峰。

山峰越来越远直至消失，不停往前赶的我们到了马维卡营地，这本是 25 日这天晚上我们要扎营住宿的地方。提早一天下山的我，在那天下午就又穿过热带雨林来到了马维卡大门。在那儿，我给图里扎他们支付了小费。除小费之外，我把我回程不用的物品，波司登羽绒衣、速干裤、带红星的帽子、充电宝等，还有几个一路携带上山的“中国结”礼品，全部分给了这些天与我同甘共苦的六位兄弟。这些物品有的是新的，有的陪伴我登上过多座高山。然后与我所有的黑哥们儿合影留念，领取我登顶成功的“金色证书”。再见了，兄弟们；再见了，我一个人去非洲的徒步旅程。虽说没有看到外公向往的成群大象和动物大迁徙，但我总算替他目睹了让他一说起来就激动的这座非洲之巅。

当晚，我回到了阿鲁沙市的梅鲁山宾馆，彻底地洗了一个澡，然后躺到了床上。敲门声忽然响了起来。原来，这家宾馆里还有一位“厨艺总监”是中国人——四十来岁的高先生已经在这儿独自待了一年多，听说有一位中国登山者住在他们酒店，他就找来了。他请我去大堂餐厅喝饮料，作为回报，我把我此行没有用上的药品，泰诺、板蓝根、藿香正气胶囊、复方木香小檗碱片等都给了他。他喜出望外，说在外生活缺的就是药品。那晚，两个陌生的中国人聊得特别开心，他说他是西安人，他讲了他在国内发财、上当受骗，一贫如洗，再到非洲打工的经历，我说起我这次登山的过往。临别时，他听说我明天要去三千米以外的阿鲁沙市，马上手绘一张步行图给我，并问道：“你为什么喜欢登山呢？”我一笑回答：“嗯，我就是喜欢。”其实我此时此刻心里想说的是：因为我们的人生像登山，贫困、富裕、窘迫，空虚、平庸、狂傲，烦恼、无奈、悲伤，哪一座不是我们人生必须经过的大山？如果能把攀登人生之山和自然之山相互映照，那我们的人生将会更加轻松和富有色彩。这段话在我心里已经蕴蓄、酝酿了很久。

26日，吃完早餐后，我循着手绘图走进了阿鲁沙市。这座早已闻名的城市里以本地人居多，黑人以外的行人街上少见，街面虽有些陈旧却也是井井有条，该做生意的做生意，该进教堂的进教堂，该逛商店的逛商店，该挤公交车的挤公交车，还有一座博物馆。也有倒票换汇的，但面对不时拥上来的掮客，我总是先笑笑，然后走开。我还在博物馆街角处的一个摊位上向一位黑人大嫂买了一串香蕉，她收起美元递给我香蕉时满脸笑容。

6月27日，接我的阿里开着来时的那辆车把我送到了机场。托运行李、安检登机。当回程的飞机腾空而起的那一刻，那个问题又冒了出来："你为什么要登山？"在空中的我想到的回答是："登山是用自己脚步走出了自己的高度。"而就在飞机降落北京的那一刻，我已经想明白了我的下一个目的地：青藏高原。去啊，那将是又一个梦幻的历程……

冈底斯山脉·冈仁波齐峰转山

——总有属于自己的一束星光

那个相约多年的梦想约会终于成真，我们几位好同学早就相约在海边的梦想实现了。“面南临海话沧桑”，那年春节假期的后三天，我们都如约到了海南三亚。海南，是中国最年轻的省份。从改革开放以来，它从一个封闭落后的边陲岛屿，发展成为中国最开放、最具活力的地区之一。特别是近些年来，它已从国际旅游岛、自由贸易试验区步步升级。在这里聚会，让我们更能感到改革开放的节奏。而对喜欢花卉的艺泓来说，这里是她的最爱——原因是，这里“花多”。在俄罗斯考察的仁健从莫斯科直接飞到三亚凤凰机场，小莉慰问完老干部看完老领导再陪着佳婷从成都过来——佳婷有时还是抑郁。我和艺泓从北京赶来。我们的女儿和女婿也带着他们的三岁女儿小荔枝（Charlotte）来了。他们已落实好回国工作的单位，上班前先到成都去看了爷爷，再提前两天到三亚给我们安排食宿。

住下后女婿就开车带我们去“琼菜王”餐馆，女儿和小荔枝在餐馆门口迎接我们。见着活泼的小荔枝，小莉高兴得一把抱住，一定要孩子叫她“奶奶”，没有孩子的她见着孩子别样地亲。小荔枝在女儿的指导下“Grandma”“奶奶”交替着叫着小莉，高兴得小莉“哎，哎”地答应个不停，还送给小荔枝一个小佩饰。小荔枝很快就在餐馆后院的“幼儿角”和小朋友玩了起来。

那一天下午吃过早晚饭，女儿他们就带孩子到海滩玩了。我们转移到一家叫作“风车水岸”的水吧坐下聊天。那家水吧就在海边，海潮起落的声音打在岸边岩石上起起落落，伴随着大家的沉思、回忆、感慨。相聚不易，仁健提起最早还是光凯提议相约的，“‘五魁首’已经变成四季财了。”艺泓和我、小莉皆感叹不已，佳婷更是激动：“他喜欢海，还约好的和我一起去看海。说话不算话，他自己先走了！”大家赶忙转移话题，说起了小时候的趣事：老师让写整三页的毛笔小楷，仁健图省事就重复写了一句话“毛主席万岁”；佳婷表演节目时没有“红灯”，小莉就把家里的红色暖水瓶提到学校来；我上课时偷看小说被抓，光凯和仁健就赶忙找老师说是他们借给我的，要我放学就得还他们；我和光凯去外地上大学，仁健、小莉和佳婷都跑到成都火车站站台去送——聊得很暖心也很伤感，连艺泓都跟着笑，跟着叹气。仁健说这几年在国外投资更规范了，好多事都得把当地的法律弄清楚，他已成功地在国外建了一个商业城；艺泓说我的视频策划又获奖励，我还被聘为影视协会的专家委员会主任，任期五年；小莉说现在执政“必须以人为本”，从基层到常务副市长，不，她刚转岗市人大常委会副主任兼秘书长，一路走来风清气正口碑良好；佳婷已经提前内退了，但她指导的学生还是个个出彩，明星众多。他们都让我说说野外爬山的趣事，我给他们说起了在西藏多雄拉雪山上的片段，说到危急时刻父亲背女儿下山的情节，佳婷两眼落下泪水，拿着艺泓递过的纸巾就擦起来。仁健说登山需要一种精神，我说实际上就是两个字：有瘾。小莉问：“怎么讲？”我接着说：“攀登有瘾，吃苦有瘾，拼搏有瘾，向前有瘾，胜利有瘾。”“好！”刚一说完小莉就叫道，她说：“太平盛世需要自虐、自励、自醒，‘生于忧患，死于安乐’”。得益于改革开放才能上大学的我们，亲历国家的成长和强大。吃苦、拼搏我们不怕，也敢于向前、敢于胜利。说到党的“两个一百年”战略目标，说到经济总量已达世界第二的荣耀与烦恼，大家纷纷热议，但也相信就如登山一般，我们必须走完最后一千米、登上顶峰！登高俯瞰必定是风光无限！

那两天，我们在三亚海边享受着椰风海浪、明媚风光，享受着春节假期的奢侈，说着要把友谊进行到底，相约着三年、五年、十年后的相聚，还在海南，还要体验这个地方的改革开放、岁月变迁。临别那天，我们坐在三亚蜈支洲岛海边沙滩上。我告诉他们，六七月间我要去西藏的冈仁波齐，小莉和佳婷都目不转睛地看着我。艺泓嗔怪是嗔怪，但却为我准备好了转山需要的一切。我已经攀登了十年高山，但一定还要去青藏高原的冈仁波齐转山，这是我心中早已定下、越来越执着的目标。

冈仁波齐山峰海拔 6638 米，是冈底斯山脉的主峰，在它形似水晶金字塔山巅的周围还簇拥着上百座同样金字塔形、但稍矮一些的雪山。这里被许多西方学者认为是“世界的中心”、“轴心”或者“天神之城”。而东方世界的评价毫不逊色，无论是藏传佛教、西藏本土的雍仲苯教，还是印度教和耆那教都共同奉它为神山。它，位于西藏的阿里。

阿里，在西藏之西，“是西藏的西藏，是神秘的神秘，是遥远之后的遥远，是绝对世界屋脊的屋脊”。地球上最雄伟的三大山脉——喜马拉雅山脉、冈底斯山脉、喀喇昆仑山脉将神奇的阿里围成一股苍凉超凡的极地气韵，并发韧出万水千山。傲立在这块地球屋脊上的冈仁波齐神山每年都吸引着无数的、东西方的朝圣转山者前往。

7 月 18 日晚，从全国各地赶往拉萨的徒步转山者汇聚拉萨城的“拉萨庄园”。第二天一早，我们十一位队员开始一路往西。往西，途经“世界上最美丽的水”羊卓雍错，它的水源来自四周围绕的念青唐古拉山雪水，这个湖没有出水口，雪水的注入与自然的蒸发居然达到神奇的动态平衡，而不同时刻的阳光照射与光线变化，演化成湖水千变万化的蓝色。两位深圳来的 70 后女士和江西的 80 后小哥哥，拍照之后竟静静地坐在湖边不忍离去，而贵州的 00 后律师则一换上美丽的藏装就久久不愿脱下。

往西，掠过卡若拉冰川，雪白的冰川凹凸有致，如一幅巨型唐卡挂在山壁之上，在阳光的照耀下熠熠生辉，收在重庆来的医生微微和上海凌凡女士的镜头里，画面绝美。往西，扎什伦布寺如一个巨大的艺术宝库，白色佛塔与寺院殿堂让广州的梦然姑娘，河南信阳的“弥勒”与山西大同的景红先生留恋迷路。入住日喀则一晚后再往西，翻过海拔 5248 米，满天经幡飘扬的嘉措拉山口几小时后就到了珠穆朗玛峰大本营。此时的大本营，为保护雪山已下撤到海拔 5100 米的绒布寺附近。入夜，我们住宿在珠峰核心区里的扎西岗村，一间大屋子里十一位队员挤在一个大通铺之上。

21 日，往西，继续往西，沿途喜马拉雅山脉雪峰逶迤不绝。路过佩枯错，据说能在这个湖旁拍到希夏邦马峰的人都会交到好运，而此时希夏邦马雪峰与湖水交相辉映的景色就在我们队伍眼前，不但留在了我们的相机里，梦然还取出无人机，和上海的凌凡他们一起遥控拍摄。往西，继续往西，从仲巴县开始，我们正式进入平均海拔 4500 米以上的阿里地区。这里雪峰林立、百川奔腾、湖泊众多，笔直的 219 国道看似直达天际，让我们忍不住大甩镜头，而一大片突兀横陈的沙漠地带更是谋杀掉了我们手机相机里的大量内存。往西，继续往西，经萨嘎一夜再直驱普兰县的塔钦镇，直到傍晚我们才在领队达瓦的指引下看到了远处的冈仁波齐峰，它矗立在 219 国道的右侧、雪白圣洁，让也算见山无数的我们懵懂得甚至有些回不过神来！此行的小伙伴们，不但都酷爱登山，而且大多攀登过不少驴友眼里的中外名山，“曾经沧海难为水”，这样的小伙伴们聚在一起都友爱平和、等待着享受户外登山的乐趣。

四个白天不停息地向西奔波，我们终于到了这座“神山之王”山峰南壁的脚下，还未来得及登山的我们，就在神山山峰的脚下已是眼界大开：两个约三百平方千米的湖泊一西一东静静地躺着，它们就是传说中的“鬼湖”拉昂错和永恒不败的西天瑶池“圣湖”玛旁雍错。神奇的是，鬼湖的咸水苦涩难咽，而仅一路之隔的圣湖却盛满淡水且清爽甘甜。不可思议的是，据说两个湖的湖底还相连相通。如果把目光从宽阔湛蓝的湖面升起、往南看，那就是与冈仁波齐峰相距 100 千米，遥遥相对的“圣母之山”纳木那尼峰。黄昏之中，它在湖水里的雪山倒影摄人魂魄。

23 日，这一天是进藏的第六天，却是我们转山的第一天。厦门来的医生退出了，说不清原因，但她的身体确实严重不适。她不愿退回拉萨返回内地，而是在海拔4600米的住地塔钦镇等我们。其余的十名队员在领队达瓦的带领之下早早出发。登山杖、冲锋衣，每个人都装备整齐，每个人都蓄势待发，信心百倍。

我们将要面对的是在海拔4600米至5600多米高的云端之上，总共56千米的环形转山与徒步攀登。曾经有人用一天转完，我们准备两天完成，达瓦说去年有俄罗斯队是用三天徒步完成的——他们更看重的是享受，享受转山的过程。转山开始，风和日丽，山路也如乡间土路一样好走。沿途山口彩色经幡飞扬，不时地碰见也是转山的藏族同胞，他们不但自己转，有的还背着抱着牵着未成年的孩子转，甚至带着自己的宠物小狗小羊转。他们一路徒步走着、聊着，或者叩着长头。我低头观察，那土路路面上都划满叩拜后留下的弧线印痕。再抬头观察，有的人走的是逆时针路线转山，有的人和我们一样是顺时针。专业的藏族领队达瓦告诉我们，雍宗苯教和印度教教徒是按逆时针方向转山的。如果再仔细观察转山者，他们多数人都走得不紧不慢，脸上的表情单纯而陶醉。

很享受的土路徒步接近三小时了，天却突然下起了小雨。雨点还越来越急，好在达瓦告诉我们，经幡广场快到了。我们心里升起希望，加快速度到了经幡广场，那山口上的广场垒满了大小不一的玛尼堆，玛尼堆上挂满了五颜六色的经幡。我们都走近经幡，掏出事先准备好的经幡和风马，把写有自己家人和亲朋好友，如仁健、小莉姓名的经幡连在一起，再扯挂在玛尼堆上，然后齐声欢呼，向天空撒出风马。无数的风马在空中飘飘扬扬，好似数不尽的祝福与祈祷。

雨更大了，我们穿好雨衣，疾步奔走。很快，就到了曲古寺，曲古寺前面有一个藏民开设的补给站大帐篷，我们躲进去喝了一杯酥油茶，待雨小了一些再继续向前。雨中前行，虽说登山鞋、冲锋衣等都有防水功能，但徒步时间长了总会一身都感觉湿漉漉的，走得愈发艰难。不知何时，天上还飞起了小雪，雪花夹在雨中，把一直伴随身旁的拉曲峡谷染得灰白朦胧，而飘在灼热的嘴里却是一片冰爽。天遂人愿，那雨和雪终于渐渐地小了，停了。太阳出来了，我把雨衣收起来，把冲锋衣扎在腰上，让太阳把身体全方位照射。沿途，冈仁波齐主峰在它周围莲花瓣的山峰簇拥下时隐时现，甚是惬意。享受着风景和阳光。下午四五点钟，我们就走完第一天的全部路程 22 千米，到了宿营地止热寺。一进住宿小楼，我们迫不及待地就把疲惫的身体放平在海拔 5000 米以上的床上。就在那一刻，我才和同室的那位人民教师小张意识到，我们就躺在冈仁波齐神山的山腰上，它的北壁近在咫尺，仿佛把手伸出窗外就触手可及，清晰无比!

领队达瓦进屋招呼我们，统统下床、出门，再徒步登上一个小台地。山坡之上的台地是一个平台，一个正对冈仁波齐主峰北壁的平台。平台前面，主峰北壁赫然屹立，我们合影、祈祷、为家为国，然后各自在满地经幡、玛尼堆的平台上寻找角度，对准主峰北壁取景拍照；然后再沉默不语，凝视主峰发呆，体会与它亲密接触的感觉，或者无言诉说心事，或者调整呼吸吸收能量。眼前的北壁表面，峰顶挂雪带冰、通体黝黑剔透，真个似“千年冰化作真水精”，不由让人神思涌动、浮想联翩。我情不自禁地把手伸进自己的胸前，掏出随身佩戴的那块“红运缠身”和田仔玉，把它从脖子上取下来，再挂在一块经幡

他们的我，走得也是十分舒畅，一个人享受着飘落在身上的雨点雪花，一个人体会那种踏雪寻路的快感。还有那些路边远近的风景，那些心中渐渐泛滥的涟漪，它们和着山垭口与转弯处不断涌出的五彩经幡，撩拨着心中渐渐泛起的思绪，尝试着与神灵先哲相通。说到“阿里三古国”，领队达瓦滔滔不绝，身为藏族的达瓦不但专业知识和责任心强，其虔诚朴素的心态也让人感动。他最爱说的一个词就是“够了”，“小时候有父母的爱，兄弟的陪伴就够了；长大后娶个老婆，你情我爱就够了；结婚后生个娃，有几头牦牛，再养只狗就够了。‘够了’，让我们很幸福。”这种幸福感漫过雪域山水，寄托浮云蓝天，在这片世界屋脊上世代回荡。

沉思行走的我，享受徒步的快感遍布全身，不知不觉就到了第一个大坡垭口，终于缓过劲来回头去望望刚走过的山路，那大部队在我的后面只有绰约的影子。我用手机拍下了垭口的经幡和同行的藏民继续行走，我到了第二个大坡垭口，稍等一会儿就与已经赶上来的大部队会合了，兴奋的达瓦见到我就夸赞：“大哥不错，你的耐力很好！”雨雪停了，我脱下一次性雨衣，把它塞进了旁边的蓝色垃圾箱里，然后和大家一起出发，一起走到了第三个垭口——此行最高处的卓玛拉山口。山口上经幡招展，人群聚集，喜悦的表情都在庆贺彼此走过了此行的最艰难时刻。看着绿色指示牌上“卓玛拉”三个白色大字，我有些不敢相信——这个最艰难时刻就这样容易地走过来了？是真的，大家都在垭口之上喜笑颜开地拍照合影。事在人为，感谢上大在我早上落后的那一刹那赐予我的灵光一闪。

开始下山了，一下山坡，就遇到碧绿如玉的托吉错，它的湖面海拔5608米，意为慈悲湖。放眼看去，像极了高耸身旁的冈仁波齐神山的泪滴。也许，它是这个世界上最高的湖？一过慈悲湖，我感受到了下山的节奏，沿一条峡谷顺流而下，势如破竹，一泻千里。经过几个寺庙，徒步二十多千米，就看到了我们环形转山的终点塔钦镇，那句“转山一圈，可以洗去今生的罪孽”的传说让我们心中幸福感和满足感油然而生。然而，看得见不等于够得着，要回到塔钦似乎不太容易，近在眼前的小镇总是那么可望而不可即，走了好久好久，有些崩溃的我们才与它真正相见！站在进塔钦镇桥头，我想和伙伴们一起分享完成转山的喜悦，我停下来等待着后面的队友，直等到江西小张和广州梦然、上海凌凡、贵州的小律师到了，我们才一起步入前日的住宿地塔钦镇。

那一晨，我的身躯扛过黑暗雨雪，只为贴着你的温暖；那一日，我的脚步迈过乱石山岗，只为触摸你的指尖；那一夜，我的灵魂渡过疲惫凌乱，只为与你梦中再相见！梦中的冈仁波齐神山与白天一样，是那么洁白傲然！梦境之后，奇迹竟出人意料地再次出现。第二天一早，我们的中巴车一出塔钦镇，冈仁波齐神山南壁就又兀立眼前，前所未有的清晰美丽。它的圣洁伟岸无与伦比，它的美丽慈爱无与伦比。

回到拉萨同样用了四天。驶过戈壁，经过雪域，扎达土林的霞光宛若置身仙境，托林寺塔角的铃声如歌如诗，古格王朝遗址占地72万平方米，遗址上房屋、佛塔、王宫、寺庙、民居、洞窟密布全山。夜幕西沉，古格王朝遗址似乎渐渐消失。站在高处，我在挽留着、寻找着它的轮廓、它已消失的踪迹，享受着这些天萦绕内心、直抵心灵的徒步转山快感，也在思索寻觅着自己的下一个攀登目的地。夜幕里的眼前却是一片迷茫，但高原的夜空无比清朗，漆黑的天穹上繁星闪耀，星星的故事，据说都诡秘神奇。“天接云涛连晓雾，星河欲转千帆舞”，我相信总有一块地方，一座山峰，一束星光是属于自己的。

2020 年 5 月 27 日完成于北京国奥村

后记

终于写完了这本书，与其说是用手在纸上写，不如说是用脚在大地上写，写得历历在目。

历历在目，在书房前面的空墙上，我辟了一个上下一米宽，左右三米、贯通整堵墙的照片墙，除了中心留一小块空白外，贴满了登山的照片。那些照片，张张都是我曾经热血燃烧的情景再现，一看到它们止不住地激动泪目，甚至模糊了眼前那一小块空白而不能自已！

不能自已的我抵挡不了大山的诱惑，即使在疫情期间也渴望走向群山。在北京解除封锁的第一天，我就找到队伍去了怀柔的喇叭沟，然后是门头沟的老龙窝，与河北涞水交界的泥皮梁，房山周口店的猫耳山等等。曾经摔得膝盖流血，曾经头部与花岗岩巨石撞得生响，曾经九个小时连续攀爬 37 公里而无视艰险。

无视艰险，追梦人执着于群山深处的诗与远方；向往高远，追梦人拼搏“谁能凌绝顶，看取日东升”；不负韶华，追梦人渴望人生燃烧出光点。而对于我来说，那一个个绽放的光点都是人生的支点。

人生的支点会托起自己的人生。谁的成长都离不开支点，当你骄傲迷失的时候，当你颓废失意的时候，是身体下面一个又一个支点托

着你迈向前方。如果没有支点，你就可能沉沦下陷甚至毁灭！在莽莽群山之中踩露水、踏野草、披霞光、抚轻风、迎旭日、追寻理想之光，就是我领悟生活、晓事明理、构建人生支点的最好契机。所谓宁静致远、登高悟道！我还想与读者分享的是：如果你的支点比别人高，那么你的人生会比别人低吗？没有什么山穷水尽，只要你敢走过去就是通途；站在低处，小山坡也显高大，走到高处才知道天高地阔；千人千面，每一位攀登者背后都是不同的生存形态……人生的意义在于，你要有比别人更多的生活体验，而更多的生活体验就更能明白人间万象：苦难、忧郁、欢乐，戏剧、诗歌、文学。就说说文学吧，文学的意义说到底是让我们知道更多的不一样的生存状态，从而抵达更深刻的生命层次，进而再丰富我们的生命历程，让我们对自己仅有一次的生命历程充满感谢。

感谢我所攀登的和还未曾攀登的山峰，是攀登的路径让我活得更加通透与明白。

感谢我的至爱亲人，她（他）们的相知相伴，在我每一次跋涉前后的鼓励、中途的牵挂，细致入微的体贴与关心，激励着我的每一次前行，也让我感受到了亲情的珍贵。

感谢我的朋友和同学，他们中的很多人都是书里故事的原型；他们的真挚友情和无私相助，还有有时连他们自己都无意识的言行却让我有感于心，并润物细无声地塑造了我。

感谢东方出版社、孙涵总编辑、杨袁媛编辑和侯亮编辑，是他们的专业知识与细心校审让文稿变成了现在的出版物，让它以纸质书籍这种高贵的形式呈现在我们的眼前。

眼前照片墙上的照片，记录着太多的风景也隐匿着太多的情感。我用手在墙上中心位置的那块空白处轻轻地贴上了四个字："逐梦群山"，它将给我一生的激情和一直走下去的力量。

2021 年 3 月 24 日

于北京朝阳区国奥村